Ulla Klopp
Dietmar Brück

Tom und der Zauberfußball – Finale gegen die Burgkicker

MIX
Papier aus verantwortungsvollen Quellen
FSC
www.fsc.org
FSC® C083411

Aktualisierte und überarbeitete Neuausgabe 2015

www.kerle.de

Illustrationen: Zapf
Umschlagillustration: Zapf
Umschlaggestaltung: Daniela Schulz
Layout und Satz: Barbara Herrmann, Freiburg
Druck: CPI books GmbH, Leck
Printed in Germany

ISBN 978-3-451-71298-2

Ulla Klopp · Dietmar Brück

Tom und der Zauberfußball

Finale gegen die Burgkicker

Mit Illustrationen von Zapf

KeRLE

Ulla Klopp widmet das Buch

ihren drei Lieblingsmännern: Dennis, Marc und Jürgen
ihrem Patenkind Franz, der die beste Mama der Welt hat, zudem Johnny und seinem kleinen Bruder Tom, die beide eines Tages selbst Schriftsteller werden, sowie Andrea und Saschispatzi, zwei Engeln auf Erden

Dietmar Brück widmet das Buch

seinen Schwestern Tina und Claudia,
seinem Bruder Michael
und seinen Herzensfreunden Fritz und Silke

Vorwort von Jürgen Klopp

„Fußball ist unser Leben,
der König Fußball regiert die Welt.
Wir kämpfen und geben alles,
bis dann ein Tor nach dem anderen fällt.
Ja, einer für alle,
alle für einen,
wir halten fest zusammen …“

Hallo Kids,

das ist ein Lied, aber nicht irgendein Lied. Sondern eines, das mir seit 35 Jahren nicht aus dem Ohr geht. Vor 35 Jahren, also 1974, war die Fußballweltmeisterschaft in Deutschland. Und als damals die Weltmeisterschaft ausgetragen wurde, gab es eine lustige und, wie ich finde, schöne Besonderheit:

Die deutsche Nationalmannschaft hat dieses Lied gesungen. Das konnte sie zwar nicht so gut wie Kicken, machte es aber trotzdem.

Und da diese WM 1974 die erste war, die ich bewusst wahrgenommen habe, sind mir die Textzeilen bis heute in Erinnerung geblieben.

Ich war so fasziniert von diesem Turnier, dass ich noch heute jedes Tor unserer Jungs detailgetreu nacherzählen könnte. So hat Deutschland beispielsweise 1:0 gegen Chile gewonnen. Paul Breitner trieb den Ball durchs Mittelfeld und drosch ihn aus ca. 35 Metern in den Winkel des chilenischen Tores. Und damit sind wir auch schon beim eigentlichen Thema: Chile.

Ich war sieben Jahre alt und habe während der Weltmeisterschaft zum ersten Mal von diesem Land gehört. Natürlich habe ich meine Eltern gefragt, und sie konnten mir auch auf dem Globus zeigen, wo dieses Land liegt, aber wie die Menschen dort leben, wie sie den Tag verbringen, wie sie in die Schule gehen oder was sie dort arbeiten, konnte mir niemand so genau sagen.

Also war das Einzige, was ich wusste: auch in Chile lieben die Menschen Fußball. Und wenn sie dort Fußball lieben und ich hier so sehr Fußball liebe, dann können wir so unterschiedlich gar nicht sein. Und ich war mir sicher, sollte ich mal einen Jungen aus Chile kennenlernen, hätten wir gute Chancen, relativ schnell Freunde zu werden. Dazu ist es leider nie gekommen.

Aber ich habe im Laufe meines Fußballerlebens Menschen aus Paraguay, Kolumbien, Brasilien, Argentinien, Ägypten, Iran, Ghana, Nigeria, Burkina Faso und Südkorea kennengelernt. Natürlich waren es noch viel mehr Länder. Ich zähle hier nur einige auf. Dabei habe ich festgestellt: Wen die gemeinsame Liebe zum

Fußball verbindet, den verbindet ganz schnell noch viel mehr.

Ihr fragt euch vielleicht, warum ich euch das erzähle? Das hat einen ganz einfachen Grund. Auf den nächsten Seiten erfahrt ihr eine ganze Menge von Menschen aus einem Land, in dem die meisten von euch sicher noch nicht waren. Ihr lernt Mucawe, seine Freunde, seine Familie und sein Dorf in Malawi kennen. Und ihr erfahrt, wie die Kraft des Fußballs ihnen dabei hilft, ihre Probleme zu lösen. Fußball schafft Freunde. Oder besser: Fußball kann Freunde schaffen, wenn man es zulässt. Also: Taucht ein in die Geschichte. Werdet zu einem Teil dieser Mannschaft. Spürt, dass gemeinsam mit Freunden, einer gehörigen Portion Einsatz und ein paar guten Ideen vielleicht nicht jedes Problem sofort, aber die meisten ganz sicher gelöst werden können.

Euer Kloppo

Jürgen Klopp hat viele seiner Träume wahr gemacht. Er hat als Fußballprofi 325 Mal gespielt und 52 Tore geschossen. 2001 wurde er bei Mainz 05 über Nacht vom Spieler zum Trainer. 2008 wechselte Jürgen Klopp als Trainer zu Borussia Dortmund und wurde mit dieser Mannschaft bereits zwei Mal Deutscher Meister, 2012 gewann er zusätzlich den DFB-Pokal. 2013 erreichte Dortmund sogar das Finale der UEFA Champions League.

Krach mit Julian

Tom war der glücklichste Junge der Welt, seit der Zauberfußball das Leben des Elfjährigen nahezu auf den Kopf gestellt hatte. Nichts war mehr so wie noch vor einem halben Jahr. Wenn er nur daran dachte, lief es ihm eiskalt den Rücken runter. „Bin ich wirklich zu blöd gewesen, einen Ball zu treffen, und habe ich mir wirklich wegen ein paar Zuschauern fast in die Hose gemacht?" Tom lachte seine beiden gleichaltrigen Freunde Winston und Salvatore an.

„Das ist Schnee von gestern", zwinkerte ihm Salvatore zu. „Aber erzähl doch mal, was es Neues gibt."

Die drei hatten sich nicht nur kurz nach Silvester in Dortmund getroffen, sie hatten sich auch eine Menge zu erzählen. „Ich kann es kaum glauben, dass es tatsächlich erst sechs Monate her ist, dass wir gegen Brasilien gespielt haben", sagte Winston und schüttelte dabei ungläubig den Kopf. „Mir kommt es vor wie eine Ewigkeit."

Damals hatte der Zauberfußball nicht nur Tom, Winston und Salvatore, sondern noch acht weitere Kinder aus der ganzen Welt zu einer grandiosen Fußballmannschaft zusammengeführt. In einem überwältigenden Spiel hatten sie dann die Kinder-Weltmeister aus

Brasilien besiegt. Ein unvergessliches Erlebnis für alle Mitspieler!

Inzwischen war viel passiert.

„Okay. Jeder von uns fasst zusammen, wie es ihm im vergangenen halben Jahr so ergangen ist“, schlug Tom vor. „Und er darf auf keinen Fall unterbrochen werden. Salvatore, du fängst an!“

Salvatore machte es sich auf dem Teppich in Toms selbst gebautem Stadion auf dem Speicher gemütlich. Er stopfte sich ein Kissen in den Rücken, strich sich eine dunkle Haarsträhne hinter die Ohren, räusperte sich und fing an zu erzählen: „Also, nachdem ich wieder zurück nach Sizilien zu meinen Eltern gekommen bin, war auf einmal alles anders. Nicht nur, dass ich abgenommen habe, ich hatte komischerweise so richtig Bock auf meine neuen Freunde in Italien. Und das hätte ich nie gedacht.

Natürlich habe ich euch vermisst, aber im Süden ist es auch schön. Die Jungs in Bella Italia sind echt klasse. Wir kicken eigentlich den ganzen Tag. Selbstverständlich noch immer auf dem Gelände vom Baron. Das Wetter bei uns ist halt einfach genial. Kann man echt nicht anders sagen. Und wenn meine Mutter mich nicht ständig an die Schule erinnern würde, wäre ich wahrscheinlich den ganzen Tag draußen.“ Salvatore grinste Tom und Winston an. „Von Badewannen voll mit Spaghetti habe ich mich übrigens losgesagt. Ich bin sozusagen weg von dem Zeug“, sagte er lachend und verdrehte dabei die Augen, um seine Abscheu auszudrücken. „Hiermit verspreche ich feierlich, dass ich nie, nie wieder so ein fetter Mops werde.“ Um sein Versprechen noch zu untermauern, machte Salvatore ein paar Situps, um seine Bauchmuskeln in Form zu bringen. Dabei zählte er laut mit: „… achtzehn, neunzehn, zwanzig …“ Tom und Winston applaudierten lachend.

„Mensch, Tom“, fuhr Salvatore fort, während er weiter Situps machte: „Es ist einfach der Oberhammer, dass uns deine Eltern eingeladen haben, danke noch mal. Zu Neujahr in Deutschland. Das ist ein Riesenkracher.“

„Okay, okay, krieg dich wieder ein“, schmunzelte Tom. „Und jetzt du, Winston. Was war bei dir los?“

Winston überlegte, wo er anfangen sollte. Sein Leben hatte sich ähnlich wie bei Tom total verändert, nachdem ihm der Zauberball begegnet war. Endlich war sein Vater, ein berühmter Politiker in England, zu ihm und seiner Mutter gezogen. Jetzt wohnten sie in einer herrschaftlichen Villa. Sie hatten sogar Angestellte. Alle waren glücklich. In der Schule lief es nicht schlecht, und auf dem Fußballplatz war Winston eine ziemliche Granate. „Also“, sagte Winston, nachdem die anderen schon langsam ungeduldig wurden, „ich freu mich tierisch, endlich mal wieder hier zu sein. Wenn es nach mir ginge, könnten die Winterferien nicht zwei, sondern zehn Wochen gehen. In London ist alles paletti. Meine Mutter ist total verknallt, mein Vater auch und ich …“

„Hört, hört“, unterbrach ihn Salvatore: „Wie heißt denn die Glückliche?“ Dabei leckte er sich über beide Zeigefinger und strich sich nach alter Mafiosotradition die Augenbrauen glatt. Jedenfalls dachte er sich, dass dies Mafiabosse so täten.

„Nein, nein“, widersprach Winston, „das war doch nur ein Witz. Und wenn ich mal verknallt sein sollte, dann seid ihr natürlich die Ersten, die es erfahren werden.“ Winston schob seine Brille nach unten auf die Nasenspitze und schaute die Jungs über den Rand hinweg an. Diesen Blick hatte er stundenlang vor dem Spiegel geübt. Er fand, das gab ihm einen besonders intellektuellen Ausdruck. Überhaupt legte er viel Wert auf sein Outfit. Seine Mutter war eine wahre Secondhandfetischistin, und dies ging nicht spurlos an seinem Kleiderschrank vorüber. Er trug eine knatschgelbe, weite Baggyjeans, ein kariertes Hemd und rote Sportschuhe, die allerdings auch schon bessere Zeiten gesehen hatten. Die Löcher an den Sohlen ließen Rückschlüsse auf ein bewegtes Vorleben zu. Winston gefiel das. Er unterschied sich so von den anderen, und London war nun mal eine ausgeflippte Modemetropole.

„Erzähl weiter“, drängelte Tom.

„Okay", sagte Winston: „Kommen wir zum Wetter." Dabei richtete er sich auf, verschränkte die Arme und sprach wie ein Nachrichtenmann. „Das Wetter in England lässt zu wünschen übrig. Es sei denn, man wurde als Fisch geboren und braucht das Wasser zum Überleben. Und deshalb gebe ich hiermit öffentlich bekannt, dass ich Salvatore beneide. Obwohl ich, und das gebe ich hiermit ebenfalls öffentlich bekannt ..." Winston machte eine kurze Pause und sah seine Freunde verschmitzt an: „... selbst wenn ich neunhundertdreißig Jahre in Italien lebte, nichts von meiner vornehmen Blässe verlieren würde."

„Ich lach mich schlapp. Vornehme Blässe? Du bist weißer als ein Lappland-Yeti." Salvatore zog demonstrativ sein T-Shirt nach oben und klopfte sich prustend auf seinen braun gebrannten Bauch.

„Mensch, Jungs, das hat ja super geklappt mit dem Nicht-Unterbrechen", lachte Tom. „Nachdem wir ein so bedeutsames Thema wie das Wetter in Italien und England zu Ende analysiert haben, können wir ja mit den wirklich wichtigen Themen weitermachen. Meiner Fußballkarriere zum Beispiel."

Tom nahm einen großen Schluck aus seinem Wasserglas. Dann stand er auf, ging zu seinem Kleiderschrank, nahm etwas heraus und versteckte es hinter seinem Rücken. Danach baute er sich in seiner vollen Länge vor den Jungs auf. Mit seinen 1,58 Meter überragte er die anderen. Seine langen blonden Haare bändigte Tom lässig mit einem Haarband. Zum Ärger seiner Mutter, die eher auf eine pflegeleichte Kurzhaarfrisur stand. Aber zur Freude aller Mädchen, die ihn anhimmelten – für die er sich aber nicht einen Fingerbreit interessierte.

Tom nahm seine Hände nach vorne. Ganz langsam entfaltete er ein Trikot. Sein Trikot. „Leute, ich bin im Fußballerolymp angekommen. Meine Karriere ist nicht mehr aufzuhalten. Ich spiele, und nun kommt's … Trommelwirbel …“ Tom zog sich schnell das Trikot über seinen Kapuzenpulli und haute auf eine imaginäre Trommel ein.

„Ich spiele bei … Borussia Dortmund. Yeppah.“

Dabei klatschte er sich auf den Oberschenkel und tanzte wie Rumpelstilzchen durch sein Zimmer.

„Aber das ist noch nicht alles. Während ihr offenbar Zeit hattet, euch über das Wetter Gedanken zu machen, habe ich trainiert, was das Zeug hält. Den Zauberball brauche ich längst nicht mehr. Man soll sich ja nicht selbst loben, aber wenn es sonst keiner macht …“, stolzierte er in seinem Stadion herum. „Ich war auch ohne unseren gemeinsamen Freund gut. Sehr gut sogar. So gut, dass ich nun eine Einladung zum Auswahltraining der Südwestauswahl habe.“

„Wow“, entfuhr es Salvatore, „mehr geht wirklich nicht. Du spielst bei einem Bundesligaverein in der Jugendmannschaft.“

„Und“, mischte sich nun auch Winston ein, „du musst auch noch einer der Besten sein.“

„Ja“, lachte Tom, „wer hätte das gedacht? Im Sommer …“

„Womit wir wieder beim Wetter wären“, hob Winston an und zog eine Grimasse.

„Hört zu“, sagte Tom. „In zwei Wochen ist Länderpokal in Duisburg, da treffen sich die Auswahlmannschaften der verschiedenen Regionalverbände zu einem Turnier. Da sind dann die Jugendnationaltrainer dabei und sichten für die Schülernationalmannschaft. Und ich, Tom Becker aus Dortmund am Ahlenberg, werde dabei sein.“

Erschöpft von seinem Redeschwall, ließ sich Tom auf den grünen Teppichrasen sinken. Seine Freunde stürzten sich auf ihn und jubelten.

„Du hast gewonnen“, sagte Salvatore. „Das ist mit Abstand die beste Nachricht des Tages. Aber um Nationalspieler zu werden, brauchst du die besten Trainingspartner der Welt. Und welch Zufall, hier sind sie: Winston, das Gehirn, und Salvatore, der Wandschrank. Vielleicht nicht so beweglich, dafür aber groß und geräumig. Also lasst uns im Volkspark feiern gehen. Meine Füße jucken.“

Die drei Jungs zogen sich schnell ihre Wintertrainingsjacken über, zogen ihre Wollmützen über die Ohren und machten sich zu Fuß auf ins Westfalenstadion.

Auf dem Weg dorthin spielten sie Salvatores neues Lieblingsspiel „Eseljonglieren". Ball hochhalten, aus der Luft zuspielen, annehmen und weiterjonglieren. Fällt der Ball auf den Boden, muss der, der ihn zuletzt berührt hat, ein Tier nachmachen, das die andern bestimmen. Superpeinlich, aber auch superlustig. Und so gingen sie Richtung Park – wahlweise als Esel, Pferd, Schwein oder Kuh. Wer sie dabei beobachtete, musste sie zwangsläufig für verrückt halten, aber das war ihnen egal. Sie waren zusammen. Nur das zählte.

„Wir werden unser Leben lang die besten Freunde bleiben und immer füreinander da sein, ja?" Winston streckte seine Hand aus. Salvatore legte seine Hand auf die von Winston. Tom schob seine Hand auf die Hände seiner Freunde und alle drei riefen: „Einer für alle und alle für einen!"

Genau in diesem Moment bog ein alter Bekannter um die Ecke. Sie erkannten ihn schon von Weitem.

„Oh nein", entfuhr es Winston „da ist Julian, der Schwachkopf der Nation!"

Julian war den Jungs verhasst. Er war gehässig, arrogant, total verwöhnt und in der Regel ein richtiger Fiesling. Der legendäre Sieg von Tom, Winston, Salvatore und den anderen Kindern gegen die Brasilianer hatte zwar auch ihn kurzzeitig beeindruckt, aber dann mächtig geärgert. Julian konnte vieles, aber auf keinen Fall auf seinen Rang als Kicker Nummer eins, besser gesagt als die Nummer eins bei allem, verzichten. Andere waren aus seiner Sicht dazu bestimmt, ihm Beifall zu spenden. So wirkte er jedenfalls. Freunde hatte er daher so gut wie keine, nur Kumpels, die ihn bewunderten oder von ihm abhängig waren.

„Hey“, rief er beim Näherkommen, „die Helden sind zurück. Und wie süüüß, jetzt seid ihr auch noch zu Muskeltieren mutiert. Glückwunsch zur neuen Karriere. Fußball war ja noch nie euer Ding.“

Winstons Augen wurden ganz schmal und nahmen einen feindseligen Ausdruck an: „Muskeltiere, ja, ja, alles klar im Oberstübchen, probier's mal lieber mit Mutsketiere, du Idiot!“ Salvatore wollte sich auf ihn stürzen, doch die beiden Freunde hielten ihn zurück. „Lass doch, der ist es nicht wert“, sagte Winston, „der ist ein Schwachkopf, weiß doch jeder, dass der nichts reißt.“

Jetzt kochte Julian vor Wut. „Ich und nichts reißen? Bei dir ist wohl 'ne Schraube locker. Ich bin das größte Talent im Südwesten. Schon immer gewesen. Ich brauche keinen zerlumpten Zauberball, um einzunetzen.“

Er kniff seine stahlblauen Augen zusammen und berührte mit seiner Nase fast die Nase von Tom. „Aber du, du bist ein trauriger Fall. Obwohl …“, sagte er, und zog dabei die Augenbrauen hoch. „Obwohl du im Vergleich zu den beiden Fußballlegasthenikern hier sicher so was wie ein Ronaldo bist.“ Dabei klopfte er sich auf die Oberschenkel und schüttelte sich vor Lachen.

Tom wollte einfach weiter. Er wusste, dass er gegen Julian in puncto Klappe aufreißen keine Chance hatte, und deshalb ging er ihm lieber aus dem Weg.

Doch Julian ließ nicht locker. „Mein Vater", prahlte er, „mein Vater hat eine unschlagbare Truppe aufgebaut. Wir sind so verdammt gut, dass ihr euch in die Hose machen würdet. Schon mal von der Adlerburg gehört, häh? Ihr Antikicker, ihr!"

Tom hatte durchaus schon von der Adlerburg gehört. In Spielerkreisen war das neue Fußballinternat das Thema Nummer eins. Julians Vater hatte Geld bis zum Abwinken und wusste wohl nicht mehr wohin damit. Deshalb investierte er in junge Kicker, die seiner Meinung nach einmal die Elitemannschaft Deutschlands herausbilden sollten, wenn nicht der ganzen Welt. Das Projekt war höchst umstritten. Die einen fanden es toll, dass endlich mal was für den deutschen Fußballnachwuchs getan wurde. Die anderen befürchteten, dass aus dem Internat Mutanten hervorgingen, die zwar härter schießen, schneller laufen, höher springen und besser dribbeln können als alle anderen, die aber null Teamgeist besäßen. Man sprach hinter vorgehaltener Hand davon, dass dort eine regelrechte Fußballarmee ausgebildet würde. Spaß hatten die Jungs dort bestimmt nicht. Von Klonen war sogar immer öfter die Rede, dem Kopieren von Menschen.

„Klar kennen wir die Adlerburg“, meldete sich nun Winston zu Wort, „ist das nicht die Hütte, in der an Menschen herumexperimentiert wird, wo genetisch identische Individuen erzeugt werden? Ein Roboterinternat sozusagen.“

Julian spuckte vor Winston aus. „Du Klugscheißer hast ja keine Ahnung. Wollen wir wetten, dass unsere beinharten Jungs tausendmal besser kicken können als ihr drei Milchbubis? Wie wäre es mit einem Match? Drei gegen drei. Nehmt ihr die Herausforderung an oder müsst ihr erst Mama um Erlaubnis fragen?“

Die drei Jungs sahen sich an. Es wurde Zeit, dem überheblichen Kerl mal einen ordentlichen Denkzettel zu verpassen. „Wir nehmen an“, sagten sie wie aus einem Munde.

Ein Dorf in Gefahr

Seit mehr als zwei Wochen saßen Mucawe und seine Schwester Gira Abend für Abend vor ihrer gemeinsamen Hütte und redeten sich die Köpfe heiß. Sie versuchten, eine Lösung für ein scheinbar unlösbares Problem zu finden. Alles Beratschlagen hatte bislang wenig gebracht. Sie waren verzweifelt. Dabei hätte alles so schön sein können. Sie lebten in dem paradiesischsten Land der Erde. Darin waren sie sich einig.

„Ich möchte niemals weg aus Afrika", sagte Mucawe gerade. „Malawi ist der schönste Fleck der ganzen großen weiten Welt. Okay", fuhr er augenzwinkernd fort, „in Deutschland war es auch nicht so schlecht. Und dass wir gegen die Brasilianer gewonnen haben …"

„Bitte, bitte, nicht schon wieder diese alte Geschichte", unterbrach ihn seine Schwester. „Das hast du mir schon gefühlte vierhundertneunzigmal erzählt. Wir haben jetzt andere Probleme. Lass uns also beim Thema bleiben."

Mucawe schaute seine um ein Jahr ältere Schwester an. Bald würde sie ihren dreizehnten Geburtstag feiern. Dabei fiel ihm unweigerlich sein eigener Geburtstag im vorigen Sommer ein. Das war der Sommer, in dem er David, dem weißen Jungen mit den langen Beinen und den schlaksigen Armen aus Deutschland, begegnete.

Mit ihm trat der Zauberball in Mucawes Leben, und das hatte diesem eine überraschende Wendung gegeben. Nicht nur, dass David und er gute Freunde geworden waren. Durch den Zauberball hatte er auch die tollsten Kinder auf diesem Planeten kennengelernt: Tom, Salvatore, Winston, Jenny, Anna, Kim, Shin, Shou, Bebeto, Sven und eben auch David. Mit David stand er in regelmäßigem Briefkontakt. Dies war eine Abmachung zwischen ihm und Davids Vater, dafür bezahlte dieser die monatlichen Schulgebühren und ermöglichte so, dass Mucawe eine Schule besuchen konnte. David schickte ihm regelmäßig Briefe und Fotos aus seiner Stadt, die Mainz hieß.

Auf den jüngsten Fotos sah man David total vermummt, fast hätte Mucawe ihn nicht erkannt. Er hatte eine Mütze tief in die Stirn gezogen, trug etwas, das aussah wie Socken über den Händen, und stand neben einem weißen Ding, das eine Karotte mitten im Gesicht trug und einen schwarzen Zylinder auf dem Kopf hatte.

„Solch einen Hut trägt eigentlich nur unser Magier Masambo“, dachte Mucawe. Jedenfalls sah die merkwürdige Figur neben David aus, als wäre sie aus drei aufeinandergesetzten Sandkugeln gebaut worden. David nannte dieses komische Kunstwerk Schneemann. Er hatte dazu geschrieben, dass es bitterkalt in Mainz sei und sich alle Kinder über diesen schönen Schneemann freuten.

„Komisch“, dachte Mucawe zum wiederholten Male, „die freuen sich, wenn es kalt ist, und binden dicken Sandfiguren einen Schal um. Irgendwie spinnen die alle. Aber nur ein ganz klein wenig“, verbesserte er sich sofort in Gedanken. Denn schließlich hatte er es David zu verdanken, dass er, obwohl er nicht der Erstgeborene war, Lesen und Schreiben lernte und solche Briefe überhaupt verstehen konnte. Sein Englisch wurde von Tag zu Tag besser. Das Antworten fiel ihm leicht, und es verging kaum ein Monat, ohne dass Mucawe die neuesten Nachrichten aus seinem Dorf und der Schule rund um den Erdball verschickte.

Seine Lieblingsschwester Gira riss ihn aus seinen Gedanken. „Und?“, fragte sie. „Hast du endlich eine Idee, wie wir aus dem Schlamassel herauskommen?“

Der durchtrainierte, groß gewachsene Junge schüttelte seinen Kopf. Dabei bewegten sich seine eng an die Kopfhaut geflochtenen Zöpfe keinen Millimeter. Er zupfte sich sein Trikot zurecht, das er als Souvenir aus Deutschland mitgebracht hatte, und stand auf. Er ging in die Hütte und sah sich seine Schuluniform an. Langsam streichelte er über seine blaue Jacke, zog den Kragen des weißen Hemdes glatt, legte seine dunkelblauen Socken sorgfältig zusammen und sah unvermittelt zu dem einzigen Möbelstück aus Holz, das die beiden besaßen, hinüber. Gira folgte seinem Blick.

„Ich wünschte, der Zauberball würde aus der Truhe

springen und all die Bauarbeiter und Baumaschinen plattmachen", sagte er betrübt. „Und ich wünschte, ich wäre der stärkste Mann der Welt und ich könnte die feinen Herren direkt und ohne Umwege von unserem Planeten schießen. Gira, warum tun die das?", fragte er verzweifelt.

Gira und Mucawe waren intelligente Kinder. Aber das, was im Moment geschah, ging über ihren Horizont hinaus. Seit zwei Wochen wimmelte es in der Nähe ihres geliebten Strands von Arbeitern mit gelben Helmen auf dem Kopf. Sie trugen blaue Overalls und schrien die ganze Zeit herum. Es wurden von Tag zu Tag mehr. Wie Ameisen fielen sie über den heißen Sand her, gruben hier ein Loch, fällten dort einen Baum, nahmen eimerweise Wasser mit zu ihren Fahrzeugen. Maschinen ratterten, und Sägen sirrten.

Aber das war noch nicht alles. Zusammen mit den Gelbbehelmten kamen schwarze Sheriffs. Sie waren von Kopf bis Fuß schwarz gekleidet, hatten schwarze Käppis auf den kahl rasierten Schädeln und trugen trotz der warmen Temperaturen schwarze Lederhandschuhe. Sie bezogen in Sichtnähe zum Dorf Quartier und ließen die Bauarbeiter und Baumaschinen keine Sekunde aus den Augen.

Im Malawisee patrouillierten Tag und Nacht zwei Schnellboote. Auf den Booten waren überdimensional große Flaggen – mit dem Gesicht eines Mannes drauf –

gehisst. Der Mann war der Chef von allen, er hatte stahlblaue Augen. Die Augen kamen Mucawe für einen Moment bekannt vor, aber er konnte sich beim besten Willen nicht daran erinnern, wo er sie schon einmal gesehen hatte.

Und jetzt kam zu all diesen Menschen noch eine weitere Armee von Baufahrzeugen hinzu. Heute Morgen durchbrach ein ohrenbetäubender Krach das friedliche und ruhige Leben der Dorfbewohner. Sie trauten ihren Augen nicht, als sie das herannahende Ungetüm sahen. Ein orangefarbener Koloss, etwa so groß wie ein Saurier aus der Urzeit, wälzte sich seinen Weg durch das Gehölz mitten auf den Dorfplatz zu. Vorne an dem riesigen Kettenfahrzeug befand sich ein Maul mit Zähnen, so groß wie die Zähne eines Tyrannosaurus. Dieser Gigant musste über hundert Tonnen wiegen, da war sich Mucawe sicher. Das Verblüffendste war, dass er sich um 360 Grad drehen konnte. In der Fahrzeugkabine saß ein klitzekleiner Mann. Er machte sich einen Spaß daraus, die Kinder mit der weit aufgerissenen Baggerschaufel zu verfolgen. Er lachte dabei so laut, dass sein Gejohle fast das Geächze des Riesen übertönte. Die Kinder liefen weg, Babys weinten, Mütter rannten zu ihren Hütten, und die Dorfältesten schüttelten ratlos ihre Köpfe. Mucawe und Gira hatten heute keine Schule, deshalb konnten sie dem Spektakel beiwohnen.

„Mucawe, bitte." Gira tippte ihrem Bruder auf die Schulter. „Wir müssen etwas unternehmen."

„Pst", flüsterte Mucawe und legte dabei seinen Zeigefinger auf seine Lippen, „hörst du das?"

Gira nickte. Vor ihrer Hütte stritten sich zwei Männer. Einer von ihnen war aus ihrem Dorf, der andere musste ein Weißer sein. Mucawe und Gira bohrten mit den Fingern ein kleines Loch in ihre Hüttenwand, die aus Kuhdung und Lehm bestand. Da sahen sie sie. Der eine der beiden Männer war das Gesicht auf den Flaggen. Mucawe hatte ihn sich viel größer vorgestellt. Der Mann aber, den der Dorfbewohner mit Herrn Kaltbach ansprach, war von kleiner Statur, er hatte dürre Arme und Beine, dafür aber einen kugelrunden Bauch. Sein linkes Auge zuckte unaufhörlich. „Diese Augen", dachte Mucawe zum wiederholten Male und erschauderte, „wie kalt sie blicken können, als wäre kein Leben in ihnen." Mucawe wandte sich seiner Schwester zu. „Gira, schau dir mal diese vielen Haare über den Augen von dem Mann an. Das sieht ja aus wie der Besen, mit dem wir unsere Hütte fegen."

Gira kicherte und hielt sich gleichzeitig die Hand über den Mund, damit sie nicht lauthals losprustete. „Aber die Dinger, die er unter seinen Augen hat", kicherte sie noch immer, „die erinnern mich ganz stark an die Schläuche, mit denen wir unser Wasser holen." Beinahe hätte Mucawe laut aufgelacht. Er hielt die

Luft an und schaute wieder zum Loch hinaus. Das Gesicht des Mannes war von Falten durchfurcht.

„Der sieht aus wie die fiese Hexe in meinem Schulbuch", wollte Mucawe gerade sagen, hielt sich aber zurück, um Gira vor einem Lachkrampf zu schützen. Wenn Gira lachtechnisch erst mal in Fahrt kam, dann gab es kein Halten mehr. Aber damit wäre auch ihre Deckung aufgeflogen. Und das, was sich die beiden Männer zu sagen hatten, schien endlich ein wenig Licht ins Dunkel zu bringen.

Doch Gira konnte sich auch so kaum noch einkriegen. „Mucawe, siehst du dieses lustige Ding, das er sich um den Hals gebunden hat? Scheint eine Krawatte zu sein, die nun als Propeller dienen soll. Vielleicht plant der feine Herr abzuheben und sich zu verdünnisieren. Wäre nicht die schlechteste Idee", flüsterte sie.

„Komisch", dachte Mucawe, erstens hatte er noch nie zuvor so viele bunte Farben auf einem Stück Stoff gesehen und zweitens musste der Mann, seiner Gesichtsfarbe nach zu urteilen, das Ding wohl viel zu eng um seinen dicken roten Hals gewickelt haben.

Jetzt bildeten sich auf der Stirn des Mannes zwei riesige Zornesfalten. Damit sah er fast schon dämonisch aus. Ein kleiner Schauer durchfuhr die Kinder. „Zuhören", zischte Gira.

„Ich fass es nicht", entfuhr es Mucawe, „grüne Schuhe." Mucawe konnte sich an diesem Mann kaum sattsehen, da schubste ihn seine Schwester schon wieder an. „Jetzt hör doch mal, was die da reden."

Mucawe schnappte Gesprächsfetzen auf: „… für alle das Beste … viel Geld … großer Reibach … vierstöckiges Gebäude … Unmengen an Touristen … optimaler Badeurlaub … Immobilien, das ist die Zukunft … abzocken … ein Kasino … die Reichen der Reichen …"

Wild gestikulierend schrie der Dorfbewohner zurück: „Unsere Heimat … Fischfang … Natur kaputt … Dorf muss abgerissen werden … keine Arbeit mehr … keine spielenden Kinder am Strand …"

„Papperlapapp", brüllte nun der Weiße, der offenbar kein Widerstand gewohnt war: „Alles romantisches Gesülze … Fortschritt … Geld, Geld, Geld, das ist alles, was wirklich zählt … Afrikaner sind halt einfach …"

Nun drohte der Streit zu eskalieren, doch bevor sich der Malawier auf Herrn Kaltbach stürzen konnte, kam ein zweiter weißer Mann hinzu.

„Alles okay, Boss?", lispelte er und schaute dabei geringschätzig auf den Dorfbewohner.

„Ja, ja, Herr Rasch, alles okay. Dieser Nichtsnutz wollte mir gerade erklären, warum wir hier nicht willkommen sind. So ein Trottel."

Die beiden Männer lachten. Der Dorfbewohner schien kurz abzuwägen, ob er es nicht doch mit beiden Männern gleichzeitig aufnehmen konnte. Doch nach einem genaueren Blick auf Herrn Rasch entfernte er sich lieber. Laut fluchend trabte er in Richtung Hütte des Dorfältesten.

„Das hätte auch schiefgehen können“, flüsterte Gira. „Zum Glück ist er gegangen, schau dir mal diesen Riesen an.“ Die beiden Kinder musterten den Kerl von oben bis unten. So einen großen Menschen gab es sicher auch nicht so oft. Dabei war er dünn wie ein Blatt Papier. Jedoch schien sein Körper nur aus Muskeln zu bestehen. Sein Waschbrettbauch zeichnete sich unter seinem eng anliegenden schwarzen T-Shirt ab. Überhaupt war auch er ganz in Schwarz gekleidet.

„Du hast recht“, pflichtete Mucawe seiner Schwester bei, „mit dem sollte man sich besser nicht anlegen.“

Gira nickte, aber nun schien ihre Situation noch aussichtsloser als je zuvor. Da schreckte Mucawe auf einmal wie von einer Tarantel gestochen hoch. „Gira, ich hab's“, rief er aufgeregt und hopste dabei von einem Fuß auf den anderen. „Wir werden diese Drecksbande schon aufhalten. Oh Mann, Gira. Und ich weiß, wer uns helfen kann, wer uns ganz sicher helfen wird.“ Gira sah ihren Bruder verwundert an. Sie hatte schon so einiges mit ihm durchgemacht, aber ob sie die anrollende Tollwut, die ganz offensichtlich in ihren Bruder gefahren sein musste, überstehen würde, da war sie sich nicht so sicher.

„Gira“, schrie Mucawe, „Gira, hör mir zu, ich habe einen Plan. Genau genommen gleich zwei Pläne.“

Die Herausforderung

Während Mucawe um sein Dorf bangte, waren Tom, Winston und Salvatore zu der alten Burg unterwegs, um sich Julians Herausforderung – drei gegen drei – zu stellen. „Mann, ist das steil. Selbst für eine Extraportion von Mamas Spaghetti würde ich hier nicht jeden Tag freiwillig zum Training hochgehen.“ Salvatore wischte sich mit theatralischer Geste ein paar Tropfen Schweiß von der Stirn. „Und dann dieser ätzende Regen“, stöhnte der Junge und blickte ungehalten in den grauen Himmel. Es nieselte tatsächlich leicht.

„Du Weichei“, neckte ihn Winston, während er seinen bunten Schal in Form brachte. „Sei froh, dass wir nicht in London sind. Bei dem Dauerregen, den wir da manchmal haben, hättest du dich längst in die Themse gestürzt.“

„Wobei wir wieder beim Wetter wären“, schaltete Tom sich schnaufend ein. Auch er war außer Atem. „Spart euch eure Kraft für das Spiel gegen Julian und seine Jungs.“ Warum mussten sie auch unbedingt die Abkürzung nehmen? Der schmale, gewundene Trampelpfad war eher etwas für Hobbybergsteiger. Er führte an ein paar kleinen Weinbergen vorbei über einen schroffen Felsvorsprung. Die Kapuzenjacken und Jogginghosen der drei Kicker waren schon ziemlich verdreckt von der Kraxelei über das feuchte Gestein. Aber sie wollten ja keinen Schönheitspreis gewinnen, sondern ein Fußballspiel. „Gleich haben wir's geschafft", meinte Tom, der ganz vorne über einen Felsen kletterte. Wenig später standen alle drei vor der alten Burg.

Der Blick war grandios hier oben. Zumal sich die Sonne für einen Moment durch die Wolken kämpfte.

„Los Jungs, die Festung nehmen wir im Handumdrehen", machte sich Salvatore Mut.

„Da trainiert Julian? Kein Wunder, dass der so schräg drauf ist", entfuhr es Tom, während er sich das alte Gemäuer genauer ansah.

Die Burg hatte ewig hohe Mauern, allenfalls von schmalen Schießscharten durchbrochen. Der Turm über den Zinnen wirkte schwarz und abweisend. Von der fröhlichen Atmosphäre eines Fußballcamps war nichts zu spüren.

„Was soll's. Wir geben Julian ordentlich eins auf die Mütze – und weg sind wir wieder." Winston klopfte mit einem eisernen Ring an die Holzpforte. Eine Klingel hatte er vergebens gesucht. Nachdem ein paar Minuten gar nichts geschah, blickte schließlich jemand durch das kleine, vergitterte Fenster. Dann öffnete sich endlich das mit Eisen beschlagene Holztor. Ein blasser, hagerer Mann mit einer auffallend langen Nase und schwarzer

Kleidung bat sie mit einer wortlosen Geste hinein, ohne dass er eine Miene verzog. Nur seine Nase zuckte ein ganz klein wenig.

„Der Typ da bekäme in jedem Gruselfilm auf Anhieb eine Hauptrolle", flüsterte Salvatore.

Das lebende Nasengespenst ging mit festem Schritt voran. Erst unterquerten sie die mächtigen Burgmauern, dann einen kleinen Innenhof, der auch nicht besonders freundlich wirkte. Schließlich stiegen sie eine glitschige hölzerne Treppe hoch, an deren Ende Julian breitbeinig stehend auf sie wartete. Die hagere Gestalt ging zurück zu seinem Beobachtungsposten.

Julian schien bester Laune. „Da seid ihr ja endlich. Ich dachte schon, ihr hättet die Hosen voll." Offenbar hatte er keine Lust, sich groß mit Freundlichkeiten aufzuhalten.

„Halt einfach die Klappe und lass es uns hinter uns bringen", konterte Winston, dem Julians Getue tierisch gegen den Strich ging.

„Hey Mann, bleib cool." Julian verschwand im Innern der Burg, die drei Jungs folgten ihm.

„Habt ihr sein Trikot gesehen. Das sieht aus wie ein Halloween-Kostüm für Arme", frotzelte Salvatore. Julians Trikot war rabenschwarz. Als er ihnen stolz die Rückseite präsentierte, funkelten die drei Jungs zwei stahlblaue Augen an.

„Na, da hat sich der Trikotdesigner ja richtig was

einfallen lassen“, unkte Winston. „Und natürlich trägt Herr Großkotz die 10.“ Die Nummer des Spielmachers.

Die Burg schien riesig. Julian führte sie durch endlose Gänge und Säle. Wie ein dunkler Prinz schritt er durch sein Reich. Jeder, der ihnen begegnete, grüßte Julian beinahe unterwürfig. Nach einer Weile kamen sie in einen Trakt, in dem die Zimmer der Spieler zu liegen schienen, wobei Zimmer das falsche Wort ist. Sie wirkten eher wie Gefängniszellen, winzig klein, penibel aufgeräumt und ohne jede persönliche Habe. Die schmalen Fenster glichen Schießscharten.

In einem anderen Bereich konnten Tom, Winston und Salvatore einen kurzen Blick auf ultramoderne Trainingsgeräte, Laufbänder, Hantelbänke, Messgeräte aller Art und summende Überwachungsmonitore erhaschen. Manche Kinder waren verkabelt wie auf einer Intensivstation. Drei Gänge weiter und ein paar Treppen tiefer stießen sie in einer Gewölbehalle auf ein mindestens 50 Meter langes Schwimmbecken – mit drei Springtürmen. In dem Becken wurden verschiedene Strömungsstärken simuliert. „Unglaublich, einfach unglaublich“, meinte Winston nur.

Überall trainierten Kinder und Jugendliche, von einer ganzen Armada von Trainern umgeben. Kommandos gellten durch die Hallen, Pfiffe ertönten. Es roch nach Schweiß.

„Da staunt ihr, was?“ Julian schien die kleine Vorführung zu genießen, „hier werden Sieger gemacht.“

„Die Wahrheit liegt auf dem Platz“, meinte Salvatore unbeeindruckt.

„Mit diesem Knast kannst du uns nicht schocken“, setzte Tom noch eins drauf.

„Das ist halt nichts für Warmduscher wie euch“, gab Julian zurück.

„Gibt es auf Burg Frankenstein auch eine Örtlichkeit, in der man ganz normale Alltagsbedürfnisse verrichten kann?“, meldete sich Winston zu Wort.

„Hä? Was will er?“, wendete sich Julian an Tom.

„Er muss pinkeln“, übersetzte Tom.

„Sag das doch gleich, Klugscheißer“, richtete sich Julian nun wieder an Winston. „Hinten den Gang runter, dann links“, keifte er.

Die Jungs warteten. Es schien eine Ewigkeit zu dauern, bis sich Winston endlich wieder zu den Jungs gesellte. „Ja, hast du's bald“, motzte Julian. Winston zwinkerte seinen Freunden heimlich zu, bevor sie weitergingen. Sie folgten einem langen Gang und stiegen ein paar Treppen hinauf, bis sie in eine Art Rittersaal mit riesigen Wappen und Schwertern an den Wänden kamen. Julian stoppte.

„Was soll das?“, fragte Salvatore. „Ich wollte dir den Ball abjagen und nicht gleich den Kopf abschlagen.“

„Wartet ab“, grinste Julian und zog mit einem kräftigen Ruck an einem der Schwerter. Ein Stück Wand schob sich zur Seite und gab einen kleinen Durchgang frei.

„Wow“, rutschte es Winston heraus, obwohl er eigentlich gleichgültig tun wollte. Hinter dem Durchgang befand sich eine Fußballhalle.

„Ihr könnt euch geschmeichelt fühlen. Hier darf nicht jeder rein“, sagte Julian, der vor Selbstbewusstsein kaum noch gerade stehen konnte. „Die zwei Jungs hier drüben sind Fred und Thorben. Übrigens wird Thorben von seinen Freunden Thor genannt, ganz wie der Donnergott“, beendete Julian seine Vorstellung und lächelte dabei hämisch.

„Meine Fresse, die sehen ja aus, als wären sie Aufseher einer Sträflingskolonie“, rutschte es Salvatore raus, wofür er sich zwei böse Blicke einhandelte. Und in der Tat machten Fred und Thorben nicht den Eindruck, als würden sie auch nur einen Funken Spaß verstehen. Der 12-jährige Thorben war kahl rasiert und schien den ganzen Tag Hanteln zu stemmen. Über seiner linken Augenbraue verlief eine wulstige Narbe. Tom, Winston und Salvatore wollten gar nicht wissen, wie er sie sich zugezogen hatte. Fred war ein Jahr älter und sah noch schlimmer aus. Auch er war kahl rasiert und auf dem rechten Arm trug der bullige, muskulöse Junge eine Tätowierung mit der Aufschrift „I hate losers“. Über der linken Augenbraue hatte er ein Piercing, das wohl von seinem verpickelten Gesicht ablenken sollte. Das Piercing war ein gelb-schwarzes Dreieck, es glich dem Warnzeichen für radioaktive Verstrahlung.

„Also", zischte Julian „seid ihr bereit? Oder schon Muffensausen?"

Julian ließ Winston, Tom und Salvatore, die ihre Trikots aus dem Brasilienspiel trugen, gönnerhaft den Anstoß machen. Das Spiel begann. Doch bevor die drei Jungs ihren ersten Angriff starten konnten, ging Fred brutal dazwischen. Er rempelte Winston weg und verpasste ihm noch einen Tritt in die Kniekehlen. Dann marschierte er ungerührt mit dem Ball aufs Tor. Tom und Salvatore starrten wie gebannt auf ihren angeschlagenen Mitspieler. Winston hielt sich noch immer am Boden liegend das Bein. Fred netzte derweil seelenruhig ein.

„Das Tor zählt nicht. Das war ein klares Foul", beschwerte sich Tom, nachdem Winston sich wieder hochgerappelt hatte. „Wir spielen hier Fußball und Fußball hat Regeln, ihr Nullschnaller", legte Tom nach.

Julian grinste spöttisch: „Siehst du hier einen Schiedsrichter?", fragte er. Fred und Thorben lachten.

„Eine Burg ist halt nichts für Heulsusen", knurrte Thorben.

Winston, Tom und Salvatore sahen sich an. „Wenn ihr Krieg wollt, bekommt ihr Krieg", sagte Salvatore. Die drei Jungs stürmten vor, passten sich blitzschnell zu. Tom schaffte es, Julian zu umdribbeln, und hielt aufs Tor zu. Er wollte den Ball gerade in den Maschen versenken, da kam Thorben angesprintet. So schnell, wie es Tom niemals für möglich gehalten hätte. Er grätschte von hinten dazwischen und säbelte Tom rüde um. Der konnte den Ball gerade noch Richtung Tor spitzeln. Aber die Kugel rollte kraftlos am Außenpfosten vorbei. Bei der Karambolage hatte Tom sich das Knie aufgeschürft, aber auch Thorben trug eine fiese, blutende Schramme davon. Doch der Fleisch gewordene Panzerschrank schien keine Schmerzen zu spüren. Er stürmte schon wieder nach vorne, ein humpelnder Tom hinterher. Salvatore versuchte, Thorben abzufangen, doch der blockte ihn mit der Schulter ab, die sich wie ein Rammbock anfühlte. Jetzt musste Thorben, der offenbar nicht in der Laune war, dem vollkommen frei stehenden Julian zuzupassen, nur noch Winston überwinden. Er zog mit voller Wucht ab. Winston bekam den Ball in den Bauch. Dem Jungen blieb die Luft weg. Thorben versenkte den Ball Sekunden später im Tor.

Winston brauchte einige Minuten, bis er endlich wieder Luft bekam. „Ihr seid keine Fußballer, ihr seid Schläger“, hechelte er nach Atem ringend.

Salvatore war außer sich. „Das hat mit einem fairen Kick rein gar nichts zu tun“, brüllte er. „Wolltet ihr uns zu einer Schlägerei einladen? Oder was geht hier ab?“

Thorben, Fred und Julian zuckten nur mit den Schultern. „Wollt ihr etwa aufgeben“, fragte Julian gehässig, „sollen wir lieber Tischfußball spielen?“

„Blödmannsgehilfe“, zischte Winston.

Das Spiel ging weiter. Doch Winston, Tom und Salvatore bekamen im wahrsten Sinne des Wortes kein Bein auf den Boden. Die anderen spielten nicht nur unfair, sie waren auch stärker, schneller und ohne den kleinsten Konditionsmangel. Nach einer halben Stunde stand es 10 : 0. Das Spiel war aus. Tom, Winston und Salvatore waren völlig außer Atem. Ihre Gegner wirkten nicht einmal im Ansatz angestrengt.

„Na, wie ist es, wollt ihr eine Revanche?“, fragte Julian, während er den Ball hochnahm und ein paar Kunststücke vollführte. „Oder seid ihr im Moment ein wenig außer Form?“

„In einem richtigen Spiel wäre jeder Einzelne von euch nach spätestens zwei Minuten vom Platz geflogen“, konterte Salvatore.

„Ach ja“, meinte Julian nur, „ein Schiedsrichter hätte euch auch nicht geholfen. Ihr seid einfach nicht mal ein Hundertstel so gut wie euer Ruf. Ohne Zauberball könnt ihr gar nichts.“

„Lass uns abhauen“, sagte Tom zerknirscht.

„In die Scheißburg setze ich keinen Fuß mehr“, schimpfte Winston. Schweigend liefen die geschlagenen Jungs hinter Julian her und stapften schließlich wortlos an dem Gespenst vorbei, das wohl als Torwächter arbeitete.

Als sie ein gutes Stück von der Burg entfernt waren, meinte Winston: „In der Burg geht es nicht mit rechten Dingen zu."

„Was meinst du?", fragte Salvatore.

„Als ich auf die Toilette wollte, habe ich mich ein wenig umgesehen, deshalb hat das auch so lange gedauert. Da sind ein paar Räume, in denen es aussieht wie in einem Chemielabor. Glaubt mir, die sind nicht aus Zufall so gut."

„Glaubst du, die experimentieren mit Drogen?", fragte Salvatore, der sich mit der rechten Hand durch seine wilde schwarze Mähne fuhr.

„Da bin ich mir ziemlich sicher", gab Winston zurück.

„Vielleicht sind sie auch einfach nur besser", gab Tom zerknirscht von sich.

„Das war einfach ein Drecksspiel", kommentierte Salvatore. Den restlichen Abstieg vom Burgberg sprach keiner mehr ein Wort.

Mensch gegen Maschine

„Hey Tom!

Wir müssen Hilfe haben. Schnell. Reicher Mann lässt Monstermaschinen auf uns los. Dorf soll abgerissen werden. Für Hotel und Spielkasino. Große Gefahr. Kommt alle nach Malawi. Ganze Mannschaft. Sonst gibt unser Dorf nicht mehr. Ich brauche Euch eilig. Bringt David mit. Hier Adresse: Mainz, Kapellenstraße.

Brief braucht lange. Ihr bestimmt nicht.

Dein Mucawe."

Mucawe legte den Stift zur Seite. Seine Schwester Gira flog über die handschriftlichen Zeilen. „Sonst gibt *es* unser Dorf nicht mehr. Schreib bitte noch ein *es* rein. Und nicht: Ich brauche euch *eilig*. *Dringend* ist das richtige Wort." Gira sah ihren Bruder tadelnd an.

„Ist doch egal, ob *eilig* oder *dringend*. Hauptsache, wir bekommen Hilfe", meinte Mucawe unwirsch.

„Dein Englisch ist immer noch eine Katastrophe. Das ist kein Brief. Das ist eher ein Buchstabenpuzzle."

„Wer mein Freund ist, versteht mich", knurrte Mucawe.

Er liebte seine Schwester heiß und innig. Aber ihn wurmte es, wenn sie mal wieder alles besser wusste.

„Meinst du, die paar Zeilen reichen?“, fragte Gira ziemlich laut, um den Lärm der Baumaschinen zu übertönen. „Sie müssen ganz schön viel auf sich nehmen, um zu uns zu kommen.“

„Natürlich. Wir haben das große Spiel gegen Brasilien gewonnen. Wir halten zusammen. Da muss man nicht viel schreiben“, beharrte Mucawe.

Sein Brief an seinen Freund David war noch kürzer ausgefallen: „Hallo David, es geht um Leben und Tod. Du musst kommen. Mucawe.“

„Ich hoffe, sie kommen wirklich“, meinte Gira, aber ihre Worte klangen schon weniger zweifelnd. Die beinahe unzerstörbare Zuversicht ihres Bruders steckte sie an.

Morgen würde sie von ihrem Dorf am Malawisee in die Hauptstadt Chilumba reisen und die Briefe zur Post bringen. Bei ihnen gab es keinen Briefkasten, nicht einmal einen Briefträger.

Mucawe, Gira und der Rest des kleinen Fischerdorfes hatten Hilfe dringend nötig. Die Baumaschinen rückten jeden Tag näher. Das Rattern und Röhren war unerträglich. Aus lauter Boshaftigkeit ließen die Arbeiter eine Reihe von Maschinen Tag und Nacht laufen, sodass die Kinder nicht mehr richtig schlafen konnten. Das einst so idyllische Dörfchen verwandelte sich langsam, aber sicher in eine lärmende Hölle. Und das nur, weil die Dorfbewohner sich weigerten, ihr Land zu verlassen.

Inzwischen hatten sie herausgefunden, was dieser stinkreiche Typ wollte, dem die ganzen stählernen Monster gehörten: eine Feriensiedlung bauen. Genau dort, wo ihr Dorf stand. Doch das war nicht alles. Der Großkotz plante noch ein zweites Gebäude. In dem konnten angeblich Menschen, die zu viel Geld hatten, ihr Geld verspielen. Kasino nannten sie diesen Blödsinn.

„Wenn ich mal zu viel Geld habe, dann baue ich uns eine schöne große Hütte, schenke Papa eine Angel, all meinen Geschwistern feste Schuhe und kaufe mir fünf echte Lederfußbälle", dachte Mucawe. „Und ich werfe mein Geld garantiert nicht so einem Bleichgesicht zum Fraß hin."

Mucawe nahm seinen einzigen Lederball aus der Hütte. Sein größter Schatz. Ihn hatte er aus Dortmund mitgebracht und er hütete ihn wie seinen Augapfel. Den Lederball kickte er vor sich her, verscheuchte währenddessen ein paar gackernde Hühner und lief einer Schar kleinerer Kinder davon, die sich sofort zu ihm gesellen wollten. Sein Ball war der heimliche Star im Dorf; jeder wollte mit ihm spielen. Am Strand angekommen, dem einzigen Ort, wo man noch einigermaßen seine Ruhe hatte, hörte er noch die entfernten Rufe der kleinen Kinder: „Hey, Mucawe. Warte, Mucawe. Lass uns mitspielen."

Doch Mucawe wollte heute nicht mit irgendjemandem spielen. Er wollte sich mit Massambo treffen, seinem Freund, dem Magier, Häuptlingssohn und Spaßmacher. Mucawe lief durchs seichte Wasser des Sees, während er mit dem Ball auf dem Kopf jonglierte, um auf Massambo zu warten. Die Sonne war schon ganz nah am Horizont. Sie sah aus wie ein orange-gelber Tropfen Licht, der gleich mit dem Wasser des Malawisees zerfließen würde. Doch die Idylle währte nicht lange. Wenige Augenblicke später rauschte eines der Boote mit den blauen Augen auf dem Kiel ganz nah am Ufer vorbei. So, dass es große Wellen aufwarf, vor denen sich Mucawe mit zwei großen Sprüngen in Sicherheit bringen musste. Die Bootsführer machten das offenbar mit voller Absicht. Das ganze Dorf ärgerte sich über deren rücksichtslose Fahrweise. Die Fischer hatten seit Tagen keinen guten Fang mehr gemacht, weil diese Rowdys ihre Beute vertrieben. Und die Frauen konnten ihre Wäsche nicht mehr ungestört im See waschen.

„Es wird Zeit, dass wir es denen mal richtig zeigen", murmelte Mucawe vor sich hin. „Heute Nacht ist es so weit."

In diesem Moment bog Massambo um die Ecke, mit zwei guten Freunden im Schlepptau. Der Krieger und Magier hatte ein breites Grinsen auf den Lippen.

„Lass uns an die Arbeit gehen", sagte er nur. Die Schadenfreude in seinem Blick sprach Bände.

„Ojemine, ihr seht ja aus wie einer von diesen Monstersklaven", begrüßte Mucawe die drei. Er hatte vorige Nacht geträumt, eine Armee von brüllenden Monstermaschinen und ihren menschlichen Arbeitssklaven bedrohe das Dorf.

„Wo habt ihr denn diese umgedrehten Suppenschüsseln mit dem Dämonenauge drauf her?“, fragte Mucawe angewidert.

„Du weißt genau, dass das die Helme der Bauarbeiter sind, mit dem Erkennungszeichen der Firma versehen“, konterte Massambo. „Los, zieh das an, das ist unsere Tarnung für den Notfall. Falls uns jemand bemerkt, kommen wir vielleicht so heil nach Hause. Die Klamotten hat übrigens die alte Schneiderin genäht. Das ätzende Auge habe ich selbst draufgemalt.“

„Ich hoffe, du bist dabei nicht blind geworden“, lachte Mucawe, während er die Kleider überstreifte.

„Stimmt, neuerdings sieht alles so komisch aus.“ Massambo tastete sich wie ein Blinder vor. Als er Mucawe erreichte, verpasste er ihm einen Knuff. Dann wurde er wieder ernst. „Es ist dunkel genug, folgt mir.“

Jeder der vier packte einen Plastikkanister, in dem eine Flüssigkeit schwappte. Dann lief Massambo los, die anderen hielten sich dicht hinter ihm. Sie bewegten sich völlig lautlos, verschmolzen mit der Dunkelheit. Das hier war ihr Land. Sie kannten jeden Strauch und jeden Stein. Durch ein ausgetrocknetes Flussbett schlichen sie sich ans Lager an.

„Deine Monster bekommen einen kleinen Gifttrank“, flüsterte Massambo seinem Freund Mucawe zu.

Der nickte wissend, mit einem angriffslustigen Funkeln in den Augen.

Sie hatten das Lager erreicht. Schattenrisse riesiger Baumaschinen zeichneten sich im Licht zweier schwach brennender Lampen ab. In der Nähe dröhnten ein Generator und der Motor einer Planierraupe mit einem gewaltigen Stahlschild. Hinter einer Palme sahen sie eine Zigarettenspitze glimmen. „Passt auf, da ist ein Wachmann", raunte Massambo den anderen zu.

„Da hinten steht noch einer", flüsterte Mucawe, der Augen wie ein Falke hatte. Ein zweiter Wachmann lehnte an einem der Baucontainer. Da er ganz in Schwarz gekleidet war, konnte man ihn kaum erkennen.

Fürchterlich aufmerksam wirkten die beiden Gestalten nicht, aber das konnte täuschen.

Massambo holte eine Steinschleuder aus seiner Jackentasche. „Jetzt sorgen wir mal für eine gemütlichere Beleuchtung", sagte er leise. Dann spannte er den Gummi mit einem kleinen Stein, schoss erst die erste und dann die zweite Lampe aus. Der Generator und der Motor der Raupe übertönten das Bersten der Glühbirnen. Die vier Malawier legten sich flach auf den Boden und warteten die Reaktion des Wachpersonals ab. Doch die schwarzen Sheriffs schienen zu glauben, dass es mal wieder einer der vielen Stromausfälle war. Der Mann an der Palme steckte sich ungerührt eine zweite Zigarette an, der andere bewegte sich keinen Zentimeter.

„Los, weiter!“, flüsterte Massambo. „Ihr beiden schleicht zum Bootsanlegesteg dort hinten.“ In größerer Entfernung waren die Umrisse zweiter Schnellboote zu sehen, die im Malawisee dümpelten. „Mucawe und ich kümmern uns um den Rest“, gab Massambo weiter die Richtung vor. Die beiden treuen Gehilfen Massambos nickten nur. Dann robbten sie davon.

Massambo und Mucawe näherten sich dem ersten Bagger. „Das ist das Schaufelmonster, das durch unser Dorf gebrettert ist“, meinte Mucawe leise.

„Dem werden wir schön den Magen verderben“, kicherte Massambo. „Aber zuerst nehmen wir uns die dröhnende Raupe vor, die nervt am meisten.“

Mucawe setzte seinen verrutschten Helm noch einmal richtig auf. Dann schraubte er seinen Kanister auf, während Massambo mit einem Draht das Schloss des Tankdeckels knackte. Das alles geschah so schnell, dass die Wachleute nichts bemerkten. Zudem half es ihnen jetzt, dass die Motoren so laut waren.

Massambo zog einen langen Strohhalm aus seiner blauen Jacke, steckte ihn in die Tanköffnung der Planierraupe und begann, daran zu saugen. Dann bog er den Strohhalm nach unten und spuckte aus. „Widerlich“, zischte er und verzog den Mund. Aus dem Halm lief Diesel und bildete eine langsam wachsende Pfütze auf dem Sandboden. Wenig später füllte Massambo den Tank mit ein paar Litern Bananenbier aus einem der Kanister auf.

„Na dann, Prost", wisperte Mucawe, während die bräunliche Brühe immer noch aus dem Kanister gluckerte. Schließlich verschloss er den Deckel wieder. „In spätestens einer halben Stunde muss sich die Raupe übergeben", grinste er.

Die Wachleute rührten sich noch immer nicht. Als Nächstes nahmen sie sich eine Monstermaschine mit einer riesigen Walze vor, danach den Bagger, der die Kinder erschreckt hatte. Als sie gerade den letzten Schwall Bier in den Tank gluckern ließen, näherte sich eine glimmende Zigarettenspitze.

„Hey, Carlos, hier stinkt es aber verdammt nach Diesel." Der zweite Wachmann kam ebenfalls gemächlich angetrabt. Mucawe und Massambo kauerten sich hinter einen gewaltigen Gummireifen.

„Schöne Sauerei", meinte Carlos und spuckte in den Sand. „Lass uns mal die anderen Baufahrzeuge überprüfen, Franky." Die beiden Schwarzhemden kamen bedrohlich näher. Mucawe und Massambo blieb nichts anderes übrig, als sich in einer akrobatischen Meisterleistung in die Baggerschaufel zu schwingen. Sie duckten sich tief in die Höhlung. Es roch nach feuchter Erde, die an den stählernen Zähnen des Monstrums klebte.

„So eine Sauerei", brüllte Carlos und zog an seiner Zigarette. „Hier hat schon wieder einer der Arbeiter Diesel abgezapft."

„Und die Hälfte verschüttet, wahrscheinlich war der Dieb vollgesoffen. Nicht mal klauen können die hier richtig. Man sollte das ganze Pack an Einheimischen rausschmeißen“, regte sich Franky auf.

„Am besten macht unser Boss einfach die ganzen Dörfer platt“, schimpfte Carlos. Beide marschierten zu der Raupe. Mucawe spähte durch die Zähne der Baggerschaufel. Er sah Franky, wie er an der dieseldurchtränkten Erde roch.

„Hier haben sie sich auch bedient“, meinte er.

„Diese Bastarde“, zischte Carlos, während die Zigarette im Mund glimmte.

„Pass bloß auf mit der Fluppe, sonst steckst du uns hier noch alle in Brand“, warnte Franky, während er mit der Taschenlampe die Gegend absuchte. Mucawe duckte sich.

„Ich bin ja vorsichtig“, lenkte Carlos ein. „Ich habe auch keinen Bock, als Grillhähnchen zu enden. Dafür bezahlt uns der Boss nicht gut genug.“

„Da sagst du etwas Wahres.“

Die Wachmänner entfernten sich ein paar Meter.

„Hoffentlich entdecken sie die Kanister nicht“, flüsterte Massambo, „sie stehen immer noch hinter dem Reifen des Baggers.“ Die beiden Malawier lagen so eng aneinandergepresst, dass sie gegenseitig ihren Herzschlag hören konnten. Mucawe schwitzte leicht. Er kam sich vor, als hätte er den Kopf im Maul eines

Löwen stecken. Massambo schien trotz der Gefahr die Ruhe selbst. Der Strahl der Taschenlampe wanderte wie der bleiche Finger eines Ungeheuers an ihnen vorbei, konnte sie in ihrem Versteck aber nicht treffen.

„Was steht denn da", schallte es von unten herauf.

„Wo denn?"

„Da an dem Reifen. Der Kanister."

Mucawes Herz schlug schneller. Massambo blieb immer noch ganz ruhig.

Schritte näherten sich erneut.

„Schraub den Kanister mal auf", meinte Carlos zu Franky.

Mit einem kleinen Zischen öffneten sie den Verschluss.

„Das stinkt ja ekelhaft. Das ist die Pissbrühe, mit der sie sich hier abends die Lichter ausschießen."

„Das Gesöff würde nicht mal mein Hund anrühren. Kein Wunder, dass die meisten hier so durchgedreht sind. Klauen Diesel und vergessen ihren Gute-Nacht-Drink."

„Lass uns einen kleinen Kontrollgang machen. Und die Kanister auf den Müll werfen."

Die beiden Wachleute stapften davon.

„Mann, sind die blöd", atmete Mucawe aus. Sein Herzschlag normalisierte sich wieder.

Massambo spannte die Steinschleuder.

„Was machst du, willst du sie wieder hierherlocken?"

„Mal schauen, wer hier schnell durchdreht."

Massambo richtete sich auf, zielte innerhalb von Sekunden. Die sich entfernende Zigarettenspitze diente ihm als Orientierung. Ein kleines Steinchen schnellte auf sein Ziel zu.

Carlos fasste sich an Stirn. „Autsch. Verdammt. Was war das? Warst du das?“, schnaubte er.

Im nächsten Moment packte sich Franky an die Schulter. Seine Taschenlampe polterte zu Boden.

„Hey, was soll das. Das hat wehgetan. Du Depp. Willst du Ärger?“

„Kannst du haben.“ Jetzt wurde Carlos sauer. Bevor er noch etwas sagen konnte, packte Franky ihn an der Schulter. Carlos wich aus und schubste seinen Kollegen zu Boden. Die Zigarette erlosch.

Eine wilde Rauferei begann.

Massambo und Mucawe schwangen sich von der Baggerschaufel hinunter und liefen lautlos durch die Dunkelheit.

Bald hatten sie das ausgetrocknete Flussbett erreicht, wo die andern beiden schon warteten.

„Da seid ihr ja endlich“, rief einer von ihnen.

„Die Wachleute sind dümmer als ein Maiskolben“, meinte Mucawe und lachte. Dann schlichen die vier zufrieden davon. Kurz bevor sie das Dorf erreichten, war es auf einmal ziemlich still.

„Was sind das für Monster“, grinste Massambo. „Die haut schon ein Schluck Bier um.“

Freunden hilft man immer

Tom, Winston und Salvatore saßen am PC und kauften und verkauften Fußballspieler. „Ich kaufe Lahm", schrie Winston über die Köpfe der anderen hinweg und wollte gerade auf Enter drücken, doch Tom war ihm schon zuvorgekommen.

Lachend rieb Tom sich die Hände. „Jetzt brauche ich nur noch Humels für die Innenverteidigung und der Spieltag ist meiner."

Salvatore sah seinen Freund bewundernd an. „Mann, du hast es echt drauf, beim Thema Fußball kann dir keiner das Wasser reichen", sagte er anerkennend.

„Tja Leute, als Profi muss man es nicht nur in den Beinen haben", entgegnete Tom fröhlich, als es an der Tür klopfte.

„Herein, wenn es kein Schneider ist", rief Tom gut gelaunt.

Toms Mutter öffnete lachend die Zimmertür. „Nein, ein Schneider bin ich nicht. Aber eine Briefträgerin. Hier, der ist für dich." Sie reichte Tom einen Umschlag.

Tom bekam selten Post. Der Einzige, der ihm alle paar Wochen mal eine Nachricht auf dem Postweg sendete, war Mucawe, sein afrikanischer Freund.

„Hey, der Brief ist sicher von Mucawe. Danke

Mama, du kannst jetzt wieder gehen." Dabei schob er sie sachte aus der Tür.

„Ja, aber ...", setzte sie an, „was schreibt der Bub denn?"

„Mama", spielte Tom den Empörten, „nix für Neugierige in Tüten." Dann schloss er die Zimmertür und riss den Umschlag auf. Er las vor:

„Hey Tom!
Wir müssen Hilfe haben. Schnell. Reicher Mann lässt Monstermaschinen auf uns los. Dorf soll abgerissen werden. Für Hotel und Spielkasino.
Große Gefahr. Kommt alle nach Malawi. Ganze Mannschaft. Sonst gibt es unser Dorf nicht mehr.
Ich brauche Euch dringend. Bringt David mit.
Hier Adresse: Mainz, Kapellenstraße.
Brief braucht lange. Ihr bestimmt nicht.
Dein Mucawe."

„Das ist ja der Hammer", Salvatore staunte Bauklötze.

„Aber der eigentliche Hammer ist, wie gut Mucawe schreiben kann", mischte sich Winston ein. „Hut ab."

„Und was machen wir jetzt?", fragte Tom.

„Wie? Was machen wir jetzt?" Salvatore verdrehte die Augen. „Na, helfen natürlich, was ist denn das für eine dämliche Frage? Ein Freund ist in Not und bittet um Hilfe. Da braucht man kein Genie zu sein, um die Antwort auf deine Frage zu kennen."

„Ja, aber“, entgegnete Tom und wich dem Blick seines Freundes aus, „ich kann hier nicht weg. Ihr wisst doch, dass ich ins Auswahlteam berufen wurde. Und das ist das Beste, was mir je passiert ist. Das kann ich nicht mal eben sausen lassen. Ich bekäme niemals eine zweite Aufforderung. Fußball ist mein Leben.“

„Was?“, schrie Salvatore. „Tom, das ist doch jetzt nicht dein Ernst. Einer für alle, alle für einen. War das nur Geschwätz?“

Tom schüttelte den Kopf. „Nein, natürlich nicht, aber … das ist eine einmalige Chance für mich. Ihr könnt das vielleicht nicht verstehen, aber …“, sagte er langsam, „ich kann wirklich nicht. Ich muss einfach zum Auswahltraining. Bitte versteht das doch.“

Salvatore schüttelte den Kopf, nahm den Brief an sich und verließ wortlos das Zimmer. Winston trat ganz nah an Tom heran. Er sah ihm in die Augen und wiederholte zutiefst enttäuscht: „Einer für alle und alle für einen, das war doch nur Geschwätz von dir. Und …“, betonte er nun Wort für Wort, „es gibt nichts Wichtigeres im Leben als Freunde. Das waren übrigens deine Worte. Aber vielleicht hast du das ja vergessen.“ Dann knallte er die Tür hinter sich zu.

Winston und Salvatore waren wie vor den Kopf gestoßen.

„Ich denke, mich hat gerade ein Bus überrollt“, sagte Winston. „Wie kann Tom einen Freund im Stich lassen?“

„Und da heißt es immer: Fußball sei die schönste Nebensache der Welt. Nix Nebensache. Wir haben es hier mit Verrat zu tun“, regte sich Salvatore auf.

„Jetzt übertreib mal nicht“, Winston putzte umständlich seine Brille. „Lass uns lieber überlegen, wie wir Mucawe helfen können. Und vielleicht berappelt sich Tom ja wieder.“

„Darauf können wir nicht warten“, sagte Salvatore. „Wir müssen jetzt handeln. Du hast doch gehört, dass Mucawe in großer Gefahr ist.“

„Du hast recht“, sagte Winston, und dann fügte er noch hinzu: „Toms Verhalten ist die größte Enttäuschung meines noch so jungen Daseins.“

„Absolut“, sagte Salvatore, der noch immer völlig fassungslos war.

Die beiden Jungs überlegten fieberhaft, wie sie nach Malawi kommen könnten. Ihre Ersparnisse würden nicht ausreichen. Außerdem konnten sie sich nicht einfach so vom Acker machen. Spätestens am Flughafen würde man sie in Gewahrsam nehmen und vielleicht sogar einsperren oder noch Schlimmeres. Sie mussten einen Erwachsenen um Rat bitten. Wen sollten sie fragen? Sie waren alleine nach Dortmund gekommen; ihre Eltern waren weit weg in England und Italien. Die Eltern von Tom würden sich sicherlich auf die Seite ihres Sohnes stellen. Wenn Tom mit von der Partie gewesen wäre, hätte man sie vielleicht sogar überzeugen können. Aber so? Die Jungs grübelten angestrengt. Wen konnten sie von der Dringlichkeit zur Errettung Mucawes überzeugen? Wer würde ihr Problem verstehen und sie ernst nehmen? Wer würde sie unterstützen?

Und auf einmal war die Antwort auf all ihre Fragen ganz einfach. „Natürlich“, rief Winston und schlug sich mit der flachen Hand auf die Stirn, „es kann nur einen geben, an den wir uns mit unserer Mission wenden können. Der alte Johann aus Bern. Er weiß sicher Rat.“

Johann hatte ihnen schon einmal aus der Patsche geholfen. Er war ein väterlicher Freund geworden und hatte ihnen versprochen, dass sie sich jederzeit an ihn wenden konnten, wenn ein Problem im Anmarsch wäre oder sie sonst irgendwie Hilfe bräuchten. Und Johann war mehr als reich. Er hatte so viel Geld, dass er einfach alles möglich machen konnte. Aber das Wichtigste war, er hatte sicher auch Lust, sich auf ein neues Abenteuer einzulassen.

„Auf Johann können wir uns tausendprozentig verlassen“, sagte Winston. „Ja, und Johann hat die besten Ideen. Er ist der tollste Millionär auf diesem Planeten. Ich wette, er freut sich riesig, wenn wir bei ihm vor der Tür stehen. Also, worauf warten wir noch? Auf nach Bern.“

„Moment“, sagte Salvatore: „Wir müssen noch Toms Eltern Bescheid sagen. Und außerdem müssen wir erst mal bei Johann anrufen. Er muss uns die Zugtickets hinterlegen. Wir können ja schlecht schwarzfahren", beendete er schmunzelnd seinen Satz.

„Stimmt", sagte Winston „und den Eltern von Tom erzählen wir, dass Johann uns eingeladen hat und wir deshalb einen Ausflug in die Schweiz machen. Sie haben sicher nichts dagegen. Es sind ja schließlich unsere Ferien, und da können wir ja machen, was wir wollen."

„Au ja, so machen wir's. Und wenn Johann uns hoch offiziell einlädt, sind alle Erwachsenen zufrieden", bestätigte Salvatore.

„Hast du seine Handynummer dabei?"

„Na klar", lachte Winston, „die kenne ich auswendig, für alle Fälle."

Winston und Salvatore treffen einen alten Freund

„Es kommt mir so vor, als wäre es erst gestern gewesen." Winston und Salvatore standen mitten in Bern vor einem mächtigen schmiedeeisernen Zaun, der eine imposante Villa umgab. Gerade hatten sie auf die Klingel gedrückt.

„Wen darf ich melden?", erklang es förmlich aus der Gegensprechanlage.

Winston und Salvatore grinsten sich an. „Wayne Rooney", sagte Winston trocken.

„Und Andrea Pirlo", ergänzte Salvatore, „wir sind der neue Gärtner und der neue Chauffeur."

Sekundenlang geschah nichts. Dann ertönte wieder die gleiche Stimme, deutlich genervter. „Ich bitte Sie, sich solcher Späße zu enthalten. Auf Wiederhören." Die letzten beiden Worte klangen richtig schroff.

„Mensch, James", lachte Salvatore ins Mikrofon. „Wir sind es doch, Winston und Salvatore." Sekunden später ertönte ein Summen. Das Tor schwang nach innen auf. Die beiden Jungs stürmten über den Weg zu dem großen Eingangtor.

James, der Butler, stand an der Haustür und gab den beiden steif die Hand. Sein schmaler Mund verzog sich sogar ein wenig, was wohl ein Lächeln sein sollte.

„Willkommen die jungen Herren, gedulden Sie sich bitte noch einen kurzen Moment. Herr Dornfeld wird Sie sogleich empfangen."

„Immer noch der alte James, steif wie ein Torpfosten", raunte Salvatore seinem Freund Winston zu.

Dann kam Johann mit federnden Schritten auf sie zu. Seine 75 Jahre sah man ihm nicht an. „Winston, Salvatore, was für eine Freude." Der ältere Mann drückte die beiden Jungs an sich. „Wo habt ihr denn Tom gelassen, ihr seid doch sonst unzertrennlich?"

„Der würde für seine Karriere mittlerweile seine eigene Mutter verkaufen. Tom hat uns verraten", platzte Salvatore heraus. „Von wegen einer für alle und alle für einen."

Winston versuchte, seinen alten Freund Tom ein wenig in Schutz zu nehmen. „Na ja, Tom hat im Moment andere Pläne. Er ist erstmals in eine Auswahl berufen worden. Und wer weiß, was wir in seiner Situation getan hätten? Vielleicht kommt er ja noch."

„Das müsst ihr mir gleich mal in aller Ruhe erzählen, das klingt gar nicht nach unserem Tom. Aber erst einmal hauen wir uns eine Runde Pommes rot-weiß und eine Limo rein, was meint ihr?", grinste Johann. „James", rief er, während er mit einem silbernen Glöckchen klingelte, „besorge bitte etwas zu essen für meine Gäste." Der altgediente Butler entfernte sich mit einer formvollendeten Verbeugung. „Ach Kinder, was bin ich froh, euch zu sehen", meinte Johann.

„Und was bin ich froh, dass es endlich etwas zu tafeln gibt. Mein Magen hängt nämlich mittlerweile zwischen meinen Knien", freute sich Winston und rückte seine Denkerbrille zurecht.

„Und mein Magen hängt zwischen den Knöcheln. Ich könnte drei Badewannen Spaghetti in mich hineinstopfen", legte Salvatore nach.

Die Kinder sahen sich um. Johanns Berner Villa faszinierte sie immer wieder aufs Neue. Hier schien sich nichts verändert zu haben. Die vielen Lampen und Kristallleuchter, die wie Fußbälle geformt waren. Der Glastisch im Salon, in dem ein Stück Original-WM-Rasen von 1954 eingelassen war. Und dann die vielen Ölgemälde. An den Wänden hingen die Porträts großer Fußballstars. Ein paar neue Bilder waren hinzugekommen.

„Hey, Winston, schau mal, das sind ja wir", rief Salvatore begeistert. Zwischen Helmut Rahn, Ottmar Walter und Horst Eckel prangten Winston, Mucawe, Tom, Kim, Bebeto, Salvatore, Anna und all die anderen. „Das macht uns unsterblich", grinste Salvatore.

„Schließlich seid ihr ja auch Weltmeister", zwinkerte Johann und nahm einen tiefen Schluck aus seinem Kelch, der wie ein halbierter, mit Goldfäden durchwirkter Silberfußball aussah. Ihr Freund mit dem schlohweißen Haar zündete sich eine Zigarre an. „Dann erzählt mal ausführlich, was mit Tom wirklich los ist", sagte er.

„Es geht nicht nur um Tom, es geht eigentlich um Mucawe“, antwortete Salvatore. Dann berichteten die beiden Jungs, was sich in den vergangenen Tagen zugetragen hatte.

Zwei Stunden später, nachdem jeder von ihnen eine riesige Portion Pommes und ein XXL-Glas Limo im Bauch hatte, lagen die drei jeweils in einer von Johanns berühmten Hängematten. Sie waren aus Tornetzen gefertigt und herrlich gemütlich. Die drei schaukelten entspannt hin und her. „Ich wusste, dass du uns helfen würdest“, meinte Winston dankbar.

„Du bist der coolste Millionär aller Zeiten“, schob Salvatore noch hinterher und konnte einen Rülpser nicht unterdrücken.

„Mahlzeit“, erklang es schroff vom hinteren Teil des Salons. James, der Butler, hatte gerade begonnen, den Tisch abzuräumen. „Darf ich dem Herren oder den jungen Gästen noch etwas bringen?“ Das klang schon eine Spur netter. Es schien so, dass auch James sich ein wenig über den ungewöhnlichen Besuch freute.

„Ach, lass nur“, meinte Johann, „mach auch du ein kleines Schläfchen.“

„Ganz wie der Herr wünscht“, antwortete James und zog sich wenig später in sein Gemach im ersten Stock zurück.

„Wann brechen wir auf, Johann?“, fragte Winston ganz ungeduldig.

„Morgen früh. James macht heute Abend noch das Flugzeug klar. Dann sammeln wir alle ein. Und auf geht's nach Malawi."

„Lasst uns zuerst David in Mainz anrufen. Er kennt Mucawe am besten und er kennt sich in Malawi aus. Vielleicht kann er ja den Nachtzug nehmen, dann ist er schon morgen früh da", schlug Winston vor.

„Was wäre bloß mit der Welt, wenn wir sie nicht ständig retten würden?", sagte Salvatore und griff zum Hörer.

Die Gulfstream lag ruhig in der Luft. Ganz im Gegensatz zum aufgekratzten Geschnatter an Bord. Die Aufregung verstärkte sich noch, als Butler James, der Pilot der Maschine, mit unbeteiligter Stimme verkündete: „Noch eine knappe Stunde, dann landen wir in Chilumba in Malawi." In dem eleganten Privatflugzeug wuchs die Spannung.

Innerhalb weniger Tage hatten Winston, Salvatore und Johann die komplette Mannschaft zusammengetrommelt. Alle Kinder waren sofort bereit, Mucawe zu helfen. Bis auf Tom natürlich, der sich nicht wieder gemeldet hatte. Winston, Salvatore und Johann beschlossen, ihn erst einmal in Ruhe zu lassen. „Vielleicht kommt er von selbst drauf, dass sein Verhalten, na, sagen wir es sportlich, nicht gerade auf einen ausgeprägten Teamgeist schließen lässt", meinte Johann nur.

„Aber Tom ist ein Teamplayer und sobald ihm das klar wird, wird er nachkommen, ihr werdet sehen."

„Na, da wollen wir mal hoffen", entgegnete Salvatore flapsig, „dass er derzeit nicht von allen Teamgeistern verlassen ist. Sonst können wir nämlich lange auf ihn warten, und irgendwann ist der Drops gelutscht."

Von Toms Abwesenheit abgesehen, lief bei der Mucawe-Hilfsaktion bisher alles wie am Schnürchen. Als ersten Passagier nahmen sie David aus Mainz mit an Bord. Er hatte sich noch am gleichen Abend mit dem Zug auf den Weg nach Bern gemacht. Auch die bärenstarke Anna und ihr Stiefbruder Sven zögerten keine Sekunde, Schweden zu verlassen und mit nach Afrika zu kommen. Erstens hatten sie ohnehin Ferien und zweitens schon lange wieder Lust auf ein richtiges Abenteuer.

Der brasilianische Nachwuchsstar Bebeto machte vor Glück drei Kreuze, als Johanns Maschine am Horizont auftauchte. Er hatte nicht nur spielfrei, sondern auch gerade gewaltigen Ärger mit einer rivalisierenden Bande in seinem Viertel von Sao Paulo. Die Torfrau Jenny in Kalifornien mussten Winston, Salvatore und die anderen auch nicht erst lange bitten. Der Zauberball hatte ihr Leben am nachhaltigsten verändert und vor lauter Dankbarkeit wäre sie auch zu Fuß nach Malawi gelaufen. Kim, Shin und Shou in Südkorea waren ebenfalls sofort abflugbereit. Die drei Hobbydetektive packten eilig ihren „VBK – Verbrechensbekämpfungskoffer“ und freuten sich nun riesig über die Aussicht, einen neuen Fall lösen zu können.

Und das Beste: Die Eltern aller Kinder waren auch einverstanden. Sie vertrauten Johann, den sie ja schon kannten. Und das Abenteuer um den Zauberfußball hatten sie nicht vergessen.

James setzte die Gulfstream in Chilumba butterweich auf. Dann ging es in zwei Jeeps weiter über endlose Holperpisten. Fünf Stunden später rollten sie auf das kleine Dorf am Malawisee zu, lange Staubfahnen hinter sich her ziehend.

„Was ist denn hier los?“, rief Winston erstaunt.

„Hier sieht es aus, als wäre der Vesuv ausgebrochen“, wunderte sich Salvatore. Der Italiener deutete auf ein paar zertrümmerte Hütten am Rande der Siedlung.

„Und laut ist es wie bei einem Truck-Rennen“, schrie Johann, um die lärmenden Baumaschinen zu übertönen. Ihr Geratter und Gebrumme konkurrierte mit dem Geschrei der Kinder, die auf die zwei Jeeps zustürmten.

„Pass auf“, brüllte Anna. Im nächsten Moment waren die Geländewagen von Kindern umringt, die sich neugierig um die Wagen drängten. Die älteren Dorfbewohner blieben an ihren Hütten stehen, ein gutes Stück abseits. Dicht gedrängt bildeten sie eine regelrecht feindselige Mauer.

„Ein freundlicher Empfang sieht anders aus“, sagte Salvatore.

„Ja, womit rechnest du denn? Mit einem roten Teppich?“, entgegnete Winston. „Die können doch nicht wissen, dass wir in Frieden kommen.“

„Hugh“, lachte Johann. „Die Dorfbewohner erwarten im Moment garantiert nichts Gutes“, erklärte er.

„Ich steige aus und nehme Winston und Salvatore mit“, unterbrach ihn David, „wenn sie mich erkennen, löst sich die Spannung bestimmt. Und falls Mucawe nicht hier ist, kratze ich meine paar Brocken Malawisch zusammen, und dann warten wir hier, bis Mucawe kommt. Danach klärt sich eh alles, okay?“, fragte er in die Runde.

„So machen wir es“, sagte Johann. Die anderen nickten zustimmend. David öffnete die Beifahrertür. Die drei Jungs stiegen aus. David marschierte selbstbewusst auf die Hütte der älteren Dorfbewohner zu.

Ein Mann trat aus der Gruppe Einheimischer hervor und rief in Richtung David: „Sakuno!“

David erinnerte sich, dass das das malawische Wort für „Komm her“ war. Er bedankte sich höflich „Nsikomo“ und nickte dem Mann freundlich zu.

„Kulondachi?“, fragte der Mann.

„Ja, was möchte ich eigentlich?“, fragte sich David. Er zeigte in Richtung Himmel, breitete dann die Arme aus und ahmte Flugbewegungen nach. „Ndege“, sagte er dabei. „Wir sind mit dem Ndege gekommen. Freunde. Wir suchen Mucawe."

„Die paar Bocken bringen uns auch nicht weiter", flüsterte Salvatore. „Und was redet der da von einem Degen? Will der 'nen Krieg anzetteln oder was?"

In diesem Moment hörten sie einen Begeisterungsschrei. „Winston, Salvatore. Das gibt's doch gar nicht." Die Menschenmauer teilte sich, gab eine kleine Gasse frei. Durch die rannten Gira und Mucawe.

„Das ist Mucawe, Muuuucaaaaweeeee", schrie Winston.

„Und das muss seine Schwester Gira sein, von der er so viel erzählt hat", brüllte Salvatore. Jetzt hielt es auch Anna, Kim, Bebeto, Salvatore und die anderen nicht mehr in ihren Jeeps. Sie rissen die Türen auf, sprangen von den Ladeflächen und liefen Gira und Mucawe entgegen.

„Ihr endlich seid gekommen. Wie klasse", rief Mucawe ausgelassen in brüchigem Englisch.

„Unglaublich. Unglaublich", schrie Gira vor Begeisterung.

David umarmte Mucawe. „Monile Uli mkafu?", fragte er. „Monile Uli mkafu?", das hieß in etwa: „Hallo, wie geht's dir?" Als sie die glückliche Umarmung der beiden sahen, hellten sich auch die Mienen der übrigen Dorfbewohner auf. Sie erkannten David endlich. Das war doch der Junge, der im Sommer mit seinem Vater hier war, um nach Knochen und Zähnen zu suchen. Er hatte sich verändert, war größer geworden und trug sein Haar länger. Aber er sprach ihre Sprache. Sie spürten, dass die Kinder nichts mit dem Bautrupp zu schaffen hatten, und kamen freudig näher.

David klatsche Mucawe begeistert ab. „Wir dachten schon, du seist gar nicht hier. Deine Freunde hier haben uns angeguckt, als wollten wir ihnen den Sand unter den Füßen stehlen."

„Ndagha, Ndagha", schallte es nun von allen Seiten, „willkommen, willkommen".

Mucawe lachte „Sorry, ich war mit ein paar Jungs und meiner Schwester Fußball spielen. Wir mussten uns ein wenig ablenken von dem ganzen Gedöns hier. Oder wie sagt ihr? Aber das erzähle ich euch später."

„Habe ich eben Fußball spielen gehört?", mischte sich Bebeto in das Gespräch ein. „Kannst du das überhaupt noch?" Der Brasilianer nahm Mucawes Ball gut gelaunt hoch, machte ein paar Samba-Schritte, während er mit dem Ball jonglierte, dann spielte er ihn lässig weiter zu Winston. Die Dorfbewohner applaudierten. Winston ließ ihn auf dem Kopf tanzen, bevor er ihn in einem hohen Bogen zu Anna köpfte. Die rothaarige Schwedin nahm den Ball an und kletterte, ihn jonglierend, auf die Schultern ihres Stiefbruders Sven. Eine akrobatische Meisterleistung, das hatten sie wochenlang geübt. Die Bewohner aus Mucawes Dorf, die jetzt einen

Kreis um die Kinder bildeten, klatschten fasziniert, so laut, dass für einen Moment die röhrenden Baumaschinen nicht mehr zu hören waren. Anna spielte den Ball zu Johann. Dieser ließ den Ball von der Brust abtropfen und passte dann volley zu Mucawe. Der steckte mit der Hacke zu Kim durch. Die Kinder lachten lauthals vor Freude. Und plötzlich stellten sogar die Baumaschinen das Lärmen ein, von Zeit zu Zeit mussten die Motoren abkühlen.

Kinder und Erwachsene jubelten umso lauter. Ein fußballerisches Kunststück folgte dem nächsten. Selbst Butler James beförderte den Ball mit einer Art kurzem Nicken, das wohl ein Kopfball sein sollte, zu Johann. Dabei schaffte er es, dass sein sorgsam gescheiteltes Haar nicht durcheinandergeriet. Dennoch zog er sicherheitshalber einen kleinen Spiegel aus der Anzugsjacke und tupfte sich die blasse Stirn mit einem blütenweißen Taschentuch ab. Johann dribbelte derweil wie Fritz Walter zu seinen besten Zeiten. Die Dorfbewohner mochten den Mann auf Anhieb und feuerten ihn an.

„So, und jetzt springen wir in den See", rief Mucawe plötzlich und riss sich auch schon das T-Shirt vom Leib. Zusammen mit Gira sauste er los, David dicht dahinter, dann die anderen.

„Jaaaaa, in den See", brüllten die Kinder. Bald tobte eine wilde Wasserschlacht im Malawisee. Mucawe tauchte David unter, der kam prustend hoch und schleuderte Shin in die Fluten. Salvatore erwischte Winston am Fuß und hinderte ihn am Schwimmen, bis ihm Anna im flachen Wasser auf die Schultern sprang.

Plötzlich kreischte Kim auf: „Ein Hai. Da kommt ein Hai." Eine Dreiecksflosse durchschnitt das Wasser. Alle flohen aus dem See. Nur Mucawe und Gira schwammen auf den Raubfisch zu.

„Ihr seid verrückt", rief Bebeto, und fuchtelte wild mit den Armen.

„Ach was, im Malawisee gibt es nur einen Hai, und den kennen wir persönlich", grinste Gira.

Plötzlich wurde die Flosse größer, dann tauchte ein lachender Massambo auf. „Willkommen Kinder", rief er.

„Du bist der verrückteste Schauspieler der Welt", begrüßte ihn Winston bewundernd, der mit dem Malawier vor vielen Monaten in London Freundschaft geschlossen hatte.

Später saßen sie alle auf dem Dorfplatz, feierten Wiedersehen, tanzten, erzählten und kickten ein paar Bälle. Der Aufmarsch der Baumaschinen, die Schwarzhemden, die kaputten Häuser als Rache für die jüngste Sabotageaktion – all das schien plötzlich nicht mehr so schlimm.

„Warum fehlt Tom?", fragte schließlich Mucawe. Winston und Salvatore schwiegen.

„Und wo ist der Zauberfußball?“, ergänzte Gira.

„Der Zauberfußball hilft sicher anderen Kindern“, meinte Winston.

„Und Tom, dem ist im Moment nicht zu helfen“, schnaubte Salvatore nur. „Wer nicht will, der hat schon. Davon wollen wir uns jetzt aber nicht die Laune verderben lassen.“ Dann stand Salvatore auf, schnappte sich Mucawes Ball und vollführte ein paar Kunststücke.

Das Täuschungsmanöver

Am nächsten Morgen wurden die Kinder durch lautes Motorengeratter geweckt. „Du lieber Himmel", entfuhr es Winston „und ich dachte immer, dass das Wecken durch meine Mutter das Schlimmste ist, was einem passieren kann. Aber gegen diesen Lärm ist meine Mutter ja so leise wie ein Schlafwagenschaffner."

„Das geht nun schon seit Wochen so", brummte Gira. Winston, Salvatore, David, Gira und Mucawe hatten sich in der Hütte der Geschwister eingerichtet. Sie schliefen auf einem großen Matratzenlager. In der Mitte der Hütte brannte ein kleines Feuer. Gira hielt einen Topf über die Glut.

„Was kochst du da?", fragte Salvatore hungrig.

„Das ist Nsima", antwortete Mucawe für sie. „Ein ganz leckerer Brei aus Kassawa."

„Klingt ja verlockend", antwortete Salvatore und verdrehte dabei die Augen. Er würde wohl seine Diät in Malawi fortsetzen müssen, denn wenn das so schmeckte, wie es roch, würde er davon mit Sicherheit keinen einzigen Löffel herunterbekommen. „Ich hoffe mal, hier gilt der Grundsatz: Nichts wird so stinkend gegessen, wie es gekocht wird", flüsterte Salvatore Winston zu.

„Beruhige dich", erwiderte Winston ebenfalls flüsternd „ich habe in England auch gelernt, Bohnen in Tomatensoße zum Frühstück zu essen. Und glaub mir, das ist kein Spaß." Laut sagte er: „Lasst uns beraten, wie es nun weitergehen soll, für ein ausführliches Frühstück haben wir sicher auch später noch Zeit."

Salvatore zog sich schnell sein T-Shirt über und verließ die Hütte. Er musste einfach diesem Geruch entfliehen. Draußen vor der Hütte standen Massambo und Johann zusammen. Massambo erklärte Johann, was bisher geschehen war. Eines Tages war ein reicher weißer Mann in ihr Dorf gekommen und hatte ihnen mit vielen schönen Worten erklärt, dass die Dorfbewohner, so wie sie jetzt lebten, nicht weiterleben könnten. Er meinte, dass die Welt weit mehr zu bieten hätte als ärmliche Hütten und Fischfang. Er sprach davon, dass man den Fortschritt nicht aufhalten könne und es im Leben darum gehe, viel Geld zu verdienen, um aus Dörfern wie diesem herauszukommen. Junge Leute sollten in einer großen Stadt leben, tönte der Mann großspurig, und es sei die Pflicht der Alten, dafür Sorge zu tragen, dass die Jungen nach höheren Zielen strebten, als auf dem Land an einem öden See zu versauern.

„Die Dorfbewohner hörten andächtig zu", schilderte Massambo. „Zumal dieser Geschäftsmann ausgezeichnet Chichewa sprach und seine Worte sehr fein zu wählen verstand." Massambo schüttelte traurig den Kopf. „Einige der Dorfältesten dachten tatsächlich darüber nach, ihr Land zu verkaufen. Das Angebot, das uns der angeblich so feine Herr machte, klang mehr als nur verlockend. Außerdem drohte er damit, dass er wiederkäme, wenn wir nicht annehmen würden, dann aber ohne Geld. Er und seine Männer würden sich dann einfach nehmen, was ihnen sowieso von der Regierung versprochen worden sei. So, lieber Johann", beendete Massambo seinen kleinen Monolog „jetzt kennst du schon einen großen Teil der Geschichte. Und vielleicht findest du die Idee des Mannes ja gar nicht so schlecht?", fragte er unsicher. „Die Mehrheit bei uns im Dorf hat jedenfalls entschieden, ihm unser Land nicht in den Rachen zu werfen. Uns zeigt er sein wahres Gesicht. Er traktiert uns mit seiner Armee von schwarz gekleideten Söldnern. Wir sind von lärmenden Baumaschinen umzingelt. Und seit wir in einer Nacht Bananenbier in die Tanks gefüllt haben, sind die Firmenleute noch aggressiver geworden. Sollen wir deswegen aufgeben?", fragte Massambo.

„Was denkst du? Es ist euer Land", gab Johann zurück.

„Ich habe mir viele Gedanken dazu gemacht", fuhr Massambo fort. „Natürlich kann man sich einem gewissen Fortschritt nicht verschließen. Und natürlich sollen es die Jungen einmal besser haben. Aber sag selbst, ist es hier wirklich so viel schlechter als bei euch? Wir haben hier doch alles, was wir brauchen. Viele unserer Kinder gehen zur Schule, und bald werden alle diese Möglichkeit haben. Wir lieben die Gemeinschaft, in der wir leben. Würde Geld in den Taschen unser Leben wirklich besser und schöner machen? Wäre es noch unsere Heimat, wenn hier Hotels und Kasinos ständen?“

Johann schüttelte bedächtig den Kopf. „Nein, Massambo“, erwiderte Johann leise, „ich habe auch sehr viel Geld, aber ich war, bevor ich die Kinder kennenlernen durfte, trotz meines Reichtums ein armer und einsamer Mann. Ich weiß am besten, dass Geld allein nicht glücklich macht und dass man Freude und Freunde nicht durch Geld ersetzen oder gar kaufen kann. Was mir aber noch nicht klar ist“, fuhr Johann fort, „wer steckt eigentlich hinter dieser ganzen Sauerei?“

Massambo sah Johann bedrückt an. „Wir haben alles Mögliche versucht, dies herauszufinden. Aber ohne Ergebnis. Das Einzige, was wir wissen, ist, dass der große Boss aus Deutschland kommt. Genau wie ihr. Und dass er diese stechenden blauen Augen hat. Was man ja unschwer übersehen kann. Schau dir nur all die Boote und Baufahrzeuge an, überall kleben diese Augen drauf. Man fühlt sich ja schon regelrecht verfolgt“, empörte sich Massambo.

„Irgendwie müssen wir in das Lager kommen“, mischte sich nun Salvatore ein, der die ganze Zeit über aufmerksam zugehört hatte. „Es muss doch eine Möglichkeit geben, mit dem Oberdrecksack mal Aug' in Aug' zu reden, von Mann zu Mann. Dem würden wir was erzählen. Diese Pfeife."

Massambo und Johann sahen Salvatore an. „Du hast recht, Junge", sagte Johann, „irgendeinen Weg muss es geben, unbemerkt in das Lager zu kommen. Bitte sei so nett und sag den anderen Bescheid, wir treffen uns in fünf Minuten in Massambos Hütte zum Beratschlagen. Wär' doch gelacht, wenn uns nichts einfiele", ergänzte Johann noch, während Salvatore bereits davongeflitzt war, um die anderen zu suchen.

Wenig später drängelten sich die Kinder in der geräumigen Hütte von Massambo. Hier gab es eine Menge zu bestaunen. Massambo hatte von allen seinen Reisen Souvenirs mitgebracht. An den Wänden hingen Fotos, die Massambo mit allen möglichen Leuten zeigten. Einige waren sogar ziemlich bekannt. Massambo mit der deutschen Bundeskanzlerin, mit der britischen Königin, mit dem italienischen Präsidenten und dem argentinischen Fußballstar Lionel Messi. Die Kinder begriffen staunend, dass der Verwandlungskünstler und Meisterjongleur eine richtige Berühmtheit war. Auf dem Boden lagen bunte Zeitschriften aus aller Herren Länder. Jonglierbälle türmten sich in einem Regal, das zusammenzubrechen drohte, und Berge voll bunter Stoffe quollen aus einer Art Kommode, die Massambo wohl selbst zusammengezimmert haben musste. Die

Bretter hüpften bei genauerem Hinsehen regelrecht aus den Fugen. Es gab sogar einen Tisch und zwei urgemütliche Stühle in seiner Hütte.

Salvatore wollte sich gerade in einen der Stühle plumpsen lassen, als Massambo ihn sanft an der Schulter fasste und lächelnd sagte: „Ich würde dich ja gerne bitten, Platz zu nehmen, aber ich denke, heute geht mal Alter vor Schönheit, und deshalb werden Johann und ich uns hier hinsetzen, und ihr hockt euch auf den Boden, einverstanden?"

Salvatore errötete leicht. „Geht klar", sagte er, „aber wer außer mir ist denn hier schön? Müssen die anderen dann draußen bleiben?"

„Witzig, Salvatore", sagte Jenny „wohl schon lange in keinen Spiegel geguckt, was?"

„Und deine letzte Diät scheint dir nicht gutgetan zu haben", foppte ihn Anna, „du solltest an Gewicht und nicht an Gehirn verlieren."

„Kinder, Kinder", sagte nun Johann lachend, „lasst uns nicht streiten. Wir haben Wichtigeres zu tun."

„Darf ich kurz etwas sagen?", hörten die anderen eine zarte Stimme fragen. Alle drehten sich zu Gira um, die etwas verschüchtert an der Wand saß. Gira schaute wie gebannt auf die morsche Kiste, in der sich all die Stoffe von Massambo befanden. „Wie wäre es", sagte sie leise, „wie wäre es, wenn wir uns verkleiden, um in das Lager zu kommen? Massambo ist ein Verkleidungskünstler. Hier liegen meterweise Stoffe. Wir könnten …"

„Das ist eine geniale Idee." Massambo schien ganz aus dem Häuschen zu sein. „Die Stoffe habe ich aus Ägypten mitgebracht. Ein edler Scheich hat sie mir überlassen. Wir verkleiden uns als Scheichs mit Gefolge. Ja, das ist die Idee. So bekommen wir überall Einlass. Gira, du bist ein Schatz, ein Engel, nein, was sag ich denn da? Du bist genial, einfach genial."

Nach nur zwei Stunden waren Massambo und die Kinder nicht wiederzuerkennen. Massambo hatte sich ein buntes Tuch kunstvoll um den Körper geschlungen. Auf dem Kopf trug er einen weißen Turban. Er hatte sich mit Goldketten behängt. An jedem Finger steckte ein Ring.

„Sind die echt?", fragte Anna, staunend über so viel Prunk.

„Das weiß ich nicht", antwortete Massambo augenzwinkernd, „der Mann, der mir den Schmuck geschenkt hat, war jedenfalls echt. Ein echter Scheich aus dem Orient."

„Mann, Mann, Mann, dass ich das noch erleben darf", sagte Salvatore theatralisch und zog dabei seinen Schleier tiefer ins Gesicht.

Alle Kinder waren als Frauen des Scheichs verkleidet. Sie trugen wallende Gewänder und waren bis auf ein paar schmale Schlitze für die Augen komplett verschleiert. Niemand konnte auf die Idee kommen, dass unter den bunten Tüchern eine ganze Fußballmannschaft steckte.

„Auf in den Kampf", sagte Massambo. Er fasste Johann an der Hand. „Wenn wir in zwei Stunden nicht zurück sind, informiere die Dorfbewohner. Dann ist uns etwas zugestoßen. Und nun wünsche ich uns allen viel Glück. Auf geht's."

„Bringt so viel in Erfahrung wie möglich", rief Johann ihnen nach. „Wir können nur handeln, wenn wir rausbekommen, wer unser Gegner ist und was er vorhat. Also, Hals- und Beinbruch."

Gerhard Rasch, die rechte Hand des großen Konzernbosses, staunte gewaltig, als plötzlich ein Scheich mit seinem Gefolge vor der Tür stand. Massambo war ganz in seinem Element. Endlich konnte er wieder mal seine Schauspielkunst aufleben lassen. „Wir kommen aus Abu Da Chakalaka. Einem Ort wie aus Tausendundeiner Nacht. Ich bin hier mit meiner Familie im Urlaub und habe gehört, dass in dieser wunderschönen Gegend ein großes Bauvorhaben geplant wird. Schon meine Urgroßväter waren dafür bekannt, dass sie ein gutes Geschäft 80.000 Kilometer gegen den Wind rochen."

„Euer Hochwohlgeboren", unterbrach ihn Herr Rasch unterwürfig, „da seid ihr an der richtigen Adresse. Wir ziehen hier ein Megading ab."

„Junger Mann“, unterbrach ihn Scheich Massambo, „davon gehe ich aus. Darf ich fragen, um was für ein Ding es sich dabei handelt? Oder dürfen Sie mir darüber keine Auskunft geben?“, fragte er hinterlistig.

„Aber Herr Sultan“, die Kinder konnten sich ein Kichern nicht verkneifen.

„Ruhe“, zischte Massambo in ihre Richtung. „Ich möchte nicht unterbrochen werden, wenn ich schon vorhabe, hier einige Millionen – ach, was sag ich denn da? – einige Milliarden Dollar zu investieren.“

„Investieren?“, fragte Herr Rasch. „Sie wollen investieren? Mein Boss hat so viel Kohle, der braucht keinen weiteren Geldgeber. Und wenn wir erst mal das Kasino und den Hotelkomplex gebaut haben, dann können wir das Geld in Schubkarren nach Hause fahren.“

„Ein Kasino also“, sagte der Scheich. „Mit Kasinos kenne ich mich bestens aus. In dem Land, in dem wir leben, ist das Kasino und das Glücksspiel sozusagen erfunden worden. Und dass wir ein Paradies für Touristen sind, brauche ich Ihnen ja nicht extra zu sagen, das wissen Sie sicher. Mit meinem Wissen und meinem Geld könnte ich ein hervorragender Berater für Ihren hoch geschätzten Bauherren sein. Und für Sie, wie war noch gleich Ihr Name?“, fragte Massambo, „würde natürlich eine hohe Provision wegen der Vermittlung herausspringen.“

„Mein Name ist Rasch, Herr Hochwohlgeboren“, bemühte sich nun der Lagerchef, das Wohlwollen seines Gastes zu gewinnen. Dabei fielen ihm vor lauter Gier fast die Augen aus dem Kopf. „Eine Provision? Für mich? Selbstverständlich werde ich meinem Boss von Ihnen erzählen. Er kommt in zwei Tagen. Dann wird er Sie sicher kennenlernen wollen. Wie hoch ist denn die Provision?", fragte er scheinheilig.

„Na", sagte der Scheich und hielt dabei den Kopf leicht zur Seite geneigt. „Wären Sie mit einer Million Dollar einverstanden, natürlich nur fürs Erste?"

„Eine Million?" Herr Rasch verschluckte sich fast an seinen eigenen Worten. „Damit bin ich einverstanden. Also abgemacht. In zwei Tagen treffen Sie meinen Boss. Und bitte vergessen Sie das Wiederkommen nicht." Dabei verneigte er sich ungefähr vierhundert Mal unterwürfig und lächelte sogar in Richtung der verkleideten Fußballer. Der Scheich und sein Gefolge entfernten sich genauso schnell, wie sie gekommen waren. In zwei Tagen würden sie den Verantwortlichen für dieses ganze Dilemma kennenlernen. Sie hatten eine Menge mit Johann zu besprechen.

Der Vorschlag

Am Abend saßen die Kinder in Massambos Hütte und starrten auf Johanns Handy. „Jetzt klingel endlich", zischte Salvatore. Massambo hatte Herrn Rasch die Handynummer von Johann gegeben, und nun warteten alle gespannt auf die Bestätigung des Termins in zwei Tagen.

„Und wenn er nicht anruft?", fragte Shin besorgt.

„Er wird anrufen", beruhigte Johann die Kinder, „er will das Geld."

Die Minuten zogen sich endlos dahin. Johann, James und Massambo unterhielten sich leise. Sie besprachen, wie sie nun weiter vorgehen würden, sollte sich Herr Rasch tatsächlich melden.

„Wenn wir einen Termin bekommen", sagte Johann, „brauchen wir keine Verkleidung mehr. Und ich werde euch auf jeden Fall begleiten. Wir werden dem Herrn schon klarmachen, dass er hier unerwünscht ist. Auch wenn einige Dorfbewohner immer noch versucht sind einzuknicken und ihre Felder und Äcker am Ende doch verkaufen."

„Du darfst nicht vergessen", sagte Massambo, „dass ihnen viel Geld angeboten wurde. Und ich habe gehört, dass man ihnen sogar neue Häuser und schöne Arbeitsplätze verspricht."

„Außerdem“, sagte Mucawe und schnippte dabei mit den Fingern wie in der Schule, wenn er sich zu Wort meldete, „sollen diese Herren gesagt haben, dass man, wenn man verkauft, für umsonst ins Kasino darf und schnell reich wird.“

„Na klar, und alle gewinnen auch noch im Lotto“, meinte Winston trocken.

In der Hütte breitete sich Stille aus. Alle hingen ihren Gedanken nach. Die Kinder hatten gehört, dass der Oberboss gerne wettete, und nun überlegten sie, ob sie daraus Kapital schlagen konnten. Was hatten sie diesem reichen Typen bloß entgegenzusetzen? Von den umliegenden Dörfern war nicht viel Unterstützung zu erwarten. Denn auch ihnen hatte man ein Stück vom Kuchen versprochen. Also mussten es die Leute in Mucawes Dorf alleine schaffen. Die ganz Radikalen waren sogar bereit, sich mit Waffengewalt zu wehren. Andere wie Massambo nutzten lieber ihren Einfallsreichtum. Aber was waren die paar entschlossenen Leute aus dem Dorf schon gegen eine Armada an bewaffneten Sicherheitskräften und einen Fuhrpark voller Baumaschinen?

„Wir brauchen eine friedliche Lösung“, durchbrach Johann die Stille. Alle nickten.

„Zu Gewalt darf es niemals kommen“, ergänzte Massambo.

„Ach was, wir lassen ihn bauen. Und wenn er fertig

ist, dann sprengen wir sein Spielkasino“, polterte Salvatore. „Das trifft ihn am meisten.“

„Moment“, beschwichtigte Johann ihn, „wir müssen ihn vielmehr mit seinen eigenen Waffen schlagen. Überlegt doch mal, was könnt ihr am besten? Worin seid ihr unschlagbar?“

Da plötzlich klingelte das Handy. Die Kinder sprangen auf. Johann gab das Telefon an James weiter. „Jetzt bist du dran, äh Sie dran“, sagte er.

James hielt sich das Handy ans Ohr. „Ja“, sagte er, „da sind Sie richtig. Der Scheich und seine Gefolge sind außer Haus. Was kann ich für Sie tun?“

James nickte ein paar Mal in den Hörer und sagte dann mit gewohnt sachlicher Stimme: „Ich fasse noch einmal kurz zusammen. Der Termin findet übermorgen statt. Meine Herrschaften werden von Ihrer Stretchlimousine um fünfzehn Uhr abgeholt und direkt in Ihr Lager gebracht. Dort wird es zu einem Treffen zwischen meinem und Ihrem Chef kommen. Habe ich alles richtig verstanden?“, fragte James. Wieder nickte er ins Handy und klappte es dann mit einem „Ich bin Ihnen sehr verbunden“ zu.

Die Kinder applaudierten. „Jaaaaaaa, wir haben es geschafft“, lachte Massambo, „endlich können wir dem Spinner von Angesicht zu Angesicht gegenübertreten und ihm sagen, was wir von solchen Typen wie ihm halten.“

„Sorry", meldete sich Salvatore zu Wort, „ich weiß ja nicht, wie es euch geht, aber so viel Aufregung an einem Tag macht mich tierisch hungrig. Was haltet ihr davon, dass wir mal etwas zwischen die Zähne kriegen, das nicht so übel riecht und vor allen Dingen gut schmeckt?"

„Da kann ich Abhilfe schaffen", lachte Massambo und zauberte ein Huhn hinter seinem Rücken hervor.

Den nächsten Tag verbrachten die Kinder damit, sich ständig neue Strategien gegen den unbekannten großen Big Boss auszudenken. Sie kamen dabei auf die abenteuerlichsten Ideen. Dann erinnerte sich Kim an die Frage von Johann am vergangenen Abend.

„Was können wir am besten?", fragte er in die Runde.

„Na, Fußball spielen", schrien alle durcheinander. „Uns besiegt keiner. Wir sind Weltmeister."

„Stimmt", meldete sich Bebeto zu Wort. „Der Mann liebt das Spielen, wir lieben das Fußballspielen. Der Mann ist ein Zocker. Und wir sind das auch. Fußballzocker sozusagen."

„Ich weiß, was du sagen willst", unterbrach ihn Shou, „wir bieten dem Kasino-Mann eine Wette an."

„Ja", spann Kim den Gedanken seines Freundes weiter, „er muss die Wette annehmen, weil er krank im Kopf ist und nur ans Gewinnen denkt."

„Er kann die Wette gar nicht ablehnen", ereiferte sich Shou, „in unserem Land sagt man, dass ein Mann, der spielen muss, immer spielen muss. Er kann gar nicht Nein sagen, selbst wenn er es wollte."

„Halt. Stopp!", rief Jenny energisch. „Was für eine Wette überhaupt? Und glaubt ihr im Ernst, dass sich ein Multimillionär auf eine Wette mit Kindern einlässt? Wir spielen Fußball gegen ihn? Gegen wen denn überhaupt?", fragte sie und sah die anderen herausfordernd an.

„Gegen seine Werksmannschaft", rief Anna, „mein Papa spielt auch in einer Werksmannschaft, da spielen nur dicke Leute mit. Die können gar nichts, sagt mein Papa immer. Die würden Sven und ich locker in die Tasche stecken."

„Und wenn wir gewinnen, dann muss er sich einen anderen Platz suchen, an dem er die Gegend verunstalten kann, und das Dorf ist gerettet. Klasse Idee. Ein Versuch ist sie allemal wert", pflichtete Sven seiner Stiefschwester bei.

„Und was ist, wenn wir verlieren?", mischte sich Mucawe ein, dem die Idee noch nicht ganz geheuer war.

„Dann versprechen wir ihm, uns nicht gegen sein Projekt aufzulehnen", schlug Winston vor. „Das ist das Mindeste, das wir tun müssen. Sonst schlägt er niemals ein."

„Wir verlieren nicht", grinste Salvatore.

„Das klingt doch richtig gut“, nickte Mucawe erleichtert. „Genau so machen wir es.“

Die Kinder gingen geschlossen zu Massambos Hütte und berichteten den Erwachsenen von ihrer Idee. „Ausgezeichnet“, entfuhr es dem sonst so zurückhaltenden James.

Auch Johann huschte ein Lächeln übers Gesicht. „Nicht schlecht“, sagte er, „mit seiner Spielleidenschaft können wir ihn ködern. Er wird glauben, dass er ein leichtes Spiel hat. Aber wir sind nahezu unschlagbar, Kinder. Wir werden gewinnen!“

„Ja, das werden wir.“ Mucawe ballte die Faust. „Morgen werden wir die Herren zu einem Match herausfordern. Und die werden annehmen. Hundert pro.“

Pünktlich um drei Uhr fuhr die Stretchlimousine vor. Ein Mann in Uniform öffnete die hintere Tür und ließ die Kinder sowie Johann und Massambo einsteigen. Wenn der Fahrer sich darüber wunderte, dass weder die Familie des Scheichs noch der Scheich selbst in Tücher gehüllt waren, ließ er sich nichts anmerken. Auch die Tatsache, dass sich der Harem des Wüstenmillionärs scheinbar in Luft aufgelöst hatte, irritierte ihn offenbar nicht. Er ließ anstelle des weiblichen Gefolges eine bunte Schar von Kindern einsteigen. Vielleicht dachte der Fahrer einfach, dass schon alles seine Richtigkeit haben würde, vielleicht war es auch das unterwürfige

Auftreten des Butlers, das alle Zweifel im Keim erstickte. James geleitete die Herrschaften zum Auto, verbeugte sich ein paar Mal und wünschte dem Hochwohlgeborenen und seiner Großfamilie einen angenehmen Tag. Dann brauste die Limousine davon.

Das Lager befand sich nur zehn Minuten von ihrem Dorf entfernt. Diesmal wurden sie nicht am Eingangstor abgefertigt. Sie wurden noch ein Stück weitergefahren, ein weiteres, mit Stacheldraht gesichertes Tor öffnete sich auf Zuruf, und sie fuhren auf einen großen Hof. Hinter ihnen schloss sich das Tor wieder. „Gruselig", dachte Gira. Eigentlich kannte sie jeden Zentimeter in der Umgebung ihres Dorfes. Das Lager musste innerhalb weniger Tage aufgebaut worden sein. Es hatte etwas von einem Zuchthaus. Meterhohe Mauern umgaben das Hauptgebäude, davor verlief ein Zaun. Zwischen Zaun und Mauer patrouillierten Sicherheitskräfte mit scharfen Hunden. Selbst ein Wachturm mit Suchscheinwerfern gab es, auf dem das fiese Augen-Symbol prangte. Und natürlich große Hallen für Material und Baumaschinen, lang gezogene Schlafbaracken sowie kasernenartige Gebäude, deren Sinn auf den ersten Blick nicht zu erkennen war. Die Kinder beschlich ein laues Gefühl.

Plötzlich stoppte die Stretchlimousine. Der Fahrer öffnete die Tür und ließ seine Passagiere aussteigen. „Hier entlang", sagte er. Sie überquerten den sauber gefegten Hof, und wie von Geisterhand öffnete sich eine weitere Tür, die direkt in das Gebäude führte. Der Fahrer brachte sie in einen erstaunlich gemütlichen Raum, in dem sich ein edler runder Tisch mit circa 20 schweren Holzstühlen befand, und wies sie an, Platz zu nehmen. Getränke und Gebäck waren bereits bereitgestellt.

„Nix mit auf dem Boden sitzen und, ich glaub' es kaum, lecker Essen", sagte Salvatore und fiel über die Süßigkeiten her. Dann ließ er sich auf den Stuhl fallen. „Ein Holz unterm Hintern, wie klasse", sagte er gerade, als sich die Tür öffnete und ein kleiner Mann mit dicken Tränensäcken unter den Augen den Raum betrat.

„Den kenn ich", flüsterte Mucawe. „Der ist total böse."

Johann war aufgestanden und ging dem Mann, der sich mit „Kaltbach" vorstellte, entgegen. Er streckte ihm zur Begrüßung die Hand hin, doch Herr Kaltbach machte nur eine abweisende Geste und ließ seine Hand in seiner Bundfaltenhose verschwinden.

„Da ist der Name wohl Programm", flüsterte Winston.

Kaltbach war also der große Boss. Er flößte den meisten Kindern schon aufgrund seiner Erscheinung Angst ein. Heute schien seine Zornesfalte auf der Stirn noch ausgeprägter als sonst, und seine Haut war weiß wie Papier. In Salvatores Augen glich diese Gestalt eher einem Vampir als einem lebenden Wesen. Und dann diese kalt blitzenden Augen. „Wie auf dem Logo der Firma", flüsterte Mucawe auf Englisch.

„Was soll das?", herrschte Herr Kaltbach den alten

Johann und die Kinder an. „Ich bin mit einem Scheich verabredet und alles, was ich zu sehen bekomme, sind schmutzige Kinder unter den Fittichen von Ihnen und diesem Afrikaner da?“ Kaltbach verzog den Mund, als hätte er gerade etwas Widerwärtiges geschmeckt, und deutete auf Massambo. „Wer sind Sie überhaupt und was wollen Sie?“

„Darf ich mich vorstellen“, sagte Johann, der Haltung bewahrte, „mein Name ist Johann Dornfeld. Ich bin zu Hilfe gerufen worden, weil Sie, sehr verehrter Herr Kaltbach, beabsichtigen, einen Hotelkomplex und ein Kasino an diesen wunderschönen malawischen Strand zu bauen und die Dorfbewohner aus ihrer Heimat zu vertreiben. Wir sind hier, um mit Ihnen über Ihr Vorhaben zu sprechen.“

Herr Kaltbach brach in lautes Gelächter aus. Dabei verzog sich sein Mund so sehr, dass man seine Oberlippe nicht mehr sehen konnte und seine riesigen Schneidezähne zum Vorschein kamen.

„Sag ich doch“, flüsterte Salvatore, „der Typ ist ein Vampir.“

„Rasch“, schrie Herr Kaltbach jetzt. „Rasch, du Mistkerl, komm sofort hierher.“

Herr Rasch betrat das Zimmer. Ihm gefror das Lächeln im Gesicht. Hatte er doch mit der Anwesenheit des Scheichs gerechnet und nun sah er lauter Kinder, die ihn frech angrinsten.

„Kennst du die Bagage?“, fuhr ihn sein Boss an.

„Aber nein, Sir, die hab ich noch nie gesehen. Wo ist denn der Scheich und was wird jetzt aus meiner Million?“

„Was denn für eine Million, du geldgieriger Trottel“, zischte Herr Kaltbach, „hast du heute Morgen zu heiß gebadet oder was?“

„Ich kann das Missverständnis aufklären“, sagte Massambo und erhob sich majestätisch von seinem Stuhl. „Wir haben uns ursprünglich als Scheichfamilie verkleidet, um so zu einem Termin mit Ihnen zu kommen. Herr Rasch oder der Herr-zu-heiß-gebadet, wie Sie ihn zu nennen pflegen, war so nett, uns für heute Mittag in Ihr Haus einzuladen. Nun sind wir hier. Und nun lassen Sie uns reden.“

„Ich denke überhaupt nicht daran, mich mit Ihnen einzulassen. Was bilden Sie sich ein? Ich bin hier der Herr im Haus. Ich kaufe ganz Malawi, wenn es sein muss. Mir könnte ganz Afrika gehören, wenn ich wollte, und dann kommen Sie an und wollen mit mir verhandeln? Das kann doch nur ein Witz sein. Verlassen Sie sofort das Lager. Aber ein bisschen dalli. Sonst lass ich die Dobermänner auf Sie los. Wird's bald.“ Herr Kaltbach war außer sich vor Zorn.

„Hallo? Hallo?“, meldete sich Salvatore zu Wort. „Könnten mir die Herren einmal zuhören?“

Verdutzt über Salvatores selbstsicheren Tonfall

drehte sich Herr Kaltbach zu Salvatore um. „Was willst du denn?“, schnauzte er ihn an.

„Wir wollen nicht verhandeln“, sagte Salvatore mit fester Stimme, „wir bieten Ihnen eine Wette an, was sagen Sie jetzt?“

Eine Wette? Kaltbachs Augen blitzten auf. Er wurde plötzlich hellhörig. Er hatte in seinem Leben noch keine Wette verloren, und was konnten ihm diese mickrigen Kreaturen schon anhaben. Der Boss lachte. „Lass hören, mein Junge, und wenn du eine gute Idee hast, lasse ich mich vielleicht sogar darauf ein.“

Salvatore sah Hilfe suchend zu seinen Freunden. Winston übernahm das Wort. „Wir würden gerne gegen Sie Fußball spielen. Also nicht gegen Sie, sondern gegen Ihre Arbeiter. Gegen Ihre Werksmannschaft, wenn Sie eine haben. Wir sind zwar nur Kinder, aber absolut unschlagbar.“

„Verstehe ich euch richtig?“, fragte Herr Kaltbach. „Ihr wollt gegen mich antreten? Und was hab ich dann davon?“

Jetzt sprang Salvatore ein. „Wenn wir verlieren, unterstützen wir Ihr Projekt und überzeugen die Dorfbewohner davon, dass Sie nur Gutes im Schilde führen. So hätten Sie keinen Ärger mehr und könnten in Ruhe arbeiten.“

„Wenn Sie allerdings verlieren“, sprach nun Winston weiter, „dann ziehen Sie Ihre Bautrupps zurück und verlassen auf der Stelle das Land. Ist das ein Deal?“, fragte Winston. „Zocker gegen Zocker?“

Herr Kaltbach schmunzelte, mutige Menschen imponierten ihm. Ein paar Sekunden zögerte er, aber die Versuchung war zu groß. Kaltbach war ein Zocker mit Leib und Seele. Und er hatte ja noch einen gewaltigen Trumpf im Ärmel, von dem die Kinder nicht die leiseste Ahnung hatten.

„Okay“, lenkte er ein, „das klingt nicht übel. Das könnte sogar Spaß machen. Also abgemacht. Hand drauf.“ Er reichte Winston die Hand, verächtlich grinsend.

Doch bevor Winston einschlagen konnte, öffnete sich die Tür, und Julian, der fieseste Junge auf diesem Planeten, erschien im Türrahmen. „Papa, hast du einen Moment Zeit?“, sagte er.

Salvatore und Winston erbleichten. Und Mucawe wusste plötzlich, woher er die kalten blauen Augen kannte.

Das Duell

Während Winston, Mucawe und Salvatore seit zwei Tagen fassungslos darüber waren, dass Julian, der fürchterlichste Junge des ganzen Erdballs, und sein nicht minder widerlicher Vater hinter dem ganzen Elend standen, vergnügte sich Tom im Westfalenstadion. Von seinen Freunden hatte er nichts gehört. Um sich von seinem immer wieder aufkommenden schlechten Gewissen zu befreien, redete er sich ein, dass sie es auch ohne ihn schaffen würden. „Die kriegen das mit Mucawe schon hin“, dachte er dann, „so wild wird es nicht sein.“ Tom hatte die Kapuze seines Pullis über die Baseballkappe gezogen. Es war zwar ein milder Wintertag, aber dennoch ziemlich frisch im Volkspark. Dafür schien zumindest die Sonne.

Tom führte seinen Fußball eng am Fuß und umspielte gerade ein paar hüfthohe Schachfiguren. Inzwischen war er so ballsicher, dass er sich blitzschnell zwischen den hölzernen Türmen, Bauern und Springern bewegen konnte, ohne sie auch nur zu berühren. Tom machte die kleine Übung riesig Spaß, er war ganz in seinem Element. Er nahm den Ball gerade hoch, um ihn über den König zu lupfen. Da traf eine zweite Kugel die schwarze Figur mitten ins Gesicht. Die Holzfigur stürzte um und riss eine Dame und einen Bauern mit. „Schachmatt", tönte es von hinten. Tom kannte diese Stimme, sie war schlimmer als der Klang einer Kreissäge. Er drehte sich um, sah einen wasserstoffblonden Schopf und zwei spöttisch blitzende blaue Augen: Julian.

„Kein schlechter Schuss, was Kumpel?" Julian kam näher. Sein Gesicht wirkte merklich brauner als bei der schmachvollen Begegnung auf der Burg, als wäre er kürzlich im Süden gewesen. Und Julian schien noch kräftiger geworden zu sein. Muskelbepackt und mit Irokesenfrisur ging von dem Jungen eine bedrohliche Präsenz aus. Aber Tom ließ sich nicht einschüchtern.

„Für eine Luftpumpe wie dich war es ein ganz passabler Schuss."

„Hey, hey", meinte Julian beschwichtigend, „wer wird denn gleich ausfallend? Nur weil wir euch auf der Burg mal gezeigt haben, wo der Hammer hängt. So eine Niederlage haut dich doch nicht um." Julian zögerte einen Moment, um die Aufmerksamkeit noch stärker auf den nächsten Satz zu lenken. „Zumal du Niederlagen ja noch gewohnt bist."

„Halt's Maul, du Idiot", zischte Tom nur.

„Nicht so voreilig, Sportsfreund. Wie wäre es mit einem kleinen Wettkampf?"

„Ohne deine zwei Gorillas? Welche Tricks hast du diesmal auf Lager? Rammst du mir eine Messerklinge in den Oberschenkel?"

„Bleib mal auf dem Teppich. Nur du und ich, keine Tricks. Alles fair."

„Wie fair du bist, habe ich auf der Burg gesehen. Das war kein Spiel, das war eine Prügelei", schnaubte Tom.

„Zugegeben, Fred und Thorben sind manchmal nicht zu bremsen. Aber jetzt geht es nur um uns beide. Oder hast du Schiss?"

„Blödsinn."

Tom überlegte einen Moment. Eigentlich hatte er die Nase gestrichen voll von Julian. Auf der anderen Seite verspürte er eine gewaltige Lust, es dem Schwätzer heimzuzahlen. Die Demütigung in der Burg saß tief.

„Na gut, wie soll der Wettkampf aussehen?", fragte Tom schließlich.

„Wir markieren mit unseren Klamotten zwei Tore. Und dann spielst du gegen mich, eins gegen eins. Bis fünf."

Nur wenige Minuten später begann das Spiel.

Das Glück war mit Tom. Julian warf eine Münze. „Kopf", sagte Tom. Er hatte Anstoß.

Die Jungs belauerten sich.

Tom begann schwungvoll. Er stürmte los, den Ball nah am Fuß. Julian attackierte. Tom nutzte seine Technik, Julian seine Kraft. Beide Jungs rangen um jeden Zentimeter Rasen. Dann gelang es Julian, Tom die Kugel abzujagen. Sofort stürmte er aufs Tor. Tom konnte ihn nicht mehr abfangen.

1 : 0 für Julian.

„Na warte“, dachte sich Tom.

Jetzt versuchte es Tom mit einem Fernschuss, in den er seine ganze Kraft legte. Julian stand im kurzen Eck und konnte den Kracher noch mit der rechten Fußspitze abwehren. „Nicht schlecht“, sagte er anerkennend. Tom schwieg. Ein Lob von Julian war schlimmer als jede Kritik.

Jetzt stürmte Julian vor. Wieder wäre der stämmige Junge an Tom vorbeigezogen, aber er konnte den Ball weggrätschen. Julian nahm einen zweiten Anlauf. Tom verteidigte, schirmte das Tor ab, lief dann auf Julian zu, um den Winkel zu verkürzen. Julian drehte Tom blitzschnell den Rücken zu und schob den Ball mit der Hacke zwischen seinen Beinen durch. Der Ball kullerte unaufhaltsam ins Tor.

2 : 0 für Julian.

Tom versuchte, die Nerven zu behalten. „Es muss doch ein Gegenmittel gegen diesen Mistkerl geben“, grübelte er, während er einen neuen Angriff startete. Dieses Mal lockte er Julian in seine Hälfte, dann umspielte er ihn und zog ab. Der Ball landete zwischen den Jacken. Anschlusstreffer. Tom ließ sich seine Erleichterung nicht anmerken.

2 : 1.

„Klasse Schuss, Kumpel“, kommentierte Julian, und es klang noch nicht mal ironisch.

„Was soll das?“, dachte Tom, freute sich aber wider Willen doch ein bisschen über das Lob.

Jetzt drehte Julian auf. Er dribbelte, dass Tom Mühe hatte dagegenzuhalten. Innerhalb weniger Sekunden hatte er Tom umkurvt, der sich mit einem Tackling zu helfen versuchte. Doch Julian war zu schnell, Tom rutschte ins Leere. Julian konnte den Ball seelenruhig über die imaginäre Torlinie schieben.

3 : 1.

Den nächsten Angriff konnte Tom nur mit einem Foul stoppen, wofür er sich ein wenig schämte. Er trat seinem Gegner in die Hacken und brachte ihn zu Fall. Strafstoß für Julian. Der Schuss kam punktgenau ins rechte Eck, innen neben der Kapuzenjacke, die den Pfosten markierte. Tom hechte nach dem Ball, konnte ihn aber nicht erreichen.

4 : 1.

„Verdammt, der macht mich fertig.“ Tom drehte seine Baseballkappe einmal rund um den Kopf. Das hatte ihm schon öfters Glück gebracht. Dann startete er erneut einen Angriff. Dieses Mal gelang es ihm, Julian weit in die Defensive zu drängen. Der kräftige Junge musste zwei Schüsse abwehren, bevor er selbst in die Offensive ging. Tom versuchte ihn abzudrängen, den entscheidenden Torschuss zu verhindern. Und dann die Blamage. Julian tunnelte seinen Gegner. Der Ball war schon wieder im Tor.

5 : 1.

Julian hatte gewonnen.

„Für ein Weichei nicht übel, Tom“, sagte er. Doch es klang gar nicht so spöttisch wie sonst. „Du hast es mir nicht leicht gemacht.“

Tom nestelte an seiner Kappe herum. Julian schwieg. Trotz seines haushohen Siegs sparte er sich jeden weiteren spöttischen Kommentar. Keine bissigen Bemerkungen. Kein großspuriges Gehabe.

„Was ist denn mit dem los?“, fragte sich Tom. „Ist der neuerdings bei den Pfadfindern?“

Die beiden ließen sich erschöpft ins Gras fallen.

Tom konnte nicht anders, als einen gewissen Respekt für Julian zu empfinden. Auch wenn er der fieseste Junge des Erdballs war. Fußballspielen konnte er. Auch ohne die beiden Schläger. Tom hatte auf einmal Zweifel, ob er es in die Auswahlmannschaft schaffen würde.

„Weißt du eigentlich, wo ich die vergangenen Tage war?“, fragte Julian unvermittelt.

„Spuck's schon aus.“

„In Malawi. Und ich bin deinen Freunden Salvatore, Winston und Mucawe begegnet.“

Diese Namen versetzten Tom einen Stich. An seine Freunde wollte er im Moment nun wirklich nicht denken. Sofort meldete sich sein schlechtes Gewissen.

„Mein Vater will irgend so ein Hotel oder Kasino am Malawisee bauen, so genau weiß ich das gar nicht, und

Winston, Salvatore und Mucawe machen einen ziemlichen Aufstand, nur weil ein paar Hütten geräumt werden sollen."

„Das ist die Heimat von Mucawe, du Nullchecker", sagte Tom trotzig.

„Mag ja sein", lenkte Julian ein. „Aber glaub mir, mein Vater wird sich nicht lumpen lassen, denen geht es nachher besser als je zuvor."

„Und, wo liegt dann das Problem?", fragte Tom gereizt. Insgeheim war er froh, dass es offenbar nicht ganz so schlimm um Mucawe stand.

„Das Problem: Sie haben ihr Dorf quasi verwettet. Sie wollen gegen Papas beste Mannschaft antreten. Fred und Thorben hast du kennengelernt. Und glaube mir, die anderen sind keinen Deut schlechter. Und ich spiele natürlich auch mit. Sie haben nicht den Hauch einer Chance."

„Da wäre ich mir nicht so sicher", sagte Tom, aber es klang nicht wirklich überzeugt.

„Ach komm, Tom, du weißt doch auch, gegen diese Truppe sind die Brasilianer Spielzeugsoldaten. Die Jungs sind härter trainiert als die letzten zehn beim Iron Man."

„Warum erzählst du mir das überhaupt?", fragte Tom genervt, der rätselte, warum Julian plötzlich so freundlich war. „Was willst du von mir?"

Julian sah ihm fest in die Augen. „Ich will, dass du bei uns mitspielst."

„Gegen meine Freunde?" Tom sprang auf. „So viel hältst du von mir. Ich soll meine Freunde verraten. Du bist ja geisteskrank."

„Hey, langsam." Jetzt sprang auch Julian auf. „Du sollst nicht gegen deine Freunde spielen. Das schaffen wir ganz allein. Du sollst mit uns auf der Burg trainieren. Danach schaffst du jedes Auswahltraining mit links."

„In diesem Knast? Mit einem Haufen hergelaufener Söldner mit Verbrechervisagen?"

„Es gibt auch andere, Tom", konterte Julian, „die beiden habe ich auch nur ausgesucht, um euch zu schocken. Wir haben die besten Trainer auf der Burg, die modernste Medizin, die abgedrehtesten Geräte. Und Talente wie du bekommen sogar noch ein Taschengeld von 300 Euro im Monat, wenn du mindestens ein Jahr dabei bist."

„Ich bin nicht käuflich", fauchte Tom.

„Du musst das Geld ja nicht nehmen", antwortete Julian gelassen.

„Warum wollt ihr mich überhaupt?", fragte Tom, nicht mehr ganz so abweisend.

„Weil du ein geiler Spieler bist. Weil wir zusammen 'ne Menge reißen könnten. Glaub mir, mit dem richtigen Training kannst du Weltklasse werden. Und mein Vater will die besten Spieler und die beste Mannschaft."

„Klingt ja alles suuuuuper. Ich werde nur den Verdacht nicht los, dass ich hier irgendwie verarscht werde."

„Denk, was du willst", sagte Julian patzig. „Du kannst dein Talent an Spieler wie Salvatore und Winston verschwenden, die dir niemals das Wasser reichen können, oder richtig gut werden, das heißt, ganz nach oben kommen. Du hast die Wahl."

„Und du hältst den Ball besser flach. Lass Winston und Salvatore aus dem Spiel", giftete Tom und fühlte sich zugleich ein wenig geschmeichelt.

„Ist ja schon gut, ist ja schon gut. Überleg's dir, Sportsfreund. Wir hören voneinander", meinte Julian noch, dann schnappte er sich seine Klamotten und den Ball und lief davon.

„Garantiert nicht", murmelte Tom. „So ein arroganter Arsch", dachte er, „meint, er könnte mich mit ein paar Schmeicheleien einkaufen." Doch so sehr er sich dagegen wehrte – plötzlich kam ihm die Adlerburg gar nicht mehr so finster vor.

In geheimer Mission

„Mucawe, jetzt lauf doch nicht so schnell! Hast du noch alle Latten am Zaun?“, ächzte Salvatore. „Du nagelst hier wie ein Gepard am Strand entlang, und wir, die wir diesen tiefen Boden nicht gewohnt sind, hecheln auf dem Zahnfleisch. Ich komme mir vor wie ein Traktor, der sich im Sand festgefahren hat.“

„Oh, sorry“, schmunzelte Mucawe, „das ist mein normales Strandtempo. Eher etwas langsamer.“

„Ruhig Kinder“, mischte sich nun Johann ein. Auch er keuchte vor Anstrengung. Der Lauf in der Nähe des Dorfes hatte es in sich. „Salvatore hat recht …“, sagte Johann. „Wir müssen das Tempo verändern … Ein Team orientiert sich immer am schwächsten Glied … Wir laufen gemeinsam los und kommen gemeinsam an … Also Freunde, Laufgeschwindigkeit runter …“ Jeder Satz, den der alte Trainer herausbrachte, kam stoßweise.

„Wie lange rennen wir hier denn noch rum? Ich dachte, wir bereiten uns auf ein Fußballspiel vor und nicht auf die Leichtathletikweltmeisterschaft“, keuchte Salvatore. „Ich will endlich mal die Kirsche am Fuß spüren. Mit Ball kann ich drei Tage am Stück laufen.“

„Ist schon gut“, beruhigte ihn Winston, „wir wissen

ja, wie toll du bist. Aber würdest du nicht so viel quatschen, wäre die Lauferei auch nicht so anstrengend."

Die Kinder trabten langsam weiter. Nach einer Weile fragte Jenny: „Wo sind wir hier eigentlich? Also wirklich schön ist es hier nicht mehr."

„Stimmt, schön ist anders", unterstützte sie Bebeto.

Mucawe sah sich um. Hier hatten vor wenigen Tagen noch Palmen den Weg gesäumt. Prächtige Bougainvilleas hatten die Landschaft in ein buntes Meer aus Farben verwandelt. Doch nun glich der Ausblick eher einer kargen Wüstenlandschaft. Wo einst üppiges Buschwerk blühte, befand sich jetzt eine Art geteerte Autobahn. Und genau in diesem Moment donnerte ein Lkw an den Kindern vorbei. Die Kinder sprangen im letzten Augenblick zur Seite. Eine riesige Staubwolke umhüllte sie. Jenny hustete. „Ey, sind die verrückt, oder was?", schimpfte sie lauthals und wischte sich dabei den Staub aus den Augen.

„Na klasse", meckerte Salvatore. „Erst laufen wir zu schnell und jetzt haben wir uns auch noch verlaufen. Mucawe, du bist mein Held vom Erdbeerfeld. Falls hier mal eins gestanden haben sollte. Und sollte das mit deiner Fußballkarriere nicht funktionieren, entwickle doch einfach Navigationssysteme. Du hast Talent."

„Jetzt halt mal die Luft an", sagte Winston. „Was kann denn Mucawe dafür?"

Mucawe schüttelte traurig den Kopf. „Ihr werdet es mir kaum glauben, aber noch vor wenigen Tagen war dies ein Paradies auf Erden. Ich habe euch extra hier hergeführt, um euch einen der schönsten Flecken in Malawi zu zeigen. Und nun das."

Die Kinder und Johann schauten sich nun genauer um. Sie sahen ein gewaltiges Betongebäude, umzäunt mit Stacheldraht. Schwarz gekleidete Männer schienen den Komplex zu bewachen. Sie trugen Waffen an ihren Gürteln und schauten grimmig drein. „Gespenstisch", entfuhr es Jenny, „und wo ist der Lkw abgeblieben?"

Kim, Shin und Shou, die drei Hobbydetektive, erwachten zum Leben. „Dann folgen wir mal den Reifenspuren", riefen sie gleichzeitig und sprinteten los. Johann wollte ihnen noch ein „Halt, stehen bleiben!" hinterherrufen, doch da waren die drei schon außer Sichtweite.

„Die drei sind die besten", schüttelte Salvatore den Kopf. „Reden den ganzen Tag kein Wort. Aber kaum riecht es auch nur ein bisschen nach Geheimnis, sind sie innerhalb weniger Sekunden auf Betriebstemperatur. Und was machen wir jetzt?"

„Wir können die drei ja hier nicht alleine lassen", sagte Johann. „Ich befürchte, sie finden nie wieder zurück. Wir müssen hinterher. Kommt Kinder. Aber wir bleiben zusammen! Verstanden? Keine Alleingänge mehr."

Kaum waren die Kinder und Johann losgelaufen, kam ihnen Shou entgegen.

„Wo sind die anderen?“, fragte Johann mit Sorge in der Stimme.

„Sie sind noch am Gebäude“, klärte Shou ihn auf und zwinkerte mit den Augen. „Wir haben ein Loch im Zaun entdeckt und erkunden jetzt die Gegend.“ Und schneller als Johann ihm antworten konnte, machte sich Shou wieder davon. Er rief noch im Laufen: „Macht euch keine Sorgen, wir haben die Situation unter Kontrolle.“

Shin und Kim warteten am Zaun auf Shou. Shin gab zu Protokoll: „Wir haben die Zeit gestoppt, die die Wachmänner brauchen, um an diesem Teilabschnitt zu patrouillieren. Wenn ein Wachposten losläuft, braucht er genau drei Minuten bis zum Überqueren des Hofes. Bis dann der nächste Gorilla auftaucht, verbleiben uns fünfzehn Sekunden, um über den Hof zu laufen und aufs Vordach zu kommen. Da oben können sie uns nicht sehen.“

„Schaffen wir es in der Zeit mit einem Sprint bis zu der Häuserwand da drüben?“, fragte Shou.

„Das wär’ doch gelacht“, grinste Kim. „Das sind maximal zwanzig Meter. Und wir sind Schulmeister im Fünfzigmetersprint, das dürfte also eine unserer leichtesten Übungen sein.“

„Jetzt“, rief Shin, und die drei Jungs rannten los.

Johann stockte der Atem. Die Kinder und Johann beobachteten das Geschehen aus sicherer Entfernung und machten große Augen. „Hut ab", verneigte sich Bebeto, „schnell sind die drei."

„Und wie die klettern können." Anna blieb vor Staunen der Mund offen. „Ich hab so was noch nie gesehen, mit der Kletternummer können die drei glatt im Zirkus auftreten", sagte sie.

Kim, Shin und Shou lagen flach auf dem Dach und besprachen ihr weiteres Vorgehen. Kim sagte: „Wir machen es folgendermaßen: Shou und ich behalten zunächst die Wachposten im Auge. Shin klettert weiter und erkundet die Umgebung. Wir müssen zu dem Fenster dort oben. Wenn die Luft rein ist, dann gibst du uns ein Zeichen, dann kommt Shin nach. Ich halte hier die Stellung. Sollte Ärger im Anmarsch sein, lenke ich die Gorillas ab, laufe zurück und hole Verstärkung."

„Jetzt könnten wir den Zauberball echt gut gebrauchen", sagte Shin.

Shou nickte. „Aber wir schaffen es auch so. Der Plan ist unschlagbar." Die drei klatschten sich leise ab, und Shin machte sich lautlos auf den Weg über das Vordach in Richtung Fenster. Als er dort angekommen war, streckte er den Daumen in die Höhe. Die Luft war also rein.

Shou schlich sich wie eine Raubkatze davon. Kim

wartete. Er behielt die Umgebung im Auge. Es schien eine Ewigkeit zu dauern, bis seine Freunde endlich zurückkamen. Als er sie sah, fiel ihm ein riesiger Stein vom Herzen. Doch als Kim in ihre blassen Gesichter blickte, wusste er, dass sie etwas Unglaubliches gesehen haben mussten. Shou hielt sich den Zeigefinger an die Lippen und bedeutete Kim, jetzt keine Fragen zu stellen. Auf sein Kommando spurteten sie zum Ausgang am Zaun und suchten die anderen.

„Wir begrüßen die drei Roncallibrüder. Den Stolz Koreas in unserer Mitte. Das war 'ne echte Meisterleistung. Ich würde noch immer an dem Vordach hängen." Salvatore klopfte den Jungs anerkennend auf die Schulter.

„Aber jetzt erzählt mal", unterbrach ihn Johann. „Was habt ihr herausgefunden? Eurer Gesichtsfarbe nach zu urteilen nichts Gutes."

Als die drei wieder zu Atem gekommen waren, fing Shou mit dem Erzählen an. „Falls ihr euch auch schon gefragt habt, wo eigentlich unsere Gegner trainieren, ich weiß es jetzt. Das da drin sieht aus wie eine Mischung aus einem Astronautenausbildungscamp der NASA und einem Strafgefangenenlager in Sibirien. Da drin sind ungefähr 25 Jungs in unserem Alter. Jeder Spieler hat drei Trainer. Der Raum steht voll mit Maschinen. Ich weiß gar nicht, wo ich anfangen soll."

„Fang bei den Maschinen an“, forderte Johann ihn auf.

„Okay“, sagte Shou. „Die haben so ’ne Maschine, aus der Bälle rauskommen, wie beim Tennis. Die Bälle kommen in einer unglaublichen Geschwindigkeit. Damit trainieren sie ihre Torhüter und das Kopfballspiel. Die Bälle kommen so hart, das könnt ihr euch nicht vorstellen. Wenn die Jungs mit Wasserkästen köpfen müssten, wäre da sicher kein Unterschied zu erkennen. Wirklich brutal. In den zehn Minuten, die wir zugeschaut haben, hat der Tormann sicher hundert Schüsse aufs Tor bekommen, ich dachte schon, der hätte acht Arme. Andere saßen auf einer Art Stuhl und haben nur die Beine trainiert. Das Gerät kann man nicht beschreiben. Du musst die Beine festklemmen und Gewichte nach oben stemmen. Immer rauf und runter, bestimmt fünfzig Mal in der Minute. Die haben Oberschenkel wie Arjen Robben. Und in der Halle ist außerdem noch ein kleines Spielfeld aufgebaut. Die Bälle kommen durch Löcher in der Wand wie Raketen aus allen Ecken geflogen. Der Spieler muss die Bälle wahlweise stoppen, köpfen oder zurückschießen. Überall sind Kameras aufgebaut, die die Spieler beobachten. Macht er einen Fehler, muss er sofort auf eine Laufbahn, die die komplette Halle umschließt, und drei Runden im höchsten Tempo laufen.“

„Ach du lieber Himmel“, unterbrach ihn Johann,

„und unsere bestellten Trainingsgeräte sind immer noch nicht da. Aber erzähl weiter, wie sehen die Jungs aus?"

„Erzähl du weiter", sagte Shou zu Shin.

„Okay, zum Aussehen komm ich gleich. Aber jetzt erst mal ein absoluter Hammer. Die haben da einen Korridor mit so einer Art Hindernisparcours drin. Da muss jeder durch. Die Trainer hetzen die Jungs von einer Station zur nächsten. Wer einen Fehler macht, wird sofort bestraft. Der Korridor ist fünf Meter breit. Aus den Seitenwänden schießen Boxhandschuhe, denen müssen sie ausweichen. Dann müssen sie über Hürden springen, durch brennende Ringe hechten und um Slalomstangen laufen. Ich sag euch, wenn euch einer dieser Boxhandschuhe trifft, stehst du nicht mehr auf. Und nun was für dich, Salvatore: Sprinttraining machen die auf Laufbändern, die alle 20 Sekunden das Tempo erhöhen. Ich habe noch niemals Menschen so schnell laufen sehen. Dabei tragen sie Sauerstoffmasken. Und wenn einer vom Laufband fällt, dann wird er einfach weggetragen und der Nächste wird aufs Band geschoben."

„Und vergiss nicht das Klettergerüst", sagte Shou.

„Oh", lachte Salvatore, „wie auf dem Spielplatz, das klingt ja mal ausnahmsweise ganz nett."

„Weit gefehlt", sagte Shin, „die hangeln sich zwar wie auf dem Spielplatz von einem Ende zum andern, aber wenn sie nicht schnell genug sind, kommt aus

Düsen aus dem Boden heißer Dampf. Und in einem anderen Raum sieht's aus wie in einem Physiksaal. Da blitzt es dauernd und zischt so komisch. Genau konnten wir das nicht erkennen. Aber die machen da irgendetwas mit den Trikots, die die Spieler tragen müssen. Vielleicht stehen sie unter Strom."

„Okay", sagte Salvatore „ich beschwer mich nie wieder über unser Training. Aber fruchtet das denn bei denen? Wie sehen die aus?", fragte er.

„Also wenn ich ehrlich bin", sagte Shou, „machen die auf mich den Eindruck wie eine Mischung aus Klitschko und Messi."

„Ähm, tja", nickte Salvatore, „klingt echt so, als müssten wir uns wirklich keine Sorgen machen."

Am nächsten Morgen trafen sich die Kinder zum gemeinsamen Frühstück in der Hütte von Mucawe und Gira.

„Boah", sagte Bebeto, „ich habe die ganze Nacht von den Foltergeräten geträumt. Bin ich froh, wenn heute endlich unsere Bälle ankommen und wir mit unserem Training beginnen können."

Die Kinder pflichteten ihm bei, und Bebeto fügte hinzu: „Wenn ich an die Boxhandschuhe in dem Lager denke, graust es mir jetzt noch."

„Wo ist eigentlich Johann?", fragte Jenny in die Runde.

„Er ist zum Flughafen nach Lilongwe gefahren“, sagte Mucawe, „dort holt er unsere Trainingsgeräte und Bälle ab. Die sind da gestern Abend angekommen. Und dann geht’s rund hier.“

In diesem Moment betrat Johann die Hütte. Seiner Miene konnten sie entnehmen, dass irgendetwas schiefgelaufen sein musste. „Guten Morgen Kinder“, sagte er, „die gute oder die schlechte Nachricht zuerst?“

„Oh weh“, sagte Gira, „bitte erst die schlechte.“

„Kinder“, begann Johann, „wie ihr wisst, habe ich eine ganze Ladung Trainingsmaterial aus Deutschland angefordert, die ich einfliegen lassen wollte. Wir hätten zwar nicht die gleichen Geräte gehabt wie unsere Gegner, aber wir wären nahe herangekommen. Sehr nahe sogar“, sagte er traurig.

„Und nun?“, fragte Gira.

„Nun“, antwortete Johann, „ist der gesamte Container geklaut, weg, einfach weg.“

„Himmel“, rief Jenny „was sollen wir denn jetzt machen?“

„Und“, fragte Gira, „was ist dann die gute Nachricht?“

„Die gute ist“, sagte Johann, „wir haben zwanzig Tennisbälle, drei Fußbälle und drei Springseile und fünf Gummibänder.“

„Und was, bitte schön, soll daran gut sein?“, fragte Salvatore.

Johann lächelte. „Das ist immer noch mehr, als wir vorher hatten, und Kinder, was uns fehlt, das bauen wir uns selbst."

Die Kinder riefen alle durcheinander. Die Enttäuschung hätte nicht größer sein können. Wie sollten sie gegen eine Armada durchtrainierter Überkicker ein Match gewinnen, wenn sie weder Trainingsgeräte noch ausreichend Bälle zur Verfügung hatten? Die Situation schien hoffnungslos. Gira war den Tränen nahe, und Mucawe war komplett verstummt. „Nun kann unser Dorf nicht mehr gerettet werden. Wir haben keine Chance", dachte er.

Johann bat die Kinder um Ruhe. „Kinder", sagte er, „unsere Situation erscheint euch im Moment aussichtslos. Aber die Betonung muss auf *im Moment* liegen. Wir glauben an unsere Chance und werden dafür unser Bestes geben. Wir lassen uns nicht einschüchtern. Ich erinnere mich noch gut daran, wie die Deutschen 1954 Fußballweltmeister geworden sind. Und glaubt mir, damals hatten sie auch keine Highspeedgeräte zur Verfügung. Wir müssen das, was wir haben, bestmöglich nutzen und wenn wir fleißig trainieren, werden wir Erfolg haben oder zumindest die reelle Chance, unsere Gegner zu schlagen. Kommt, Kinder, ich habe mir auf dem Weg von Lilongwe hierher viele Gedanken gemacht. Mein Trainingsplan steht zwar noch nicht ganz fest, aber James und ich, wir werden uns jetzt ein paar Stunden zurückziehen und dann beginnen wir mit den ersten Übungen. Und ich verspreche euch, ihr werdet so gut sein wie nie zuvor." Johann nickte den Kindern zu und verließ die Hütte. „Und Kinder", fügte er noch hinzu, „bitte ruht euch noch eine Weile in der Hütte aus, bis wir euch rufen."

Die Kinder sahen sich fragend an. Was hatten Johann und James vor?

Das Warten wollte kein Ende nehmen. Die Kinder vertrieben sich die Zeit, so gut sie konnten. Kim, Shin und Shou erzählten noch einmal von den Trainingsbedingungen der Gegner, bis ihnen Winston Redeverbot erteilte. „Jungs und Mädels", sagte Winston, „das bringt uns kein Stück weiter, wir müssen uns jetzt ausschließlich auf uns konzentrieren, was soll das bringen, wenn wir uns dauernd die Stärken der anderen vor Augen führen? Lasst uns lieber darüber reden, was wir besonders gut können."

„Ohne Tom und den Zauberball können wir nix", sagte Salvatore bekümmert.

„Spinnst du?", motzte ihn Jenny an, „ich hätte auch gern den Zauberball hier, haben wir aber nicht. Und hast du schon vergessen, dass ich die beste Torhüterin aller Zeiten bin?"

Die anderen Kinder nickten zustimmend. Salvatore aber blieb traurig. „Und Tom ist die größte Enttäuschung meines Lebens“, flüsterte er, „wenn er doch bloß hier wäre, er hat immer eine gute Idee auf Lager.“

„Jetzt reicht’s, ihr Brasilienbesieger“, rief Johann in die Hütte. „Nun ist ein für alle Mal Schluss mit Trübsalblasen. Jetzt wird trainiert. Heute steht Zirkeltraining auf dem Programm. Morgen Techniktraining und übermorgen Spiel- und Taktiktraining. So läuft das jetzt die nächsten drei Wochen. Also raus mit euch, wir haben am Strand euer Trainingscamp aufgebaut. Ihr werdet staunen.“

Die Kinder staunten wirklich, als sie sahen, was Johann und James innerhalb kürzester Zeit zuwege gebracht hatten. Johann hatte um den Stamm eines Baumes eines der Gummibänder gewickelt, er stellte sich hinein und zeigte den Kickern, wie das Gerät funktionierte. Er lehnte sich gegen das Gummiband und lief schnell vorwärts, ohne von der Stelle zu kommen. „Hiermit trainieren wir Sprints und Kraft, ihr werdet merken, wie müde man dabei wird. Salvatore, Mucawe, Winston, Jenny und Bebeto – ihr dürft hier anfangen. Die anderen folgen mir zur nächsten Station.“

Hier lagen drei Springseile auf dem Boden. James nahm eines der Seile auf und gab das Kommando: „Kim, Shin und Shou, das ist eure erste Station. Ihr müsst 20-mal vorwärtshüpfen, dann 20-mal rückwärtshüpfen und wieder von vorne, dann das Seil doppelt nehmen, dann mit Zwischensprung und zu guter Letzt einbeinig. Insgesamt zwei Minuten, dann zwei Minuten Pause. Anna, du stoppst die Zeit. Optimaler kann man seine Sprungkraft nicht trainieren. Wenn ihr durch seid, lasst die anderen ran."

„Jenny, komm hierher zu mir", rief Johann. „Wir haben drei Fußbälle, die benutzen wir heute ausschließlich für dein Training. Ich knalle dir abwechselnd die Bälle aufs Tor. Zum Warmwerden wirfst du dich erst nach rechts, dann nach links, das wiederholen wir einige Male. Dann nehmen wir Tennisbälle mit dazu. Deine Aufgabe ist es, nach jedem Ball zu hechten. Wenn du nicht mehr kannst, machen wir zwei weitere Übungen, alles klar?", fragte Johann und blinzelte ihr dabei zu.

Eine weitere Übung des Zirkeltrainings bestand aus Hantelübungen. Wobei es sich bei den Gewichten um unterschiedlich schwere Baumstämme handelte. Die Baumstämme mussten wie beim Gewichtheben in die Luft gestemmt werden.

An der nächsten Station wurde die Bauchmuskulatur trainiert. Einfach in den Sand legen, Beine anwinkeln, 50 Situps, kurze Pause, 50 Situps, kurze Pause.

Dann ging es weiter zur Klimmzugstation. Dafür hatten Johann und James einen Baum mit einem dicken Ast ausgesucht. Hier sollte jeder so viele Klimmzüge machen, wie er schaffte.

Eben noch total niedergeschlagen, machten sich die

Kicker mit wachsender Begeisterung an die Arbeit. Es wurde geächzt, es wurde gestöhnt, aber auch viel gelacht. Nach vier Stunden beendete Johann die Trainingseinheit mit einem lauten Pfiff. Völlig erschöpft, ausgepowert und müde, aber superglücklich ließen sich die Kinder in den Sand fallen.

„So", sagte Johann, „das Training ist vorbei, aber damit der Muskelkater morgen nicht allzu groß wird, steht jetzt noch eine Regenerationseinheit auf dem Programm."

„Oh, bitte nicht", stöhnte Salvatore, „ich spüre jetzt schon Muskeln an Stellen, von denen ich bislang gar nicht wusste, dass ich da welche habe."

„Ja", antwortet Johann, „und genau deshalb. Alle, die glauben, dass wir das Spiel der Spiele gewinnen werden, ab in die Fluten zum Ausschwimmen, denn das lockert die Muskulatur und fördert die Erholung. Danach Essen und ab ins Bett."

Tag zwei im Dschungeltrainingscamp begann mit einem ausgiebigen Frühstück. Heute stand Techniktraining auf dem Programm. „Techniktraining, super, mit drei Bällen", sagte Bebeto, „da kommst du ja nur alle drei Stunden dran."

„Wer sagt denn, dass wir nur drei Bälle haben?", fragte Johann und lächelte. „Wenn mich nicht alles täuscht und ich mich nicht verzählt habe, haben wir sogar 23 Bälle."

„Ja“, konterte Salvatore, „drei fürs Fußballtraining und 20, um sich auf Wimbledon vorzubereiten.“

Johann wollte nicht weiter diskutieren und nahm die Kinder mit an den Strand und ließ sie einen Kreis bilden. Dann nahm er einen Tennisball und warf ihn Bebeto zu. „Hier Bebeto, jetzt zeig mal, was du kannst.“

Bebeto nahm den kleinen Ball mit dem Fuß an und ließ ihn tanzen von einem Fuß auf den anderen, spielte ihn mit der Hacke, spielte ihn mit der Innenseite über den Oberschenkel auf den Kopf, fing ihn mit dem Nacken auf, hob ihn wieder in die Luft, ließ ihn von einer Schulter auf die andere springen und wieder zurück und beendete seine Vorstellung, indem er den Ball mit dem Mund auffing. Die Kinder applaudierten.

„Seht ihr“, sagte Johann, „das ist Technik in Perfektion. Jeder von euch hat zwei Wochen Zeit, um genau so gut zu werden. Das Motto lautet, wer einen Tennisball jonglieren kann, kann das mit einem Fußball erst recht. Dieser kleine Ball erfordert so viel Gefühl, Genauigkeit und äußerste Konzentration. Wenn er euer Freund wird, dann ist der Fußball praktisch ein Familienmitglied. Jeder bekommt einen Ball, und in acht Stunden ist das Training beendet. Also, auf geht’s.“

Gegen Abend fühlten sich die Kinder, als hätten sie die ägyptischen Pyramiden an einem Tag mit bloßen Händen errichtet.

„Ich bin so platt, dass ich nicht mal mehr frage, was das hier für eine Pampe ist", meinte Salvatore, während er einen undefinierbaren Brei und eine grünliche Soße in sich hineinlöffelte.

„Das ist sehr gesund, Geheimrezept meiner Mutter", grinste Mucawe, der sich die Wadenmuskulatur massierte.

„Ich will es gar nicht wissen", sagte Winston, „wahrscheinlich klein gehackte Raupenmaden in Heuschreckensoße." Salvatore lachte nicht mal, was äußerst selten vorkam.

„Wenn wir so weitertrainieren, kann ich vor Muskeln bald nicht mehr laufen", meinte Jenny.

„Bis dahin musst du aber noch ein paar Jahre trainieren", frotzelte Anna.

„Quatsch nicht, ihr da oben in Schweden werft ja auch schon als Kinder mit Baumstämmen", gab Jenny zurück.

Wenig später war es mucksmäuschenstill im Lager. Alle schliefen so gut wie schon lange nicht mehr.

Julian, der Provokateur

Die Kinder trainierten seit Tagen mit eiserner Disziplin. Dabei wurden die Leute in Mucawes Dorf immer nervöser. Denn die Baumaschinen und Bautrupps kamen Tag für Tag näher. Mehr und mehr Hütten in der nahen Umgebung fielen den gefräßigen Raupen und gierigen Baggern zum Opfer. Palmen wurden gefällt, Bretterzäune niedergerissen, Landstriche geteert. Die ersten Grundmauern der Anlage wurden hochgezogen. Betonskelette, die erahnen ließen, wie gewaltig der Gebäudekomplex einmal werden würde. Kaum jemand glaubte ernsthaft, dass mit den Neubauten ein Geldregen auf die Bewohner niedergehen würde. Die meisten wollten einfach nur in Ruhe und Frieden weiterleben. Doch das war bei dem infernalischen Baulärm gar nicht mehr möglich. Johann hatte sogar versucht, die Bauarbeiten über Anträge bei den örtlichen Gerichten zu stoppen. Doch entweder mahlten die Mühlen der Justiz in Malawi besonders langsam, oder Kaltbach hatte ein paar Geldscheine über den Tresen geschoben und die Beamten bestochen.

Die ersten Familien jedenfalls packten bereits resigniert ihre Habseligkeiten auf Handkarren und verließen das Dorf. Andere quälten Zukunftssorgen. Vor allem die Erwachsenen, die viele kleine Kinder hatten. Ein verzweifelter Familienvater hatte sogar schon bei Kaltbach nachgefragt, ob er denn später einen Job bekommen könne. Bislang war das noch die Ausnahme.

Vereinzelt wurde die Stimmung aggressiver. Es kam zu ersten Handgemengen und Streitereien zwischen den Mitarbeitern der Baufirma und aufgebrachten Einheimischen. Die meisten Dorfbewohner waren nicht bereit, kampflos ihr Hab und Gut aufzugeben. Massambo versuchte, die Wogen zu glätten. „Wir müssen uns mit List wehren, nicht mit Gewalt", predigte er bei jeder Gelegenheit. Er wusste, wie brutal die schwarz gekleideten Sicherheitskräfte Kaltbachs sein konnten. Einen Mann hatten sie krankenhausreif geschlagen, weil er versucht hatte, mit einem Ochsengespann ein paar Zäune umzureißen.

Doch Johann und seine Truppe ließen sich nicht einschüchtern. Ihnen war klar, dass jetzt alles davon abhing, ob sie es schafften, dem Baulöwen auf dem Fußballplatz die Krallen zu stutzen. In gut zwei Wochen würde das Spiel der Spiele steigen. Und sie mussten unbedingt gewinnen. Umso härter trainierten sie. Dennoch hatten sie auch jede Menge Spaß zusammen. Der äußere Druck schweißte sie noch enger zusammen.

Die Kinder ließen sich noch nicht einmal davon irritieren, dass Firmenboss Kaltbach ab und zu mit einem

Helikopter über ihrem Trainingsgelände kreiste. Sein fieses blaues Auge schien sie regelrecht zu belauern. Wie ein bösartiges Insekt hing der Hubschrauber am Himmel. Doch die Kinder winkten Kaltbach und seinem Piloten freundlich zu, demonstrativ freundlich. Manchmal malten sie zwei riesige Augen in den Sand, wobei eines dem ungebetenen Spion am Himmel zuzwinkerte. Das war ihre Art, ihren großen Gegner zu verspotten. Dabei wussten sie natürlich genau, dass es eisenhart werden würde, die Supermannschaft Kaltbachs zu schlagen. Doch für diese Sorge hatte Johann meist einen guten Spruch parat: „Ans Verlieren denken wir, wenn wir verloren haben."

Heute hatten sie schon eine Einheit Taktiktraining hinter sich gebracht. Jetzt stand Spieltraining an. Johann übte mit den Kindern das Spiel ohne Ball. Genauer: wie sie sich zu verhalten hatten, wenn der Gegner die Kugel in seinen Reihen führte.

„Richtig so", rief Johann gerade, „die gegnerische Mannschaft darf keine Chance haben, den Ball in eine günstige Position abzuspielen. Ihr diktiert dem ballführenden Mann, wohin er passen muss."

„Das weiß man doch, darüber nicht muss man reden", maulte Bebeto.

„Ein bisschen Plan im Hirn kann auch dir nicht schaden", wies ihn Winston zurecht.

„Dann wirst du nur noch genialer", schmeichelte

Jenny dem Brasilianer. Sie wusste, wie temperamentvoll Bebeto sein konnte.

Bebeto wollte gerade etwas antworten, da hörten sie das Schrapp-Schrapp eines Helikopters. Die Rotorblätter wuppten unerträglich laut. Die Kinder spürten einen scharfen Luftzug. Staubwolken wirbelten auf. „Hat einer 'ne Fliegenklatsche, da ist Ungeziefer im Anflug“, brüllte Winston. Der Helikopter flog dieses Mal ziemlich tief. Plötzlich öffnete sich eine Tür in der kleinen Maschine. Ein Seil wurde nach unten gelassen und eine Gestalt hangelte sich mit schnellen Griffen zum Boden.

„Wow“, sagten Kim, Shin und Shou fast aus einem Munde, „ganz schön lässig.“

„Echt der Hammer, das müssen wir auch mal probieren“, setzte Kim noch einen drauf.

„Ja, aber aus größerer Höhe“, lachte Shou.

„Am besten aus einem Düsenjet – und ohne Seil“, scherzte Anna. „Vergesst nur eure Detektivkoffer nicht. Vielleicht versteckt sich ja ein ausgebrochener Häftling in den Wolken.“

Die Gestalt an dem dünnen Strick war fast unten. Sie schwang kurz hin und her. Dann landete sie mit einem riesigen Satz mitten in dem Trainingsgelände. Der Hubschrauberpilot zog das baumelnde Seil zurück in die Kanzel. Dann drehte der Helikopter ab und war bald nur noch ein kleiner Punkt am Horizont. Mit geübter Geste riss sich der ungebetene Gast seinen schlanken schwarzen Helm vom Kopf. Darunter kam wasserstoffblondes Haar zum Vorschein: Julian Kaltbach.

„Nett habt ihr es hier“, meinte Julian arrogant wie eh und je. „Verzeiht, dass ich mich nicht angemeldet habe, Kumpels. Aber meine Luftkutsche war gerade in der Gegend, da wollte ich mal Hallo sagen.“

„Am besten rufst du Papis Spielzeug wieder zurück und machst schleunigst die Biege“, ging Salvatore Julian an. „Ich schwör dir, sonst gibt's eins auf die blauen Glubschäuglein. Glaub mir, danach kennt dich deine eigene Mutter nicht mehr.“

„Und falls du uns noch mal besuchen willst, kannst du dich bei James gerne um einen Termin bemühen“, meinte Winston und tat so, als würde er seinen Terminkalender im Handy durchforsten. „Du hast Glück. Hier ist was frei. Ja genau: Im Juli 2027, da haben wir Zeit. Wäre dir der erste Freitag im Monat um 16 Uhr genehm? Natürlich nur, wenn uns nichts dazwischenkommt“, erläuterte er.

Bebeto trat an Julian heran und zog an seiner blonden Irokesenmähne. „Bei uns sogar Hunde sind besser frisiert“, spottete er in gebrochenem Englisch. Julian, dem es langsam reichte, schlug die Hand des Brasilianers brüsk weg und wollte ihm gerade einen Faustschlag verpassen.

Da ging Johann dazwischen. „Lasst ihn in Ruhe.

Fairplay heißt nicht nur auf dem Platz anständig miteinander umzugehen."

Bebeto und die anderen wichen einen Schritt zurück. „Julian kann nichts dafür, was sein Vater hier anrichtet", sprach Johann mit lauter Stimme. „James, bring für alle kühle Getränke. Auch für Julian. Wir machen eine Pause."

Die Kinder ließen sich in den Sand fallen. „Coole Nummer eben", meinte Kim, der Julian kaum kannte und daher nicht so voreingenommen war.

„Das macht dir außer uns keiner nach", plauderte Shou weiter, bevor er verstummte, weil er die bösen Blicke von Winston, Salvatore und Bebeto sah. James servierte eisgekühlte Limonade. Die Kinder nahmen erst einmal einen kräftigen Schluck.

Das Geräusch von splitterndem Holz holte sie in die Realität zurück. In der Ferne sahen sie eine schwarzen Qualm ausstoßende Dampfwalze, die einen Schuppen unter sich begrub. Dahinter schienen Arbeiter mit Teer zu hantieren. „Da siehst du, was dein Vater anrichtet", schrie Mucawe, „er macht alles kaputt. Dabei hat er versprochen, die Arbeit ruhen zu lassen, bis unser Spiel vorbei ist."

„Baustellen sind halt teuer", meinte Julian, „aber ich verstehe deinen Ärger. Du lebst hier. Vielleicht würde ich mich ähnlich aufregen." Die letzten Worte des Jungen klangen gar nicht mal spöttisch.

Winston konnte der versöhnliche Tonfall allerdings nicht besänftigen. „Von dem lass ich mich nicht einwickeln", dachte er. Winston, der sich noch zu gut an das unfaire Spiel auf der Adlerburg erinnerte, ging lieber zur Attacke über: „Was willst du eigentlich? Was soll deine kleine Vorführung, du Möchte-gern-James-Bond?"

„Komm zur Sache, Angeber", schoss Salvatore nach, „Zeit ist Geld, Alter, und wenn wir sie an Typen wie dich verschwenden, können wir uns bald nicht mal mehr eine gebrauchte Zahnbürste leisten."

„Jungs, jetzt reicht es, lasst Julian wenigstens mal antworten", stoppte Johann die Kampfhähne. Alle Blicke waren nun auf den kräftigen Jungen mit dem Ohrring und der Punker-Frisur gerichtet.

„Ich bin hier, weil ich euch davon überzeugen will, dass ihr den Quatsch mit dem Fußballspiel lasst. Vergesst die Wette. Das bringt sowieso nichts. Einigt euch mit meinem Vater", meinte Julian in versöhnlichem Ton. „Bevor es zu spät ist."

„Niemals", entfuhr es Mucawe empört. „Ich lasse mein Dorf nicht im Stich."

„Und wir lassen Mucawe nicht im Stich", riefen Winston und Salvatore.

„Verpiss dich", brüllten andere. Die Situation spitzte sich schon wieder bedrohlich zu.

Dieses Mal stellte sich Anna zwischen Julian und die übrigen Kinder, ausgerechnet die Jüngste. Ihr Stiefbruder Sven eilte ihr zur Hilfe. „Halt! Julian ist alleine gekommen. Egal, was ihr von ihm denkt. Das war mutig. Und deswegen sollten wir ihn zumindest anhören."

„Wir wissen doch, was er wollen", rief Mucawe in holprigem Englisch, weil er so erregt war.

„Nein, das wissen wir eben nicht", sprach Johann ein Machtwort. „Wir treffen unsere eigenen Entscheidungen und wir werden die Leute hier garantiert nicht hängen lassen. Aber das heißt nicht, dass wir Julian nicht die Chance geben, sein Kommen zu erklären."

Endlich beruhigten sich die Kinder, auch wenn es vor allem Mucawe schwerfiel.

„Ich weiß nicht, ob ihr rafft, was hier läuft. Aber mein Vater hat ein paar Kilometer von hier ein supermodernes Trainingszentrum aufgebaut, ähnlich dem, das wir in der alten Burg bei Dortmund haben. Dazu hat er gegen eine Mordskohle die besten Spieler verpflichtet. Glaubt mir, gegen die habt ihr nicht den Hauch einer Chance", beschwor sie Julian. „Mein Vater macht sich in zwei Wochen einen Spaß daraus, euch verlieren zu sehen, euch wie die Hasen über den Rasen zu scheuchen und dann seinen Bluthunden zum Fraß vorzuwerfen. Sein Kasino, da gehe ich jede Wette ein, das baut er sowieso."

„Das wird er nicht bauen, wenn seine Mannschaft gegen uns verliert. Das hat er versprochen", mischte sich Jenny ein.

„Checkt ihr's nicht? Diese Mannschaft verliert nicht. Ihr könnt hier noch so viel Seilspringen üben und im Sand rumhopsen. Ihr glaubt doch nicht im Ernst, dass ihr meinem Vater damit Paroli bieten könnt. Und wenn ihr Sportsgranaten den Kürzeren zieht, steht ihr mit völlig leeren Händen da. Dann bekommt ihr nämlich keinen müden Dollar. Die Dorfbewohner verlieren alles. Handelt lieber einen anständigen Preis für euren Grund und Boden aus und versucht anschließend, dass möglichst viele Leute hier ein paar Jobs bei Big Daddy bekommen. Das ist erheblich besser, als euch in einem Spiel zu blamieren, bei dem ihr von Anfang an Verlierer auf der Stirn stehen habt."

„Das werden die Brasilianer in Dortmund auch gedacht haben. Und am Ende waren sie es, die wie geprügelte Hunde in die Kabine geschlichen sind", schleuderte ihm Winston entgegen.

„Die Wahrheit liegt noch immer auf dem Platz", teilte Salvatore aus.

„Ja, das mag ja sein. Ihr seid eine klasse Mannschaft. Ihr haltet zusammen. Ihr kämpft für euren Freund. Aber glaubt ihr wirklich, dass ihr diese Supertruppe schafft? Und das ohne Tom? Und ohne den Zauberfußball?" Julian sah, dass er einen wunden Punkt getroffen hatte, doch er ließ sich seinen heimlichen Triumph nicht anmerken. Seine letzte Karte hielt er noch bedeckt.

„Tom kommt noch, darauf kannst du dich verlassen", meinte Mucawe schnell.

„Der haut euch den Kasten voll", zeigte sich seine Schwester Gira überzeugt.

„Und den Zauberfußball, den brauchen wir nicht", sagte Jenny. „Wir schießen euch auch so raus aus Malawi."

„Gut gesprochen, kühne Lady. Aber, was Tom angeht, da kann ich euch weiterhelfen", sagte Julian, der ein leichtes Grinsen nicht unterdrücken konnte.

„Was soll das? Geh erst mal zum Frisör, bevor du mit Erwachsenen sprichst. Und lass Tom aus dem Spiel", giftete Salvatore.

„Gut, wenn ihr es nicht wissen wollt." Julian machte Anstalten zu gehen.

„Vergiss es, Junge, so billig kommst du uns nicht davon. Also was ist mit Tom?", hakte Winston nach.

„Nun gut, wenn ihr mich so lieb bittet. Ich hatte in Dortmund eine kleine Unterredung mit eurem Freund, von dem ich euch übrigens nett grüßen soll."

„Spar dir das dumme Gelaber. Komm zum Punkt", meinte Shin, bei dem Julian inzwischen ebenfalls sämtlichen Kredit verspielt hatte.

„Wie ihr wollt. Ich habe Tom das Angebot gemacht, dass er demnächst bei uns, genauer auf der Burg meines Vaters, trainieren kann. So wird zumindest aus ihm ein richtig guter Kicker."

„Das kannst du vergessen, Tom würde niemals in eurem Sportknast trainieren. Niemals.“ Salvatore schrie fast.

„Was den Sportknast angeht …“ Julian sprach jetzt gedehnt. „… das ist die Zukunft. Ihr hingegen seid … Vergangenheit. Und was Tom betrifft, ruft ihn doch an. Dann kann er euch höchstpersönlich sagen, wie er sich entschieden hat.“

„Hau ab, du Schmeißfliege“, brüllte Bebeto und wollte sich auf Julian stürzen.

James und Anna konnten ihn gerade noch festhalten. „Das ist dieser Lügner doch gar nicht wert“, rief Anna.

„Du hast gesagt, was du sagen wolltest. Und jetzt verschwinde“, sagte Johann streng, auf dessen Stirn eine tiefe Zornesfalte zu sehen war. „Sonst geht selbst mir die Geduld aus.“

„Alles klar, Freunde, ich weiß, dass die Wahrheit manchmal wehtut“, provozierte Julian, der sich von Johann nicht einschüchtern ließ. „Es war nett bei euch, auch wenn ich dachte, ihr hättet etwas mehr auf dem Kasten. Trotzdem vielen Dank für die Gastfreundschaft.“ Julians Worte trieften vor Ironie. Dann sprach er kurz in sein Handy. Ohne sich noch einmal umzusehen, lief Julian zum Strand. Ein schnittiges Motorboot rauschte heran.

„Lass dich nie mehr hier blicken, du stinkiges Lügenaas“, rief ihm David hinterher, Mucawes alter Brieffreund.

„Hoffentlich erwischt dich ein Nilpferd und zieht dich bis auf den Grund des Sees“, warf ihm Gira an den Kopf. Die Tiere mit dem Riesenmaul gab es in dieser Region Malawis zwar gar nicht, aber das musste Julian ja nicht wissen.

Mucawe brüllte: „Wir sehen uns auf dem Platz, dann bereust du, dass je du geboren wurdest.“

Julian schienen all die Verwünschungen nichts auszumachen. Er lachte nur und tauchte mit einem eleganten Kopfsprung ins kristallklare Wasser. Dann schwamm er mit kräftigen Zügen zu dem Motorboot und schwang sich geschmeidig über die Reling. Wenig später rauschte das Boot davon.

„So ein mieses Ekel“, schimpfte Jenny, „als wenn Tom die Seiten wechseln würde.“

„Der uns wollte nur Mut nehmen“, regte sich Mucawe auf.

„Wenn er Tom noch einmal beleidigt, dann bekommt er eine neue Frisur.“ Bebeto ließ ein Messer aufschnappen.

„Steck das weg“, griff Johann ein, „so etwas will ich nie wieder hören. Das sind nicht unsere Methoden.“

„Ich finde, Bebeto wäre ein guter Frisör“, flüsterte Salvatore Winston zu. „Nur was ist, wenn …“ Er ließ den Satz unvollendet.

„Du meinst …“ Auch Winston wollte den Gedanken nicht aussprechen.

„Ihr meint, Julian könnte vielleicht die Wahrheit gesagt haben“, sagte Anna laut und deutlich. Jetzt sprach plötzlich niemand mehr ein Wort. Alle schauten Anna an. „Ja, ihr habt richtig gehört, wissen wir das wirklich?“

„Einer verrät alle? Das kann einfach nicht sein. Wir rufen Tom an. Und zwar sofort“, sagte Salvatore.

„Du hast recht, wir müssen wissen, ob Tom noch unser Freund ist“, ergänzte Winston. Alle anderen nickten. Nur Johann fragte sich, ob diese Frage wirklich so leicht zu beantworten sei.

Tom allein zu Haus

„Da können wir uns auch mit einem Felsblock unterhalten. Tom geht nicht ran. Er hat keinen Bock, mit uns zu reden." Salvatore raufte sich seine schwarze Mähne. Seine Haare standen in alle Richtungen.

„Sollte er sich melden, sei froh, dass wir kein Bildtelefon haben", neckte ihn Anna.

„Mir ist nicht nach Scherzen zumute", sagte Salvatore unwirsch.

„Tom ist bestimmt einfach gerade nicht da. Vielleicht kickt er irgendwo", warf Jenny ein.

„Nicht vier Stunden am Stück. Und nicht, ohne irgendwann mal auf sein Handy zu schauen", gab Winston zurück.

„Er stellt sich stumm und taub", sagte Salvatore enttäuscht.

Die Kinder saßen seit Stunden in Mucawes und Giras Hütte und versuchten, Tom über Johanns Satellitentelefon zu erreichen. Der Empfang war perfekt. Das Signal ging durch. Aber auf der Gegenseite hob niemand ab.

Inzwischen hatte Tom so ziemlich von jedem seiner Fußballerfreunde eine SMS erhalten. „Wir brauchen dich. Melde dich. Ganz wichtig", hatte Mucawe geschrieben.

„Julian, der Kotzbrocken, hat hier den dicken Maxe gemacht und allen erzählt, dir wäre Kohle wichtiger als deine Kumpels und du wärst zu ihm übergelaufen. Sag, dass das Schwachsinn ist", textete Salvatore.

„Hey Tom, kann sein, dass wir ein bisschen heftig zu dir waren, aber sag uns bitte: Was läuft da mit Julian?", schrieb Winston etwas versöhnlicher.

„Hallo Tom, wir vermissen dich, ich hab dich immer bewundert, ich kann nicht glauben, was Julian da erzählt. Er will dich bestimmt nur schlecht machen", formulierte Anna.

„Mann, Tom, wir können Mucawe nicht hängen lassen. Der rührt nie wieder einen Ball an, wenn er das Spiel gegen dieses Kaltbach-Monster verliert", textete David.

„Dieser stinkreiche Irokesenfritze sagt, du hältst dich jetzt für was Besseres", schrieb Bebeto. „Hey Mann, bleib auf dem Teppich, lass dich nicht vollschleimen. Wir sind deine Freunde."

Die letzte SMS lag jetzt schon eine Stunde zurück. Immer noch keine Reaktion von Tom. Salvatore machte einen letzten Versuch, wählte die Vorwahl für Deutschland und dann Toms Nummer, die er längst auswendig konnte. Es rauschte. Dann ging das Signal durch. Salvatore stellte auf laut. Alle hörten den Rufton. Wieder und wieder. „Vergiss es einfach, das hat keinen Sinn", sagte Winston. „Wenn er bisher nicht geantwortet hat, wird er auch in den nächsten Stunden nicht antworten. Wir können ihm so viele SMS schicken, bis sein Telefon in die Luft fliegt. Dadurch bekommen wir ihn auch nicht an die Strippe."

„Vielleicht sollten wir Tom einfach mehr Zeit geben", schlug Anna vor. „Er wird sich schon seine Gedanken machen."

„Am besten, bis nichts mehr von meinem Dorf da ist", sagte Mucawe bitter.

„Dann schicken wir eben jemanden zu ihm. Mit Johanns Flieger", meinte Bebeto. „Lasst mich fliegen. Ich hole ihn schon her. Und wenn ich ihn im Schwitzkasten bis nach Malawi schleppe."

„Schwachsinn", ging Jenny dazwischen. „Freundschaft kann man nicht erzwingen. Er muss selbst entscheiden. Niemand kann das für ihn tun."

„Du hast ja recht, Jenny, aber wir können hier nicht einfach herumsitzen. Wie sollen wir das Spiel gewinnen, wenn wir nicht einmal wissen, auf welcher Seite Tom steht?", wandte Winston ein.

„Dann lass uns seine Mutter anrufen, Frau Becker, die ist fett in Ordnung", regte Salvatore an.

„Ja, vielleicht kann sie uns sagen, was mit Tom los ist", stimmte Kim zu.

„Korrekte Idee. Worauf warten wir noch?", sagte Bebeto, dem Taten mehr lagen als große Diskussionen.

Winston nahm das tragbare Telefon und wählte den

Festnetzanschluss der Beckers in Dortmund. Kurze Zeit später hatten sie tatsächlich Maria Becker am Telefon. „Winston, bist du das? Aus Malawi? Wie geht's dir? Das ist aber eine schöne Überraschung."

„Uns geht es prima, ich meine, na ja, hier ist nicht alles so perfekt. Wir stecken eigentlich in ziemlichen Schwierigkeiten", fuhr Winston fort.

„Schwierigkeiten? Was denn für Schwierigkeiten?", fragte Maria Becker erschrocken nach. „Ihr wisst, dass ihr mir alles erzählen könnt. Wirklich alles", ergänzte sie. Winston hielt nicht lange hinterm Berg und berichtete kurz und knapp, weshalb sie in Malawi waren. Alle Kinder hörten das Gespräch mit, denn das Telefon war auf laut gestellt.

Als Winston fertig war, meinte Maria Becker: „Das klingt ja echt übel. Sagt mir, wie ich euch helfen kann. Komisch, Tom hat gar nichts erzählt."

„Das ist es ja, Julian ist hier unten in Malawi. Und er behauptet, Tom würde demnächst bei dem alten Kaltbach und seinen Gorillas mitspielen", mischte sich Salvatore ein. „Bei den Leuten, die hier alles plattmachen wollen. Unseren ärgsten Feinden, mit denen wir demnächst um die Wette kicken müssen – in einem Kampf um Leben und Tod. Ausgerechnet zu denen will Tom überlaufen. Und das alles nur wegen so eines blöden Auswahlspiels." Salvatore machte einen tiefen Atemzug.

„Keiner will hier glauben, dass Tom uns verraten hat“, versuchte es Winston ein wenig diplomatischer. „Aber wir haben den ganzen Tag versucht, Tom zu erreichen. Er geht einfach nicht ans Telefon. Was sollen wir da denken?“

„Jetzt macht mal halblang, Jungs, mein Sohn verrät garantiert keine Freunde“, antwortete Maria Becker. „Das Auswahlspiel ist ihm superwichtig, das ist sogar mir klar. Und ihr wisst ja, dass ich Fußball kaum von Minigolf unterscheiden kann. Seit Wochen trainiert Tom dafür und redet von nichts anderem. Braucht ihr ihn denn wirklich so dringend?“

„Ohne ihn können wir das Spiel nicht gewinnen“, rief Mucawe dazwischen.

„Er ist unser bester Spieler“, ergänzte Jenny.

„Mag ja alles stimmen. Ich verstehe euch ja“, beschwichtigte Toms Mutter. „Aber Tom ist alt genug, seine eigenen Entscheidungen zu treffen. Ihr könnt ihn nicht zwingen, nach Afrika zu kommen und hier die Chance seines Lebens zu verpassen. Das ist nicht richtig. Und ich weiß auch nicht, ob ich das überhaupt gut fände. Wenn ihr gute Freunde seid, müsst ihr seine Entscheidung respektieren.“

„Tun wir ja, wir wollen nur, dass er mit uns spricht“, gab Anna zurück.

„Und dass er uns nicht in den Rücken fällt“, meinte Winston.

„Ich bin mir sicher, dass es sich da um ein Missverständnis handelt. Mein Sohn fällt keinem in den Rücken, schon gar nicht euch – Winston und Salvatore. Ihr seid wie Brüder für ihn. Das weiß ich genau.“ Maria Becker klang jetzt ziemlich energisch.

„Kannst du wenigstens versuchen, ihn ans Telefon zu holen?“, fragte Winston vorsichtig. „Uns wäre das voll wichtig. Wir machen uns ja auch Sorgen um ihn.“

„Ich kann euch nicht versprechen, dass er mit euch reden will. Er ist sicher oben auf dem Speicher. Und ihr kennt Tom. Manchmal will er einfach für sich sein. Besonders, wenn etwas Wichtiges in ihm vorgeht.“

„Wenn du es versuchst, laden wir dich in Dortmund auf eine riesige Runde Spaghetti ein. Ich koche selbst. Und so eine Pasta hast du noch nie gegessen“, versprach Salvatore.

„Okay, okay. Da kann ich nicht widerstehen“, lachte Maria Becker. „Dann gebt mir einfach eure Nummer. Ich schaue, ob Tom da ist und melde mich dann.“

„Danke, du bist großartige Frau“, rief Mucawe.

„Schon gut. Ich tue das gern für euch. Also her mit der Nummer. Aber ich verspreche euch nichts.“ Dann klickte es. Maria Becker hatte aufgelegt.

Fünf Minuten später war sie, zwei Schoko-Muffins in der Hand, auf dem Weg zum Speicher. Die Schiebeleiter war ausgezogen, also war Tom tatsächlich da oben. Sie hörte ihren Sohn, wie er mal wieder in seinem selbst gebauten Stadion irgendwelche akrobatischen Fußballtricks trainierte.

„Wie sein Großvater", schmunzelte sie. „Der kannte auch nur seine Kickerei." Maria Becker war stolz auf ihren Sohn. Sie konnte zwar nicht richtig nachvollziehen, was so toll daran war, wenn zweiundzwanzig Spieler auf dem Platz einem kleinen runden Etwas nachjagten, aber sie freute sich, dass Tom etwas gefunden hatte, für das er bereit war, alles zu geben. „Ich werde ihm dieses Auswahlspiel nicht ausreden", dachte sie, während sie die ersten Treppenstufen nahm.

Maria Becker und ihr Mann waren sehr glücklich darüber, wie sich Toms Leben verändert hatte, seit er dem Zauberfußball begegnet war. Ihr Junge war viel selbstbewusster als früher. Und gut sah er aus. Nur manchmal machte sie sich Sorgen um ihn, wenn er sich stundenlang auf seinem Speicher vergrub. Wie heute. „Er ist halt nicht wie andere Kinder", sagte sie sich dann. „Er braucht diesen Rückzug." Aber insgeheim wusste sie, dass Tom mehr als andere Kinder mit sich und der Welt haderte.

Maria Becker nahm die letzten Stufen. Jetzt konnte sie Tom sehen, wie er einen Hütchen-Parcours umspielte. „Hey Tom", rief sie, „mach mal 'ne Pause. Hast du Lust auf einen Schoko-Muffin?" Tom stoppte den Ball und versenkte ihn mit einem lässigen Schuss in dem oberen Loch der Torwand. Sie stand erst seit wenigen

Wochen in seinem Stadion. Tom hatte sein Taschengeld gespart und sie sich selbst gekauft. Sein ganzer Stolz.

„Das ist fett, Schoko-Muffins", sagte Tom. Die beiden setzten sich auf seine Kissenburg. „Mmmmmh, die schmecken echt lecker", schmatzte Tom.

„Na klar. Sind ja auch selbst gemacht", antwortete Maria Becker schmunzelnd.

Als sie fertig waren, sah sie ihren Sohn freundlich an. „Tom, eben hat jemand für dich angerufen."

„Wer denn?", fragte Tom, schon nicht mehr ganz so entspannt.

„Winston, Salvatore und die anderen – aus Afrika."

Toms Gesichtszüge veränderten sich schlagartig, entgleisten geradezu. Er sprang auf. „Die sollen mich endlich in Ruhe lassen", explodierte er.

„Ich dachte, ihr seid Freunde", wandte seine Mutter ein, die ganz ruhig blieb.

„Da bin ich mir langsam nicht mehr so sicher, glaub mir, die haben echt einen an der Waffel, die machen einen riesigen Aufstand, nur weil mir das Auswahlspiel wichtiger ist als drei Hütten in Afrika."

„Sie sagen, es geht um Mucawes Existenz und dass du dich mit Julian verbünden willst."

„Glaub nicht jeden Scheiß. Die sind völlig hysterisch. Die ticken nicht mehr sauber. Hocken in Malawi und wollen wissen, was hier los ist." Tom wurde richtig laut.

„Du musst nicht gleich rumschreien, Tom“, gab seine Mutter zurück, immer noch ruhig. „Wegen mir musst du nicht nach Afrika fahren. Absolut nicht. Mir ist es sogar lieber, wenn du hierbleibst und an diesem Auswahlspiel teilnimmst. Ich weiß, wie sehr dein Herz daran hängt. Aber reden könntest du schon mal mit deinen Freunden.“

„Die wollen mir nur ein schlechtes Gewissen machen. Auf die Leier habe ich null Bock, verstehst du?“

„Nur so halb. Ihnen ist etwas wichtig. Dir ist etwas wichtig. Kein Grund, gleich alle Brücken abzubrechen. Was ist denn jetzt mit diesem Julian?“

„Lass mich einfach in Ruhe, Mama. Das ist mein Ding. Ich kläre das schon mit Winston, Salvatore und den anderen. Und zwar wann und wie ich will.“

„Lass dir nur nicht zu viel Zeit, das müssten dir deine Freunde wert sein.“

„Du redest schon genauso wie die anderen“, wütete Tom.

„Tom, es reicht. Du weißt, dass das Unsinn ist.“ Jetzt wurde auch Maria Becker laut. „Bring die Sache in Ordnung und wir reden nie mehr darüber.“

Toms Mutter wusste, dass jedes weitere Gespräch zwecklos war. Sie stand auf und ging zu der offen stehenden Falltür. Tom schnappte sich gerade den Ball und drosch ihn mit ziemlicher Wucht gegen die Torwand.

„Dreh nicht durch“, rief sie ihm noch zu. „Ein heißes Herz braucht einen kühlen Kopf.“ Dann ging sie die Treppe runter.

Unten angekommen schüttelte sie mit einem Grinsen den Kopf. „Temperament hat er ja, das muss man ihm lassen, wenn er nur nicht so ein Dickkopf wäre.“ Doch richtig böse sein konnte sie ihm dennoch nicht. Tom war eben Tom.

Mucawe hat eine Idee

Salvatore legte das Telefon weg. „Tom ist sturer als ein toskanischer Esel“, schimpfte er. „Er stellt einfach seine Ohren auf Durchzug.“ Gerade eben hatte Maria Becker sich gemeldet und ihnen bedauernd mitgeteilt, dass ihr Sohn unter keinen Umständen dazu zu bewegen sei, ans Telefon zu kommen.

„So leid es mir tut, aber euch bleibt wohl im Moment nichts anderes übrig, als seine Entscheidung zu akzeptieren“, meinte sie. „Ihr kennt ihn, er meldet sich irgendwann wieder. Und falls ihr etwas braucht, lasst es mich wissen.“ Dann war das Gespräch zu Ende.

„Ich kann es nicht glauben, nicht nachdem wir so viel zusammen erlebt haben“, ärgerte sich Winston, während er an seinem papageienbunten Hemd herumzupfte.

„Der hält sich wohl für eine Mischung aus Messi und Christiano Ronaldo.“ Salvatore schüttelte seine wilde schwarze Mähne. „Dabei würde ich für Tom im Moment nicht mal ’nen ausgelutschten Kaugummi als Ablöse zahlen. Wisst ihr, einen ohne jeden Geschmack.“ Salvatore tat theatralisch so, als würde er angewidert auf etwas herumkauen. Dann spuckte er dieses Etwas mit einem kräftigen Kopfstoß in die Ecke.

„Leute, schaltet mal einen Gang runter. Ihr tut gerade so, als wollte Tom höchstpersönlich das Dorf abreißen. Dabei will er nur das machen, was viele von uns wollen: ein Profikicker werden. Wenn er dieses Auswahltraining nicht hätte, wäre er längst hier."

„Ja richtig, wir lassen ihn sein Ding machen. Wir machen unseres. Und hört nicht so viel auf Julian, diese Natter", unterstützte Jenny die junge Schwedin, „der verspritzt sein Gift nur, um uns zu lähmen."

„Und überhaupt, was seid ihr eigentlich für Kerle?", nahm Anna den Gesprächsfaden noch einmal auf. „Ihr tut gerade so, als könnten wir ohne Tom nicht mal gegen eine fußlahme Rentnersportgruppe gewinnen. Wenn er nicht kommt, dann muss es eben ohne ihn gehen. Zusammen hauen wir Kaltbach und seine Bande locker weg. Also sind wir nun ein Team oder sind wir keins?", rief Anna aufgebracht in die Runde.

„Er ist sowieso nicht der beste Fußballer von uns", grinste Bebeto, der sich nicht lange bei Problemen aufhielt.

„Ach ja, der bist wohl du", warf Shin ein und schubste Bebeto, sodass er ins Straucheln geriet.

„Wenn der Ball im Aus ist, packst du doch gleich deinen komischen Koffer aus und denkst, die Kugel hat einer geklaut. Dabei hast du noch nie einen richtigen Verbrecher gesehen. Komm nach Brasilien, da zeig ich dir so viele du willst", konterte Bebeto.

„Alles Verwandte von dir, wie Bebeto?", neckte Kim.

„Ist nicht jeder Koreaner ein Mafiosi?“, griff nun Salvatore in das kleine Scharmützel ein.

„Das sagt ausgerechnet unser kleiner Italiener“, lachte Kim.

Salvatore wollte gerade zu einem langen Monolog über die Vorzüge seines Heimatlandes ansetzen, da hörten sie Johann rufen: „Ich glaube, es wird Zeit für ein ausgiebiges Konditionstraining, das kühlt die erhitzten Gemüter ab“, lachte er und dann begann er mit einem seiner gefürchteten Dauerläufe.

Der Boden war noch feucht. Am Vortag hatte es kräftig geregnet. Salvatore lief neben Winston. „Lass uns einfach nicht mehr über Tom reden“, schlug Winston vor und rückte sich die Brille zurecht.

„Keine Ehre, wem keine Ehre gebührt“, meinte Salvatore nur trocken. Dann zogen die beiden das Tempo an.

Johann hatte gespürt, dass es nur eine Therapie für seine aufgewühlte Truppe gab: ein gutes Training und ein schönes Fußballspiel am Schluss. Nach dem Dauerlauf übten sie neue raffinierte Spielzüge ein. Es ging darum, den Gegner vor möglichst unlösbare Aufgaben zu stellen. Den ganzen Nachmittag wurde gepasst, geschossen und geflankt, dass es eine wahre Freude war. Und am Ende lachte selbst Winston wieder, wenn auch noch nicht so ausgelassen wie an den Tagen zuvor.

Am späten Abend lagen sie alle in ihren Schlafsäcken rund um ein Feuer, das munter flackerte. Sie hatten ein paar Barsche und Kampangos, eine heimische Welsart, über den Flammen gegrillt und gegessen. Jetzt schliefen die meisten Kinder. Unter freiem Himmel war die Sommerhitze einigermaßen erträglich. Die letzten beiden Tage waren die Temperaturen am Malawisee ins Uferlose gestiegen, wenn nicht gerade ein kräftiger Regen für eine kurze Abkühlung sorgte. Mucawe sah sich den Sternenhimmel an. Überall funkelte es. Die Luft war vollkommen klar. Ganz anders verhielt es sich mit den Gedanken von Mucawe. Er drehte sich zu Salvatore und Winston um, die direkt neben ihm lagen und ebenfalls noch keinen Schlaf gefunden hatten. „Ich zermartere mir Hirn“, meinte Mucawe, dessen Englisch immer besser wurde. „Glaubt ihr, Tom lässt uns wirklich im Stich?“

„Ach Mucawe, mit einem Geist, der sich verschließt, kann nicht mal der größte Medizinmann reden“, flüsterte Salvatore, um die anderen nicht zu wecken.

„Du und deine Sprüche“, murmelte Winston nur, „wir wollten doch nicht mehr über unseren liebsten Ex-Freund sprechen.“

Mucawe schwieg, doch er konnte das Thema einfach nicht ruhen lassen. In seinem Kopf drehte sich alles. Er dachte daran, wie Tom damals gegen Brasilien wie ein Löwe gekämpft hatte und wie gut sie sich immer verstanden hatten. „Tom fällt uns nicht in den Rücken. Alle Ahnen unseres Dorfes werden das verhindern. Und wenn ich sie persönlich darum bitten muss“, beschloss er. Dann hatte er eine Idee. „Diese ungläubigen Europäer haben doch keine Ahnung von den Dingen zwischen Himmel und Erde“, dachte er und beschloss, am nächsten Tag Massambo aufzusuchen. Als Sohn des Stammesältesten wusste er immer Rat. Mehr noch, als magischer Mann konnte er auf weite Reisen gehen, ohne sich auch nur einen Zentimeter zu bewegen. Mit diesem Gedanken schlief auch Mucawe endlich ein.

Überraschung für Tom

Der Ball krachte mit voller Wucht gegen die Latte. Das kleine Tor auf dem Speicher wäre beinahe umgekippt, so hart war der Ball geschossen. Doch Tom hatte keine Lust, vorsichtig zu sein, schon gar nicht vernünftig. Er war stinksauer. Die Kugel prallte von der Latte zurück ins Spielfeld, und der Junge zog volley ab. Es schepperte und polterte. Tom hatte die alte Standuhr getroffen, die in seinem improvisierten Stadion die Spielzeit anzeigte. Der uralte Zeitmesser lag nun mit zerschmettertem Glas auf dem Boden. Die Uhr tickte noch immer vor sich hin, unregelmäßig zwar, aber sie tickte. Tom scherte es nicht.

„Was bilden die sich eigentlich ein?“, zürnte er. „Meine Mutter vollzutexten, meine Muuuutter.“ Der Junge fasste sich an die Stirn und drosch den Ball noch einmal gegen die Posterwand. Das Bayern-Poster segelte zu Boden, Dortmund und Bochum hatten auch schon einen Treffer abbekommen. „Wenn ich nicht mit ihnen labern will, ist das ganz allein meine Story“, schäumte der Junge, „die müssen nicht gleich meine ganze Familie rebellisch machen, nur weil Julian irgendeinen abgedrehten Scheiß erzählt.“

Den Muckomat, sein altes Radio, hatte er so stark

aufgedreht, dass die kleinen Lautsprecher schepperten. Tom konnte es gar nicht laut genug sein. Er hatte sich bereits das alte Trikot seines verstorbenen Großvaters übergezogen, das mit der legendären Neun. Normalerweise dämpfte dieses Ritual seinen Ärger. Nicht aber heute. „So ein paar krasse Deppen, was hab ich überhaupt mit Malawi zu schaffen?“, brüllte er, um die Musik zu übertönen. Einen derart heftigen Wutanfall hatte er selten. Er fühlte sich in die Enge getrieben, zum Verräter abgestempelt. Und das Allerschlimmste: Tom hatte keinen wirklichen Plan, was er nun tun sollte. Erst einmal abreagieren. Der Junge begann, Liegestützen zu machen, eine, zwei, drei, zehn, fünfzehn. Bei zwanzig war er noch kein bisschen aus der Puste. „Dann schalte ich eben noch einen Gang hoch“, dachte er. Er begann, zwischen den einzelnen Liegestützen in die Hände zu klatschen. Schneller. Noch schneller. 30, 40, 50 Liegestützen. Und noch eine. Und wieder eine. Tom schwitzte, geriet langsam außer Atem. Trotzdem machte er weiter. Als er endlich völlig fertig war, ließ er sich mit klopfendem Herzen auf den grünen, zerschlissenen Teppichboden fallen, der ein wenig wie ein Stadionrasen aussah. Tom drehte den Muckomat leiser. Auf einmal nervte ihn der Lärm.

Sein Ärger war jedoch noch längst nicht verflogen. „Nur weil Salvatore und Winston einen auf Batman machen und unbedingt halb Afrika von irgendwelchen eingebildeten Volldeppen retten müssen, muss ich nicht gleich meine gesamte Karriere in den Wind schreiben", motzte er vor sich hin. „Die beiden haben gut reden. Sie haben nicht einmal die kleinste Chance, ein richtig gutes Auswahltraining zu bestehen. Wahrscheinlich sind sie nur verdammt neidisch", redete er mit sich selbst, langsam wieder zu Atem kommend.

Inzwischen hatte er alle SMS gelöscht, die er aus Malawi empfangen hatte. Und die mahnenden Worte seiner Mutter versuchte er, so gut es ging, aus seinem Hirn zu verbannen. „Was weiß sie schon. Sie hat doch keine Ahnung, wie wichtig mir Fußball ist", schimpfte er. „Und dieses ganze Gequatsche – einer für alle, alle für einen –, das hilft mir auch nicht weiter, wenn am Ende alle anderen den Jackpot holen, nur weil ich zu blöd bin, selbst zuzugreifen." Tom ließ sich in seine Kissenburg plumpsen. „Ist mir mistegal, ob in Malawi ein paar Bretterverschläge und Kuhställe abgerissen werden. Mucawe bringt das nicht um. Wenn ich ins Auswahlteam komme, habe ich es geschafft, dann haue ich einen raus, bis ich mit der Nationalmannschaft auflaufen kann", murmelte er nun doch ziemlich erschöpft vor sich hin.

Tom fielen die Augen zu. Er sah sich gerade den halben brasilianischen Sturm umspielen und dann mit einem Hackentrick das entscheidende Tor erzielen. Der Jubel war unendlich. Sprechchöre. Fahnen. Seine

Mitspieler warfen sich übermütig auf ihn. Toms Züge entspannten sich.

„Julian traue ich zwar immer noch nicht, aber vielleicht hat er trotzdem recht und ich sollte auf der Adlerburg mittrainieren", redete er wie im Halbschlaf. Dann glitt er erneut in einen Tagtraum hinein. Er sah eine mittelalterliche Burg vor sich. Auf dem Turm wehte eine Fahne mit seinem Namen. Fanfaren tönten, Trommeln wurden geschlagen und Ritter in prächtigen Fußballtrikots standen Spalier, als er auf einem weißen Ross in einer strahlenden Rüstung durch den Burghof ritt – neuen Heldentaten entgegen.

Wumm. Wumm. Wumm.

Tom stand in seinem Traum in einem großen Ritterturnier. Aber die Helden in ihren Rüstungen gingen nicht mit Schwertern oder Lanzen aufeinander los, sie spielten Fußball. Tom dribbelte mit einem Ball am Fuß durch eine mittelalterliche Arena. Er war im Endspiel gegen den gefürchteten schwarzen Ritter, der sich in seinem Kettenhemdtrikot erstaunlich flink bewegen konnte. Tausende von Zuschauern saßen auf den mit Wimpeln und Girlanden geschmückten Tribünen und bewunderten die letzten Spieler in dem Turnier. Tom ganz in weißer Rüstung, mit einer Neun auf der Brust. Und ihm gegenüber stand der schwarze Ritter, auf dessen gepanzertem Trikot eine Art Auge prangte. Seltsamerweise waren die Eisenpanzer vollkommen elastisch.

Ein Raunen ging durch die Reihen der Zuschauer, viele Grafen und Fürsten waren unter ihnen. Tom stürmte auf den schwarzen Ritter zu. Der blockte seinen Versuch ab, ihn zu umspielen. Jagte ihm den Ball ab.

Wumm. Wumm. Wumm.

War das ein Trommelwirbel? Der Hufschlag eines Pferdes? Tom eroberte sich den Ball in seinem Traum zurück, schirmte ihn ab, bis er eine Lücke in der gegnerischen Deckung fand. Blitzschnell zirkelte er den Ball um seinen Gegenspieler. Die Zuschauer sprangen von ihren Sitzen auf. Doch Tom hatte Pech. Er traf nur den Innenpfosten.

Wumm. Wumm. Wumm.

Das Geräusch kam Tom bekannt vor. Er blinzelte mit den Augen. Ihm schien, als hätte er das Geräusch schon einmal irgendwo anders gehört. Nicht irgendwo anders. Hier. Hier auf dem Speicher. Tom war mit einem Schlag hellwach.

Das war kein Traum. Nicht dieses eigenartige Klopfen. Tom sprang auf. Er fühlte sich fit wie nie. „Das ist ja megakrass. Das kann nur mein Zauberfußball sein." Aber das war unmöglich, er musste träumen. Sein magischer Freund konnte unmöglich zu ihm zurückgekehrt sein. Toms Herz begann zu rasen. Das Blut schoss ihm ins Gesicht. Er war außer sich vor Freude. „Bist du das? Komm und zeig dich, alter Kumpel. Wir lassen es zusammen krachen."

Wumm. Wumm. Wumm.

Tom sah sich in seinem improvisierten Stadion um. Weit und breit kein Zauberfußball. Nahm ihn da jemand auf die Schippe? „Falls hier jemand einen besonders coolen Gag abziehen will, lasst den Käse. Das ist nicht witzig. Absolut nicht witzig", rief er laut. Nichts geschah. „Was soll das? Wenn du's bist, Zauberfußball, dann pfeif auf den Quatsch. Komm raus und lass uns auf dem Rasen tanzen."

Tom schaltete alle Lichter an. Er riss die Tür zu seiner geheimen Stadt, jenem selbst gebauten Labyrinth aus Tunneln, Plätzen und Türmen auf. Die wenigen Lampen auf dem Speicher schafften es wie immer nicht, die Stadt aus altem Gerümpel und Flohmarktmöbeln richtig zu erleuchten. Alles lag im Dämmerlicht. Tom spürte, dass der Zauberfußball irgendwo da drinnen war. „Ich peil's nicht, warum versteckt er sich?", dachte er. War der Ball vielleicht verletzt? Oder gab es noch andere Zauberfußbälle? Da – schon wieder dieses vertraute Geräusch.

Wumm. Wumm. Wumm.

Dieses Mal klang es wie:

Tom. Tom. Tom.

„Also gut, du willst spielen. Dann spielen wir." Tom lief geduckt durch einen der Gänge aus alten Buchbänden. Dann krabbelte er durch einen Tunnel, der von Italienfahnen überspannt war, in Richtung Meisterzimmer, wo er die Pokale seines Großvaters in einer Vitrine aufbewahrte. Sein Großvater war vor vielen Jahren ein großer Kicker gewesen. Aber viel wichtiger: In dem Raum am äußersten Ende seiner geheimen Stadt war Tom dem Zauberfußball vor gut einem halben Jahr zum ersten Mal begegnet. Eine letzte Biegung, dann war er am Ziel. Zunächst sah er nur einen Schimmer. Dann erkannte er etwas Rundes, Vertrautes, Wunderschönes. Toms Herz machte einen Sprung. Direkt vor der Vitrine mit den Pokalen lag der Zauberfußball. Die Umrisse eines Landes leuchteten auf seinem Leder auf. Tom war viel zu aufgeregt, um darauf zu achten. „Das gibt's doch gar nicht. Das ist ja irre. Irrrre", schrie er und stürmte auf seinen alten Freund zu. Doch der reagierte anders, als Tom erwartet hatte. Ganz anders.

Massambo spricht mit den Geistern

„Winston, Salvatore, aufwachen." Mucawe schüttelte seine beiden Freunde. Winston öffnete als Erster die Augen. Salvatore schlief fest wie ein Murmeltier. „Salvatore, bitte wach auf", flüsterte Mucawe ihm ins Ohr. Doch der Italiener drehte sich nur grunzend um.

„Lass mich mal ran", sagte Winston, der sich den Schlaf aus den Augen rieb. „Salvatore, es gibt Spaghetti, einen ganzen Teller voller dampfender Spaghetti", sprach Winston auf den Schlafenden ein.

Mit einem kräftigen Ruck setzte sich Salvatore auf. „Wo? Wo gibt es Spaghetti? Mmmmmh. Ich bin hungrig wie ein Grizzly nach dem Winterschlaf."

„Hey, du Vielfraß, das war nur ein Trick, um dich wach zu bekommen. Mucawe will etwas von uns."

„Hat das nicht bis morgen Zeit, es ist doch noch mitten in der Nacht", murmelte Salvatore und wollte sich gerade wieder auf seine Bastmatte fallen lassen, auf der sein Schlafsack lag.

„Zwing mich nicht, dir in den buntesten Farben auszumalen, wie lecker jetzt eine Riesenportion Vanille- oder gar Meloneneis schmecken würde", drohte Winston lachend.

„Meloneneis, eine Badewanne voller Meloneneis

oder Vanille mit heißen Kirschen von der besten Eisdiele in Sizilien. Dafür würde selbst ich bei Julian spielen“, schwärmte Salvatore, der am meisten unter dem Speiseplan in Malawi litt.

„Hallo? Darüber bitte keine Witze machen“, sagte Mucawe ernst, der manchmal Mühe hatte, Salvatores Humor zu verstehen. „Kommt endlich mit. Und leise, damit wir die anderen nicht wecken.“

Salvatore schälte sich aus seinem Schlafsack. Auf allen vieren krabbelten sie von der Feuerstelle weg, von der aus immer noch ein dünner Rauchfaden aufstieg.

„Was ist denn los? Du tust gerade so, als wollten wir den amerikanischen Präsidenten entführen“, meinte Salvatore zu Mucawe. Er war schon wieder zu Späßen aufgelegt.

„Kommt einfach nur mit, ich kann euch das nicht erklären“, flüsterte Mucawe geheimnisvoll.

„Wir haben doch total einen an der Schüssel, es ist gerade mal 5 Uhr morgens“, gab Winston zum Besten. Die drei gingen durch das Dorf. Hühner liefen gackernd umher. Kühe muhten. Hunde dösten. Die Sonne ging gerade auf. Es herrschte Hochsommer in Malawi. Die ersten Dorfbewohner machten sich fertig fürs Feld oder begannen mit Hausarbeiten. Andere flickten Netze, packten leere Kanister auf Fahrräder, um sie an der nächsten Wasserstelle zu befüllen. Die ersten Fischer waren schon draußen auf dem See.

Bald hatten die Kinder Massambos Hütte erreicht. Sie lag ganz am Rande des Dorfes. „Los Leute, wir haben noch eine knappe Stunde. Dann dröhnen die Baumaschinen wieder los. Und für das, was wir vorhaben, brauchen wir Ruhe“, spornte sie Mucawe zur Eile an.

„Warum ist Ruhe so wichtig?“, fragte Winston.

„Du wirst schon sehen“, sagte Mucawe. Dann klopfte er an Massambos Tür. Keine Reaktion. Er spähte durch ein Fenster. „Ausgeflogen“, kommentierte der Malawier, der wie immer ein Trikot am Leib trug. Heute war es ein portugiesisches.

„Können wir uns jetzt endlich wieder eine Runde hinhauen? Oder was geht?“, fragte Salvatore, der nach wie vor wenig Sinn für den morgendlichen Ausflug hatte.

„Massambo ist bestimmt in seinem Wohnwagen, kommt einfach mit“, forderte sie Mucawe auf. Der Wohnwagen stand hinter ein paar Bäumen auf einer kleinen Anhöhe. Winston fühlte sich sofort an seine erste Begegnung mit Massambo im Londoner Hyde Park erinnert. Damals hatte sich, nach dem Betreten von Massambos gemütlichem Wohnwagen, sein Leben gründlich verändert. Würde es auch diesmal so sein?

Noch bevor sie auch nur einen Fuß in den bunt bemalten Zirkuswagen setzen konnten, rief Massambo mit seiner tiefen Brummstimme: „Nur hereinspaziert, Mucawe. Schön, dass du Winston und Salvatore dabei hast. Ich habe euch schon erwartet. Die Tür ist nur angelehnt."

„Es ist unheimlich mit ihm, er weiß immer, wer zu ihm kommt, bevor er jemanden gesehen hat", sagte Mucawe.

„Immer cool bleiben, Junge, hier ist garantiert irgendwo ein Spiegel versteckt. Oder unser Kumpel linst durch einen Spalt in den Brettern", meinte Winston.

„Nein, nein, bei ihm ist es etwas anderes", war Mucawe überzeugt. Und schon betraten sie über ein kleines Treppchen das Innere des Wohnwagens.

„Wow, hier sieht es ja aus wie in einem abgefahrenen Museum", staunte Salvatore, der bislang nur in Massambos Hütte gewesen war. Winston fiel auf, dass sich seit seinem letzten Besuch vor gut einem halben Jahr in London nicht viel verändert hatte. Die Holzwände waren noch immer in warme Farben getaucht und mit fremdartigen Mustern geschmückt. Der Speer, die Felle, die Vogelmasken – alles war noch da. Selbst die Trommel aus Tierhäuten erkannte Winston wieder. Sie diente als Tisch. Neu war lediglich die Nachbildung eines berühmten Glockenturms in London, die auf einem kleinen Basthocker stand. Eingearbeitet in das Big-Ben-Modell war eine richtige Uhr, die fast unhörbar vor sich hin tickte. „Dein Vater hat sie mir geschenkt", sagte Massambo stolz. „Seitdem weiß ich immer, wie viel Uhr es in England ist."

„Warum hast du die Uhr nicht auf die passende Zeitzone hier in Afrika umgestellt?“, fragte Winston erstaunt.

Massambo grinste gutmütig: „Hier brauchen wir keine Zeit, Winston. In Malawi haben wir alle Zeit der Welt.“

„Ihr mögt alle Zeit der Welt haben, aber ich wurde heute Morgen selig schlummernd aus der Kiste geprügelt, nur weil jetzt superwichtig was abgehen soll“, meldete sich Salvatore auf gewohnt diplomatische Weise zu Wort. „Also Massambo, alter Kumpel, Butter bei die Fische. Gegen was tausche ich die Mütze Schlaf denn nun ein?“

„Ein bisschen Geduld, mein Junge, warte es einfach ab. Ihr wollt doch wissen, was mit Tom los ist, oder?“, sagte Massambo nur. Dieses Mal grinste er nicht.

„Massambo spricht mit Geistern unserer Ahnen. Es ist eine große Ehre, dass ihr dabei sein dürft“, sagte Mucawe ehrfürchtig. „Die alte Weisheit ist in Malawi lebendig, auch wenn die meisten Leute Christen sind wie ihr.“

„Ich weiß ja nicht, was hinter deiner Hirnschale vorgeht, Winston. Aber wenn ich gewusst hätte, dass hier so ein Hokuspokus aufgeführt werden soll, hätte ich lieber noch zwei bis drei Stunden von einer Badewanne voll Meloneneis geträumt“, motze Salvatore.

„Hast du etwa noch nie etwas von parapsychologischen Phänomenen gehört, du Flachnase.“ Winston ließ mal wieder den Superschlauen raushängen.

„Para was? Schmier einen Dümmeren an, neunmalkluges Brillenmonster, den Ausdruck hast du dir doch gerade aus der Nase gezogen.“

„Entschuldigung, Massambo“, sagte Mucawe nun ärgerlich und ziemlich laut, „es war wohl ziemlich blöd von mir, die beiden mitzubringen.“

„Hey, hey, mein Freund, nicht gleich sauer sein, war doch nur Spaß“, lenkte Salvatore ein.

„Was sollen wir tun?“, fragte Winston, der inzwischen ziemlich neugierig war.

„Setzt euch einfach hin und versucht am besten, an gar nichts zu denken“, sagte Massambo noch immer freundlich. Alle vier hockten sie sich um die Trommel. Salvatore fielen augenblicklich die Augen zu, doch dann riss er sich zusammen. Irgendetwas in der Atmosphäre des Raums hatte sich verändert. Das spürte auch er.

Massambo steckte zwei Kerzen an, an deren Docht jeweils eine gänzlich weiße Flamme flackerte. Dann nahm er Sand aus einem Lederbeutel, den er über die straff gespannte Oberfläche der Trommel streute. Aus einem zweiten Lederbeutel nahm er einen kostbar verzierten Knochen. Dann schwieg er. Niemand traute sich, etwas zu sagen. Alle Geräusche, die sie draußen hörten, schienen auf einmal leiser zu werden. Aber vielleicht bildeten sie sich das auch nur ein.

„Massambo versucht herauszufinden, was die Zukunft bringt. Manchmal kann er etwas erkennen“, flüsterte Mucawe. Winston und Salvatore antworteten nicht. Sie waren zu gespannt auf das, was jetzt passieren würde.

Massambo malte ein paar seltsame Zeichen in den Sand. Dann begann er leise zu singen, tiefe, unverständliche Laute. Die drei Kinder bekamen eine Gänsehaut. Plötzlich begannen sich die Schriftzeichen zu verändern, als schrieben sich die Sätze von selbst weiter.

„Madonna mia und all ihr lieben Frauen“, entfuhr es Salvatore, „das ist ja der Oberhammer.“

„Kannst du nur ein einziges Mal deine Klappe halten“, fuhr Winston seinen Freund an.

„Ist ja gut“, sagte Salvatore und war tatsächlich still.

Die Schrift veränderte sich noch immer. Massambo schien völlig in sich versunken und nichts mehr um sich herum wahrzunehmen. Winston kam es vor, als blickten seine Augen weit über die Wände des Wohnwagens hinaus.

„Sein Geist ist auf Reisen“, flüsterte Mucawe ganz leise. „Und ich glaube, in dem Sand steht geschrieben, was er sieht.“

Salvatore hatte Mühe, seinen Mund zuzubekommen. Er fühlte sich an den Zauberfußball erinnert. Nachher konnte er nicht sagen, wie lange er auf die Zeichen im Sand gestarrt hatte.

Irgendwann strich Massambo mit seiner rechten Hand im Abstand von vielleicht 20 Zentimetern über den Sand. Plötzlich verschwanden alle Schriftzeichen. Die Oberfläche war vollkommen glatt. Massambos Blick wurde wieder klar. Alle schwiegen noch einen Moment, warteten darauf, dass der Medizinmann etwas sagen würde. Aber Massambo schien noch einen Moment nachzudenken. Dann sagte er nur: „Sehr interessant."

„Was ist sehr interessant? Was hast du gesehen?" Die Kinder bestürmten Massambo nun mit Fragen. „Hat es was mit Tom zu tun?", fragte Mucawe.

„Auf dem Sand stand etwas von einem Kampf, den eine Person bestehen muss, die uns allen wichtig ist", sagte Massambo.

„Was für ein Kampf? Bestimmt Tom gegen Julian. Wenn das stimmt, nix wie hin", meinte Salvatore.

„Wir helfen ihm", war auch Winston gleich zur Stelle. Kein Wort mehr von dem angeblichen Verrat.

„Nein, wartet, es ist nicht so einfach", mahnte Massambo zur Geduld. „Soweit ich das alles verstanden habe, ist es kein äußerer Kampf. Es ist eher ein innerer Kampf, den diese Person zu bestehen hat. Sein Ausgang ist wichtig für unser Dorf. Doch da ist auch noch etwas anderes. Eine andere Kraft."

„Hat es mit Tom zu tun? Und mit seiner Entscheidung für oder gegen Julian?", hakte Mucawe nach.

„Oder geht es um den Zauberfußball?“, wollte Winston wissen.

„Ich kann es euch nicht genau sagen, so genau war die Botschaft nicht. Es könnte schon sein, dass Tom und der Zauberfußball etwas mit dem Kampf zu tun haben. Aber macht euch nicht zu viele Hoffnungen“, sagte Massambo, der plötzlich sehr müde wirkte. „Tut mir leid, mehr kann ich euch nicht sagen. Und nun mache ich ein Schläfchen. So eine Reise ist echt anstrengend.“

Massambo öffnete eine bunt bemalte Dose und gab jedem ein Stück Gebäck. Salvatore drückte er zwei Plätzchen in die Hand. „Ich weiß ja, wie groß dein Hunger ist“, blinzelte er. „Und jetzt mache ich ein Nickerchen.“

Salvatore, Winston und Mucawe verließen den Wohnwagen wieder. „Echt coole Nummer“, meinte Salvatore, „aber viel schlauer sind wir nicht. Oder was meinst du, Superhirn?“ Salvatore stupste Winston an.

„Es geht bestimmt um Tom, da bin ich mir ganz sicher“, sagte Winston, während sie zurück zu der Feuerstelle gingen. Inzwischen war das ganze Dorf auf den Beinen, obwohl es erst kurz vor sechs war. Alle nickten den Kindern freundlich zu. Überall bekamen sie Tee angeboten oder ein paar Früchte.

„Massambo sagt nicht immer alles, was er sieht“, grübelte Mucawe, während er sich am Lagerplatz niederließ. „Wenn es um Tom geht, ist sein Kampf vielleicht härter, als Massambo gesagt hat."

„Die alte Rakete wird's schon packen", meinte Salvatore, der langsam keine Lust mehr auf schwere Gedanken hatte. „Kommt, lasst uns nach Meerjungfrauen tauchen", rief er und rannte in Richtung Wasser. Kurz bevor sich die drei Jungs in die Fluten stürzten, ertönte ein ohrenbetäubendes Gebrüll, als wäre ein Drache erwacht und wolle das ganze Dorf in Schutt und Asche legen. Die Baumaschinen. Sie kamen näher. Inzwischen ragten auch schon die ersten Kräne in den Himmel. Salvatore, Mucawe und Winston sahen nur das endlose Blau des Malawisees. Ihre Körper verschwanden in den Wellen. Sekunden später hörten sie auch den Lärm der Bagger und Raupen nicht mehr.

Tom bekommt Ärger

„Du bist es. Du bist es wirklich. Was für ein Knaller." Tom wollte seinen alten Freund hochnehmen. Doch der rührte sich nicht vom Fleck. Er schien auf einmal Tonnen zu wiegen. Tom schaffte es nicht einmal, den Ball auch nur einen Zentimeter zu bewegen. „Hey, alter Kumpel, hast du hier Wurzeln geschlagen?", stupste Tom die Kugel an. „Oder bist du in eine Art Winterschlaf gefallen?" Keine Reaktion von dem Ball. Tom schwante allmählich, dass irgendetwas nicht stimmte. Ganz und gar nicht stimmte.

„Bist du es überhaupt?", fragte Tom. „Bist du wirklich der Zauberfußball?" Immer noch keine Reaktion. Tom setzte sich irritiert neben seinen alten Freund. Er erinnerte sich an seine erste Begegnung mit dem Zauberfußball, hier oben auf dem Dachboden in Dortmund am Ahlenberg. Damals hatte er sofort gespürt, dass der Ball ihn mochte. Sie hatten ausgelassen zusammen gespielt. Das schönste Gefühl seines Lebens. Jetzt aber war alles anders.

Plötzlich schien der Ball zum Leben zu erwachen. Er leuchtete grün und rot auf – mit ein paar schwarzen Flecken. Wieder und wieder, ein Flackern nur für Bruchteile von Sekunden. Bevor Tom reagieren konnte, machte der Ball einen Satz und war im nächsten Tunnelgang verschwunden. „Hey, alter Kumpel, du bist ja doch noch nicht reif für den Ruhestand. Na warte, dich krieg ich." Tom stürzte in den Tunnel und krabbelte, so schnell es ging, hinter dem Ball her. Er sah die Kugel gerade noch in den nächsten Gang abbiegen. Tom stand auf, hastete gebückt weiter. Hier war etwas mehr Platz. Toms Kopf verfing sich in einer der Fahnen, die den Durchgang überspannten. Er riss den Stoff ab und warf ihn ärgerlich zur Seite. Das kostete ihn wertvolle Sekunden. Der Ball war nicht mehr zu sehen. Aber viele Möglichkeiten gab es nicht. Und Tom kannte sein Labyrinth besser als seine Westentasche.

„Ich weiß, wo du bist", rief Tom und stürmte in sein Brasilienzimmer. Der Ball war tatsächlich dort. Die Kugel knallte gerade gegen die Pappfiguren der großen brasilianischen Superstars – Zé Roberto, Ronaldo, Ronaldhinio und der legendäre Pelé. Einer nach dem anderen stürzte unter den mächtigen Stößen des Zauberfußballs zu Boden. Es polterte und schepperte. Ein Stapel Bücher wurde mit nach unten gerissen. „Was soll das, du Kugelmonster? Sind bei dir ein paar Nähte locker?", schrie Tom und machte eine mächtigen Sprung auf den Zauberfußball zu, um ihn zu packen. Doch er segelte ins Leere. Der Ball schlug einen riesigen Bogen – fast bis zum Giebel des Speichers. Tom hörte nur, wie er kurz darauf in einem anderen Teil seiner geheimnisvollen Stadt aufschlug.

Wumm. Wumm. Wumm.

Dieses Mal klang es wie:

Komm. Komm. Komm.

Tom bog in den nächsten Tunnel ein. Seine Freude über das Auftauchen des Zauberfußballs war verflogen. Jetzt ging es nur noch darum, die durchgeknallte Kugel daran zu hindern, den ganzen Speicher zu zerlegen. Der Junge quetschte sich hinter einem alten Spiegel durch, schwang sich ein paar Meter an einem Seil entlang und robbte anschließend durch einen Tunnel aus Autoreifen. Dann war er in seinem Englandzimmer. Tom sah gerade noch die Beckham-Figur auf dem Boden aufschlagen. „Jetzt reicht es mir. Hast du dir auf deinen Reisen einen Virus eingefangen und bist jetzt vollkommen plemplem?", schnauzte Tom. Er raste auf den Ball zu, bereit, ihm einen gehörigen Tritt zu verpassen. Doch die Kugel war flink und geschickt. Sie flitzte durch seine Beine und steuerte auf den Eingang zu Toms selbst gebautem Stadion zu, seinem Heiligtum.

„Nein, nicht das", stöhnte Tom und flitzte umso schneller hinter der Kugel her. Er hörte es schon wieder scheppern. Tom spurtete in das Stadion und sah gerade, wie der Ball sich mit voller Wucht gegen die funkelnagelneue Torwand warf. Sie erzitterte, sie wankte und fiel krachend auf ihre Rückseite. Ein paar Kissen flogen durch die Luft. „Bist du bescheuert", schrie Tom und hoffte inständig, dass seine Eltern nicht zu Hause waren. „Geht man so mit einem alten Freund um? Geht man so überhaupt mit einem Freund um?", brüllte Tom. Er hatte die Nase jetzt gestrichen voll und hätte den Zauberfußball am liebsten in 1000 Einzelteile zerfetzt.

Im nächsten Moment hielt der Zauberfußball inne. Doch Tom war jetzt stinkwütend. Er holte aus und versuchte, den runden Ledergesellen, so fest er konnte, zu treten. Doch die Kugel wich geschickt aus. Tom packte einen alten Schuh und schleuderte ihn nach dem Ball. Wieder machte die Kugel eine schnelle Drehung, sodass sie nicht getroffen wurde. Tom ging auf die Knie, um den Ball mit der Faust wegzuschlagen. Aber was immer er auch tat, er konnte den Ball nicht erwischen.

Tom musste notgedrungen aufgeben. Er sah sich ganz außer Atem in seinem Stadion um. Es sah ziemlich wüst aus. Dann rollte er sich auf die andere Seite und blickte den Zauberfußball direkt an. „Schau, was du angerichtet hast. Weißt du, was du bist? Ein beschissener Freund."

Der Zauberfußball regte sich nicht. Doch plötzlich fing seine Oberfläche an zu glitzern. Dann verspiegelten sich die Waben. Tom sah plötzlich sich selbst.

„Spar dir deine Zaubertricks. Wer so mit Freunden Willkommen feiert, der kann mir gestohlen bleiben."

Der Zauberfußball rührte sich noch immer nicht. Die Spiegelung blieb. Tom sah nur sich selbst – sein erschöpftes, vor Wut verzerrtes Gesicht.

„Was willst du mir sagen? Hä? Los, spuck's aus. Dass ich der Arsch von uns beiden bin?"

Der Zauberfußball veränderte sich schon wieder. Nebel zog zwischen den Nähten seiner Waben auf. Die Spiegel verschwanden. Dafür leuchtete er wieder rot, grün, dazwischen waren schwarze Flecken.

Tom konnte nicht anders, als fasziniert zuzuschauen. Er wusste, dass der Zauberfußball ihm etwas mitteilen wollte.

Die Farben auf der Oberfläche des Balles sortierten sich. Sie bildeten eine Flagge. Unten hatte sie einen grünen Streifen, in der Mitte einen roten und oben einen schwarzen. In dem schwarzen Querstreifen konnte man das Halbrund einer unter- oder aufgehenden Sonne erkennen. Sie strahlte in die Schwärze hinein.

Tom kannte sich mit Farben aus. Er wusste, was er da sah. Es war die Flagge Malawis.

„Fängst du jetzt auch wie die anderen an?", sagte Tom nur. „Haben sie dich geschickt?" Tom hatte den

Satz noch nicht ausgesprochen, da wusste er schon, dass der Zauberfußball aus eigenen Stücken zu ihm gekommen war. Er spürte es einfach. Die Farben auf dem Ball verschwanden so schnell, wie sie aufgetaucht waren. Plötzlich strahlte er Wärme aus, ganz wie früher.

„Oh Mann“, lachte Tom. „Warum denn nicht gleich so? Das ist mein alter Kumpel. Aber nein, du musst dich erst aufführen wie eine Horde Wilder.“

Doch Toms Ärger war verflogen. Es war einfach zu schön, dass der Zauberfußball wieder da war.

Julian schlägt einen Wettkampf vor

„Jetzt mal ehrlich, Freunde der Südsee“, sagte Salvatore, der mit Mucawe und Winston am Strand saß. „Ich war ja selbst einen Moment baff. Aber messerscharf betrachtet, hat Massambo uns doch keinen Deut weitergebracht. Was denkt dieser Mensch sich eigentlich? Malt irgend so ein Zeugs in den Sand und alles wird gut?“ Salvatore schüttelte den Kopf. Für derlei Humbug, wie er es nannte, hatte er nicht wirklich Verständnis. „Männer“, redete er auf Winston und Mucawe ein. „Männer, was wir jetzt brauchen sind Eier. Das würde zumindest unser Tor-Titan Oli sagen.“

Winston nickte wissend. Mucawe schaute ihn fragend an. „Was sollen uns denn Eier helfen? Hast du etwa schon wieder Hunger?“, fragte er.

Salvatore und Winston lachten, bis ihnen die Tränen über die Wange liefen. „Das, du Fuchs“, prustete Winston, „das werde ich dir später mal erklären. Aber jetzt kommt, die anderen sind bestimmt schon wach. Lasst uns so gut trainieren wie noch nie in unserem Leben.“

Mucawe schüttelte den Kopf. Manchmal hatten diese Europäer einen seltsamen Humor. Dann machte er sich mit den Jungs auf in Richtung Feuerstelle, wo die Kinder noch schliefen. Da sahen sie Julian, der die Dreistigkeit hatte, in aller Herrgottsfrühe mitten im Dorf aufzutauchen. Er kam direkt auf sie zu und winkte zur Begrüßung, als hätte es die Szene neulich am Strand gar nicht gegeben.

„Na“, rief er schon von Weitem, „schon so früh unterwegs? Ich wollte euch gerade wecken. Ich hab da ’ne gute Idee.“

Die drei Freunde schauten sich verblüfft an. Was konnte so einer wie Julian schon für eine gute Idee haben. Neugierig kamen sie näher. Vielleicht hatte Julian ja Neuigkeiten von Tom.

„Was willst du?“, schnauzte Salvatore.

„Eh, geht’s auch freundlicher?“, schnauzte Julian zurück.

„Ich geb dir gleich mal freundlicher. Und zwar direkt auf deine Nase, du …“

Winston packte Salvatore am Arm und zog ihn weg. „Lass das“, zischte er. „Hören wir uns an, was der Trottel zu sagen hat.“

Julian baute sich vor den drei Jungen auf. Er war größer als die anderen, und unter seinem T-Shirt waren seine trainierten Muskeln zu erkennen. Julian schien keinerlei Angst zu haben, obwohl er allein aufgelaufen war.

„Der nimmt doch Wachstumsmittel“, dachte Salvatore. „Wie kann der ’nen halben Kopf größer sein als ich?“ Laut sagte er: „Du brauchst dich gar nicht so aufzuplustern. Bebeto ist viel größer als du.“

Julian verzog sein Gesicht zu einer Grimasse, dabei wippte sein Ohrring hin und her. „Ich kenne zwei, die sind noch größer als euer Freund. Erinnert ihr euch an Thorben und Fred?“

Winston zuckte bei dem Gedanken an die beiden Schränke zusammen. Er erinnerte sich an jedes noch so kleine Detail der beiden. Thorben musste aufgrund seiner Statur geschätzte fünfzehn Jahre älter sein als er und seine Freunde. Er war mit einer unglaublichen Brutalität zu Werke gegangen, als Julian ihn, Winston und Tom zu einem Spiel drei gegen drei auf der Schreckensburg herausgefordert hatte.

„Das ist doch der mit der Narbe im Gesicht“, hörte er Salvatore sagen. „Der, den ihr Scareface nennt, oder?“

Julian nickte.

„Und?“, fragte Winston.

„Ich, Scareface und Fred …“, begann Julian. Aber den Rest des Satzes bekam Salvatore schon nicht mehr mit, er sah Fred geradezu leibhaftig vor sich. „Fred“, dachte er, „der Typ, der mehr Pickel im Gesicht hat, als es in der Wüste Sand gibt, und der, der bei Wettkämpfen seinen Stiftzahn herausnimmt, um noch gemeiner und brutaler zu wirken. Und der“, dachte er weiter, „der die fieseste Tätowierung auf dem Arm trägt, die Salvatore jemals gesehen hatte. I hate losers. Na, klasse.“

„Klar kennen wir Fred und Thorben", sagte er laut. „Die beiden sind keine Kicker, die sind eigentlich als Kampfhunde auf die Welt gekommen. Also, spuck's aus. Was hast du für eine grandiose Idee?", fragte er provozierend und ging dabei einen Schritt auf Julian zu.

Julian lachte. „Du bist als Kasper auf die Welt gekommen, und stört mich das etwa?", fragte er und gab Salvatore einen Stoß. Mucawe stieß einen Schrei aus und wollte sich auf Julian stürzen, doch da trat Winston zwischen die beiden und hob beschwichtigend beide Hände.

„Jetzt ist aber mal Zappe im Karton", schrie er. „Sag, was du uns sagen willst, oder mach ganz schnell die Fliege, bevor hier noch ein Unglück passiert."

Julian nickte anerkennend in Winstons Richtung. „Endlich einer mit ein bisschen Verstand in der Birne", sagte er. „Wir fordern euch zu einem Match auf. Drei gegen drei. Ich habe an einen kleinen Leistungsvergleich gedacht. Wir laufen um die Wette, messen uns in Schusskraft und Elfmeterschießen. Und zur Krönung lassen wir noch ein kleines Spiel steigen? Was haltet ihr davon?" Herausfordernd schaute er auf die drei Freunde.

Salvatore, der sich allmählich wieder berappelt hatte, schüttelte langsam den Kopf. Dann sagte er mit einer Stimme, die selbst einen italienischen Gangsterboss zum Zittern gebracht hätte: „Wir sind nicht interessiert. Und das sage ich dir nur einmal. Pfeif deine Neandertaler zurück. Wir sehen uns in einer Woche auf dem Feld wieder. Ohne Tricks und ohne doppelten Boden. Bis dahin musst du dich schon noch gedulden. Also geh heim und fütter deine …“

Das Wort „Kampfhunde“ hörte Julian schon nicht mehr. Er drehte sich auf dem Absatz um, deutete spöttisch eine Verbeugung an und lief in Richtung See, wo auch diesmal wieder ein schnittiges Boot auf ihn wartete.

„Wow.“ Mucawe klopfte Salvatore auf die Schulter.

„Gut gesprochen“, grinste Winston. „Wir hätten keine Chance gehabt“, fügte er traurig hinzu. „Denn was ich ganz vergessen habe, euch zu erzählen, ist, dass die Arbeiter sagen, dass die Kicker in dem Hochsicherheitstrakt mit den übelsten Methoden arbeiten. Die haben sogar Stollen an ihren Fußballschuhen, die Stromschläge abgeben. Hoffnungslos“, ließ Mucawe den Kopf hängen. „Das alles ist riesig Mist. Wir trainieren und trainieren. Und ich weiß trotzdem nicht, wie wir diese Jungs schlagen können.“ Dieses Mal wussten auch Winston und Salvatore keinen Rat.

Test oder Finte?

Johann war mächtig sauer. „Das möchte ich nicht mehr hören", sagte er entschieden. Sein Tonfall ließ keine Widerrede zu. „Was bildet sich dieser kleine verzogene Junge denn ein? Und was habt ihr euch bloß dabei gedacht, seinen Vorschlag, einen Leistungsvergleich zu machen, so abzuschmettern?"

Salvatore sah Johann erstaunt an. „Aber", stammelte er, „du warst doch gar nicht dabei, als die uns so fertiggemacht haben. Die haben uns an die Wand gespielt in diesem finsteren Verlies. Die sind unfair, brutal, hinterfotzig und verdammt stark", versuchte er sich zu verteidigen.

„Ich möchte das nicht mehr hören", wiederholte Johann zum x-ten Male. „Natürlich seid ihr drei gegen drei unterlegen. Aber wir sind eine Mannschaft, wir sind ein Team, und es wäre doch gelacht, wenn wir gegen diesen Haufen von Vandalen nichts ausrichten könnten. Außerdem müssen wir herausfinden, wo ihre Schwachstellen liegen. Das können wir nur, wenn wir uns nicht verstecken."

Johann sah in die Runde. „Bebeto, was denkst du?", fragte er. „Bist du bereit, diese Herausforderung anzunehmen? Und was ist mit dir, Jenny? Und dir, David?

Was ist mit euch drei dort hinten? Wollt ihr auch kneifen?"

„Moment mal", unterbrach ihn Winston, „ihr habt diese Kampfmaschinen nicht live erlebt. Wir sind doch keine Hasenfüße. Wir wollten nur nicht noch mal drei gegen drei spielen. Natürlich nehmen wir eine Herausforderung an, bei der wir auch eine realistische Chance haben …"

„Okay, das hört sich doch schon viel besser an", beruhigte sich Johann. „Natürlich nehmen wir die Herausforderung an. Und mehr noch: Wir drehen den Spieß nämlich um. Wir nutzen diesen Test für unsere Zwecke."

„Wie sollen wir das machen?", fragte Jenny neugierig.

„Dazu erzähle ich euch eine kleine Geschichte. Ich erinnere mich noch genau an die WM 1954. Wie die meisten von euch wissen, ist Deutschland damals Weltmeister geworden. Und zwar als krasser Außenseiter gegen den haushohen Favoriten Ungarn. Ich habe das selbst miterlebt. Die Ungarn hatten vor diesem Spiel jahrelang nicht mehr verloren. Sie hielten sich nicht nur für die beste Mannschaft, nein, sie waren die beste Mannschaft der Welt. Aber sie hatten nicht den besten Trainer. Den hatte Deutschland. Sepp Herberger war der größte Taktikfuchs seiner Zeit. Er wusste genau, dass Ungarn nur eine Schwäche hatte. Und die war:

Die Mannschaft neigte dazu, den Gegner zu unterschätzen. Ihr merkt sicher, worauf ich hinauswill."

Winston war aufgesprungen. „Ja, mein Papa hat mir davon erzählt. Dieser Herr Herberger hat die Ungarn reingelegt und seine B-Elf beim Vorrundenspiel auf den Platz geschickt. Die Ungarn haben sie richtig auseinandergenommen."

„Stimmt", fügte Johann hinzu, „auseinandergenommen ist das richtige Wort. Das Spiel endete 8 : 3."

„Hammer." Salvatore klatschte in die Hände. „Das nenn ich mal ein deutliches Ergebnis."

„Herberger wusste genau, wenn sich Deutschland für das Finale qualifiziert und auf Ungarn trifft, wird der Gegner sie total unterschätzen", erzählte Johann weiter. „Und genau so ist es gekommen. Wie wir alle wissen, ist Deutschland am Ende Weltmeister geworden. Sie haben die bis dahin unschlagbaren Ungarn in einem grandiosen Finale mit 3 : 2 besiegt."

„Also", fasste Winston zusammen, „dein Plan ist, wir treten in dem Übungswettkampf mit Julians Truppe an, lassen uns ordentlich eins auf die Mütze geben und wiegen sie dadurch in Sicherheit."

„Hmmmh, das klingt nicht gerade nach einem Riesenspaß. Aber wenn es uns hilft, bin ich dabei." Jenny schaute in die Runde. Die anderen Kinder nickten.

„Alles klar", sagte Salvatore. „Dann lasst uns die Holzköpfe mal hinters Licht führen. Wir werden uns mit ihnen messen. Und wenn jetzt genug geschwafelt wurde, würde ich vorschlagen, dass wir nun zu den wichtigen Dingen im Leben kommen."

„Wie wäre es also mit Training?", lachte Johann. „Denn im Finale wollen wir topfit sein. Nur so kann unser Plan funktionieren."

Die Kinder verließen eilig das Zelt und versammelten sich am Strand. Nur Salvatore fehlte, er hatte die Aufgabe, Julian klarzumachen, dass sie die Herausforderung nun doch annehmen würden. Nur eben zu ihren Bedingungen. Also nicht drei gegen drei, sondern, wenn überhaupt, mussten es Julian und seine Jungs gegen die gesamte Truppe aufnehmen.

„Na, das dachte ich mir doch, dass ihr nicht als die größten Feiglinge aller Zeiten in die Geschichte eingehen wollt", reagierte Julian auf Salvatores Ankündigung.

„Deine große Klappe wird dir auf dem Trainingsplatz nichts helfen", konterte Salvatore, „es sei denn, sie hilft dir, deine Niederlage anschließend schönzureden."

Julian hatte für Salvatores Gerede nur ein süffisantes Lächeln übrig. Sein Selbstvertrauen schien wie immer unerschütterlich. „Okay, dann machen wir euch eben alle platt. Wir treffen uns morgen um halb zwei am Strand."

Als Salvatore eine Viertelstunde später wieder zu den anderen stieß, hörte er, wie Johann die nächste Trainingseinheit ankündigte. „Also“, sagte er „wir üben heute Präzision und Schusskraft in einem. Dies gehört mit zu den schwersten Dingen im Fußball. Man schießt entweder sehr fest oder sehr präzise, aber beides zusammen beherrschen nur die besten Kicker der Welt.“

Ein Raunen ging durch die Menge. Johann hatte wirklich tolle Einfälle. Und um seine geniale Idee in die Tat umzusetzen, hatte er eigenhändig ein Tor aus Holzbrettern gezimmert. Damit die Übung schwerer wurde, hatte er auf jeder Seite des Tores ein Seil zwischen Pfosten und Latte gespannt, sodass ein kleines Dreieck entstand. „Wenn ihr hier oben in den Winkel trefft“, sagte Johann und deutete auf den kleinen Raum, den es nun zu treffen galt, „ist der Ball für nahezu jeden Tormann dieser Welt unhaltbar.“

Jeder hatte sechs Schuss. Hoch konzentriert gingen sie ans Werk. James, der Butler, fungierte als Assistent. Er hatte sich eigens für diese Übung von einer deutschen Polizeibehörde ein Radargerät besorgt, mit dem man normalerweise Geschwindigkeitsüberschreitungen maß. Sobald ein Kind zum Schuss antrat, zielte er mit seiner Wunderwaffe stolz auf den Ball, ein Infrarotlicht erschien, und schon konnte man die Geschwindigkeit auf dem Display ablesen.

„Wisst ihr, Kinder“, sagte James, „das Prinzip dieses Radargerätes basiert auf dem Doppler-Prinzip. Das heißt so, weil sein Erfinder so heißt. Wenn ich nun …“

„Bitte, lieber James“, keuchte Jenny „verschone uns mit deinem Insiderwissen, wir kriechen auf dem Zahnfleisch und wollen nichts von einem Doppel hören.“

„Doppler …“, versuchte es James aufs Neue.

„Neiiiin“, schrie Jenny und knallte den Ball direkt oben in den rechten Winkel. Das Seil bewegte sich dabei keinen Millimeter.

„Gratulation“, sagte James ungerührt und zupfte sein Kurzarmhemd zurecht, „du hast gerade mit einer Geschwindigkeit von 100 km/h den Ball in den Maschen versenkt. Meines Erachtens nach gelingt das nicht vielen weiblichen Kindern in deinem Alter.“

Jenny schaute stolz zu Bebeto. Bebeto hatte es auf 98 km/h gebracht und mords angegeben. Dann kam die kleine Anna, die ja für ihre Bärenkräfte bekannt war. Sie lief ganz lässig an und zog ab. Den Winkel verpasste sie zwar ganz knapp, aber James geriet kurz aus der Fassung, als er auf das Display schaute. 120 km/h. „Reicht das oder soll ich mich mal richtig anstrengen?“, schmunzelte die kleine Schwedin.

„Wertes Fräulein, das ist unglaublich“, stammelte der Butler und Trainingsassistent. Jetzt drängten die Jungs nach vorne, die Anna unbedingt übertrumpfen wollten – ganz vorne Bebeto, der um einen siebten Schuss bat. Doch bevor die Übung zu einem mehrstündigen internen Wettkampf ausarten konnte, brach Johann die Übung ab. „Genug“, sagte er. „Schusskraft haben wir jetzt zur Genüge bewiesen. Jetzt machen wir Salvatore zuliebe seine Lieblingsübung: Wettlauf, gepaart mit einer Kräftigungsübung."

Salvatore stöhnte. „Alles, nur das nicht", motzte er.

Johann teilte die Kinder in zwei Gruppen ein. Es standen sich je drei Kinder einer Gruppe im Abstand von fünfzig Metern gegenüber. Nun sollte je ein Kind das hinter ihm stehende Kind huckepack nehmen und die fünfzig Meter über den Strand zu seinem Kollegen laufen. Dort wurde getauscht, das Kind, das zuvor huckepack genommen wurde, schulterte das erste Kind der Wartenden und lief zurück. Bis jedes Kind einmal sowohl auf dem Rücken eines Teammitglieds gesessen als auch selbst jemanden getragen hatte. Das war eine Riesengaudi.

Shin musste Bebeto tragen und brach fast unter dieser Last zusammen. Salvatore stöhnte, obwohl nur der kleine Shou auf seinen Schultern lastete. Sie feuerten sich gegenseitig an und merkten kaum, wie die Zeit verflog. Den Gewinner konnten sie nicht ausmachen. Die letzten Läuferinnen, Jenny und Anna, flogen mit Mucawe und Gira auf dem Rücken ungefähr zeitgleich ins Ziel. Völlig erschöpft plumpsten sie in den Sand und wollten gar nicht mehr aufhören zu lachen.

„Genug für heute." Johann klatschte in die Hände. „Und morgen führen wir den Gegner hinters Licht."

„Soll ich dann nicht so fest schießen, wie ich eigentlich könnte?", fragte Anna.

„Ich will dir das nicht verbieten. Du sollst schon deinen Spaß haben. Aber wenn unser Plan klappen soll, dürfen sie nicht genau wissen, wie stark du wirklich bist", erklärte Johann listig. „Sie sind schneller, größer und stärker als wir. Da haben wir in diesen Eins-gegen-eins-Wettkämpfen keine Chance, nicht wahr, Salvatore?"

Der Italiener nickte. „Das ist so sicher wie das Amen in der Kirche."

„Okay. Sie können schneller laufen. Wir können schneller denken. Eine Niederlage morgen ist alles andere als schlimm. Im Gegenteil: Sie könnte uns sogar zu einem großen Sieg in einer Woche verhelfen. Vertraut mir. Wir zeigen es den Angebern. Ich bin sehr stolz auf euch. Ihr habt heute klasse trainiert. Auch du, Salvatore", schloss Johann seine kleine Rede. Er gab jedem einzelnen Kind einen Klaps auf die Schulter und ging gemeinsam mit James und dessen Wundermesswaffe in sein Zelt.

Am nächsten Morgen wachte Mucawe sehr früh auf. Er weckte seine Schwester Gira. „Was, wenn wir heute auf ganzer Linie versagen?", fragte er Hilfe suchend.

Gira beruhigte ihn. „Das bedeutet gar nichts", sagte sie. „Du hast doch Johann gehört. Julian soll glauben, sie hätten ein leichtes Spiel mit uns. Natürlich sind sie uns körperlich überlegen, schau dir diese Muskelmänner doch mal an. Aber Johann hat gesagt, im Fußball gewinnen nicht die besseren Einzelspieler."

„Sondern die bessere Mannschaft, ich weiß", entgegnete Mucawe. „Aber es geht um unser Dorf. Wenn Johanns Taktik nicht aufgeht, sind wir geliefert."

„Warten wir es einfach ab", beschwichtigte Gira ihren Bruder. „Vielleicht haben Winston und Salvatore auch übertrieben, und die Jungs sind gar nicht so stark, wie alle glauben. Wir sind toll. Und super vorbereitet. Wir spielen ja nicht. Wir messen uns nur. Und wenn Anna ihren Hammerschuss auspackt, vergeht denen Hören und Sehen. Das hat sogar Johann gesagt", versuchte sie Mucawe aufzuheitern.

Mucawe fühlte sich immer noch elend. Gegen halb zwei sollte der Vergleich stattfinden. Die Stunden des Wartens wollten einfach nicht vergehen. Die Kinder versuchten sich mit Schwimmen, Torschusstraining und dem Aufbau des Leistungsparcours abzulenken.

Dann war es endlich so weit. Die Truppe um Julian erschien auf die Minute pünktlich. Als die Jungs um die Ecke bogen, warteten die Freunde bereits. Jenny bekam einen gehörigen Schrecken, als sie Thorben, Fred und den Rest der Mannschaft sah. „Das sind Gladiatoren", stöhnte sie.

Anna schubste sie in die Seite und zischte sie an, sie sollte gefälligst die Klappe halten. „Die sind uns vielleicht körperlich überlegen", flüsterte sie, „aber wir sind die besseren Kicker. Hoffe ich …", fügte sie noch leiser hinzu.

Julian hatte ganz offensichtlich das Kommando. „Halt!“, schrie er seine Jungs an und bedeutete ihnen, sich in einem Halbkreis hinter ihm zu positionieren. Dann hob er gebieterisch die Hände und befahl den Jungs, sich ruhig zu verhalten.

„Das Spiel kann beginnen“, rief Julian, und wie auf ein unsichtbares Kommando hin begangen seine Gladiatoren mit den Füßen zu scharren und merkwürdige Laute von sich zu geben.

„Beeindruckend“, wandte sich Johann an Julian. „Ihr hättet im alten Rom auftreten können.“

„Lasst uns also gleich beginnen. Wir fangen mit der Schusskraftmessung an“, sagte Johann laut. Niemand sollte daran zweifeln, wer hier das eigentliche Kommando führte.

„Gegen die haben wir keine Chance“, jammerte Mucawe. „Da hilft auch keine Taktik.“

Jenny sah ihn wütend an und ging zum Elfmeterpunkt, von wo aus auf das Tor geschossen werden sollte. James brachte sich in Position. Er schwitzte weit mehr als die Kinder, so aufgeregt war er.

„Position einnehmen“, kommandierte Julian, der ganz offensichtlich Spaß an dieser kleinen Vorführung hatte. Seine Mannschaft bildete rechts und links Spalier um Jenny.

„Ist das alles, was ihr zu bieten habt, ein Mädchen?“, höhnte ein Glatzkopf, dessen Namen keiner kannte.

„Nur nicht provozieren lassen“, dachte Jenny und lief auf den Ball zu. Sie trat fest gegen die Kugel, aber legte nicht ihre gesamte Kraft in den Schuss. Den Ball schoss sie knapp an dem Winkeldreieck vorbei.

„101 km/h, aber kein Treffer“, verkündete James, ohne sich seine Erregung anmerken zu lassen. Johanns Truppe tat so, als würde sie sich über Jennys Leistung freuen.

„Nicht schlecht für ein Mädchen“, kommentierte Julian, der schon wieder sein überhebliches Grinsen aufgelegt hatte. „Leute, Applaus!“, befahl er. Die Gladiatorenkicker klatschten, aber es klang eher wie eine Verhöhnung.

Julian nickte Thorben zu. „Muss das sein, nach einem Mädchen“, beschwerte sich der brutal aussehende Kicker und rieb sich über die wulstige Narbe über seiner linken Augenbraue.

„Mach schon“, sagte Julian scharf. Der muskulöse Junge gehorchte, nahm sich den Ball und ging zum Elfmeterpunkt. Grimmig lief er an. Er platzierte den Ball genau im Winkel.

„125 km/h“, verkündete James mit bleicher Miene. „Das kann eigentlich gar nicht sein“, murmelte er. James schüttelte sein Messgerät. Er nahm die Batterie heraus, säuberte sie an seiner frisch gewaschenen Jeans und legte sie wieder ein. Thorben spuckte aus und gesellte sich betont langsam zu seiner Mannschaft. Julian nickte ihm anerkennend zu, mehr nicht. In seinem Team wurde offenbar nicht gejubelt.

„Ich denke, das hätten wir geklärt. Oder will noch jemand von euch antreten?“, sagte Julian.

„Wir sind noch lange nicht am Ende“, sagte Bebeto und nahm sich die Kugel.

„Wenn du dich unbedingt blamieren möchtest, dann bitte“, meinte Julian nur.

„Bebeto, denk dran, gib nicht alles“, flüsterte ihm Mucawe zu. „Spar dir deine Kraft lieber für einen anderen Wettbewerb.“

„Mann, fällt mir das schwer. Ich würde diesen arroganten Säcken so gerne einen verpassen“, gab Bebeto leise zurück.

Der Brasilianer lief an und traf den Winkel perfekt, das Seil zuckte nicht einmal. „105 km/h“, sagte James. Sein Tonfall war gleichförmig wie eine Computerstimme. Aber er wischte sich verteufelt oft seine Hände an einem nicht mehr ganz so weißen Taschentuch ab.

„War das euer stärkstes Pferd im Stall?“, höhnte Julian. „Dann können wir ja zum nächsten Wettbewerb kommen. Oder habt ihr schon die Nase voll?“

„Anna, jetzt musst du es versuchen“, flüsterte Winston der kleinen Schwedin zu. „Wenn sie von einem Mädchen geschlagen werden, wird das diese Mega-Machos hammerhart treffen. Wir haben jetzt genug tiefgestapelt.“

Anna nickte. In ihren kurzen Sporthosen und dem etwas zu großen Trikot sah sie nicht gerade so aus, als könnte sie es mit den Energiepaketen von Julians Mannschaft aufnehmen. Doch die Schwedin nahm sich unerschrocken den Ball. „Ich möchte gegen euch antreten", sagte sie mit fester Stimme.

„Tu dir bitte nicht den Fuß weh, wenn du so fest gegen den Ball trittst", hänselte sie Julian. Seine Kumpane brachen in Gelächter aus, bevor sie wieder Haltung annahmen. „Und pass auf, dass dir nicht vor lauter Anstrengung die Sommersprossen aus dem Gesicht fallen."

„Das zahl ich euch heim", dachte Anna, die auf den Ball zulief und dann all ihren Ärger in den Schuss legte. Der Ball schoss in den Winkel.

„130 km/h", erklärte James. Johanns Mannschaft jubelte.

„Das ist nicht wahr. Das kann einfach nicht wahr sein. Da stimmt etwas nicht", schnaubte Julian, der nun das erste Mal aus der Fassung zu geraten schien. Er stürmte zu dem Radarmessgerät. Doch da war eindeutig 130 km/h zu lesen.

„Nun gut", sagte Julian, der bereits wieder ganz der Alte war, „dann schalten wir eben in den zweiten Gang. Fred, nimm du dir den Ball." Fred sah mit seinen Piercings, Tätowierungen und dem kahlen Schädel wie immer zum Fürchten aus. Plötzlich schien es um ein paar Grade kälter zu werden. Er legte sich den Ball zurecht, zog kurz seinen Stiftzahn heraus, als würde es sich hierbei um ein Ritual handeln, das ihm Glück brachte. Dann rannte er auf den Ball zu und zog mächtig ab. Sein Ball traf millimetergenau in den Winkel.

„142 km/h“, musste Johann verkünden. „Tatsächlich 142 km/h.“

Die gute Stimmung in Toms Truppe war mit einem Mal verflogen. Salvatore blieb der Mund offen stehen. Er musste sich von unten gegen das Kinn schlagen, um ihn überhaupt wieder schließen zu können. Und Mucawe schien sich in einen Wackeldackel verwandelt zu haben. Er wackelte unaufhörlich mit seinem Kopf hin und her.

„Nur zu eurer Info, Fred hatte heute nicht gerade seinen besten Tag. Da geht noch ’ne Menge“, grinste Julian herausfordernd. „Will sich noch jemand blamieren oder kommen wir zur nächsten Disziplin? Ist ja schließlich kein Kindergeburtstag hier.“

„Die packen wir niemals.“ Salvatore fühlte sich elend.

„Lass dich nicht frusten“, hielt Winston dagegen, „das ist ein übler Gegner, aber doch keine richtige Mannschaft. Hey, alter Freund, dich verlässt doch sonst nicht so schnell der Mut.“

„Okay, die erste Runde ging an euch, aber es folgen ja noch zwei weitere Disziplinen“, erklärte Johann.

Julian spuckte sein Kaugummi aus und gab seine üblichen knappen Kommandos ganz so, als hätte er eine kleine Armee zu befehligen. „Jungs, klar zum Abrücken.

Erste Etappe triumphreich beendet, jetzt holen wir uns den nächsten Sieg", erklärte er.

„Das heißt triumphal, du geistiger Tiefflieger", bemerkte Anna.

Julian ignorierte die Bemerkung. Die Gladiatorentruppe setzte sich mit merkwürdigen Lauten in Bewegung.

Die anstehende Herausforderung bestand aus Springseilhüpfen. James fungierte auch bei diesem Wettkampf als Schiedsrichter. Die Kinder sollten sich in einer Reihe nebeneinander aufstellen. James hatte Linien in den Sand gezogen, die Felder bildeten, in denen sich die Kinder aufhalten sollten. „So habe ich eine bessere Übersicht, und jeder von euch hat genug Platz. Ihr müsst euch also nicht ins Gehege kommen", erklärte er und schaute dabei mit zusammengekniffenen Augen auf Julian. „Hier wird mit fairen Mitteln gekämpft. Ist das klar?"

„Was schauen Sie mich denn dabei so blöde an", meckerte Julian. „Ich mach doch gar nichts." Julian stellte sich brav in seine Parzelle und wartete auf weitere Anweisungen. Die Aufgabe bestand darin, das Springseil vorwärts- und rückwärtszuführen. Dabei mussten die Kinder mit jeweils doppelter Umdrehung des Seils ihre rechten und linken Knie abwechselnd anziehen. Das Seil musste sauber unter ihren Füßen hinwegschwingen. Als letzte Übung galt es dann, Sprünge mit gekreuzten Armen auszuführen. Alle Sprünge sollten fünfzig Mal wiederholt werden. Wer mit den insgesamt zweihundertfünfzig Sprüngen fertig war, sollte das Springseil auf den Boden werfen und sich zu den anderen seiner Truppe in einem extra dafür in den Sand gezogen Kreis gesellen. „Welche Mannschaft zuerst vollständig ist, hat gewonnen", erläuterte Johann.

„Und da der eine oder andere von euch sicher schon darüber nachdenkt, wie er mich betuppen kann, habe ich mir erlaubt, in jede eurer Parzellen eine Metallplatte unter den Sand zu legen. Diese ist mit einem Zähler verbunden, der bei Kontakt mit dem Springseil die genaue Anzahl der Sprünge misst und auf meinen Laptop überträgt. Schummeln ist also zwecklos. Wer trotzdem einen Versuch wagt, wird disqualifiziert, und der Punkt geht an die andere Mannschaft. Alles verstanden? Dann können wir in wenigen Augenblicken beginnen", beendete er seine Anweisungen.

Salvatore versuchte sich alles, was er von Johann über das Springseilhüpfen gelernt hatte, in Erinnerung zu rufen. Was hatte Johann noch gleich gesagt? „Oberarme ganz locker am Körper halten. Unterarme anwinkeln und nach außen drücken. Springseil parallel zum Boden. Nur die Handgelenke bewegen und die Füße nur leicht vom Boden heben." Johann hatte ihn vor allen anderen gelobt. „Das ist deine Disziplin", hatte er zu ihm gesagt. „Zweihundert Sprünge in der Minute, das macht dir so leicht keiner nach." Salvatore war vor Stolz ganz rot angelaufen. Doch so schwer es ihm fiel: Jetzt würde er mit gebremstem Elan in den Wettkampf gehen.

„Auf die Plätze …“, hörte er James rufen, „feeeeertig und looooos …“ Salvatore gab genug Gas, dass niemand Verdacht schöpfte. Als er bei seinen letzten zwanzig Sprüngen mit den gekreuzten Armen angekommen war, sah er aus den Augenwinkeln, wie sich der Kreis der Gegner mit immer mehr Menschen füllte. Das erschreckte ihn trotz seiner taktischen Zurückhaltung. Denn so schnell wie seine Gegner wäre er selbst dann nicht gewesen, wenn er um sein Leben gesprungen wäre. Lange nicht so schnell. Das alles konnte unmöglich mit rechten Dingen zugehen. Salvatore warf sein Seil in den Sand und hechtete zu seinem Kreis. Er war der Erste, aber auch der Einzige.

„Stopp“, rief James, „das Spiel ist aus.“

„And the winner is“, schrie Julian „the one and only: die Unbesiegbaren!“ Seine Mannschaft verfiel in ein kollektives Grunzen. Das mussten Roboter sein. Kein normaler Mensch war zu solchen Leistungen fähig. Soweit Salvatore wusste, lag der Rekord im Springseilhüpfen bei etwa 350 Sprüngen pro Minute. Wie also konnte der Schnellste in Julians Truppe sein Seil nach nur 32 Sekunden in den Sand geworfen haben?

Shou sprang als Letzter in den Kreis. „Das ist Betrug“, hechelte er. Er konnte sich einfach nicht zurückhalten.

„Ha, Betrug …, ihr wollt uns des Falschspiels bezichtigen?“ Julian zeigte auf seine Jungs. „Diese Kerle haben es einfach drauf. Schaut sie euch an. Echte Mannsbilder. Und nun schaut euch an. Echte Weicheier. Ich denke, wir ersparen uns den dritten Wettkampf. Ich kann euer Geflenne nicht mehr ertragen. Kommt Männer, wir verschwinden. Wir brechen den Wettkampf ab. Wir sind so haushoch überlegen, dass wir das Spiel sowieso schon gewonnen haben. Die können gar nichts, schießen wie Mädchen und springen wie Walrosse“, spottete Julian. Dann wechselte er den Tonfall. „Los, Abmarsch. Und keine Widerrede“, herrschte er seine Jungs an. Die Gladiatoren gehorchten und trotteten hinter Julian her.

Johann versammelte seine Kinder im Kreis. „Ihr habt es gesehen, die sind saustark. Und im Moment fühlt sich das alles wie ein ziemliches Fiasko an. Aber glaubt mir, es war gut, dass wir einen Teil unserer Stärken vor ihnen verborgen haben. Das war der erste Schritt zum Sieg. Unser Gegner hat das Gefühl, bereits gewonnen zu haben. Darin liegt unsere große Chance.“

Nicht alle Kinder schienen überzeugt. Die Niederlage war zu vernichtend gewesen.

Doch Johann ließ sich nicht beirren. „Und da wir gerade dabei sind und der dritte Wettkampf ausgefallen ist“, sagte er gut gelaunt, „wird jetzt fleißig weitertrainiert. Standardsituationen: Ecken, Freistöße, Einwürfe und Elfmeter. Also, auf geht’s – und keine Müdigkeit vortäuschen.“

Unerwarteter Besuch

„Taktik hin, Taktik her. Auf einer Skala von eins bis einer Million war das das Schlimmste, was ich je in meinem Leben erlebt habe. Das braucht kein Mensch. Eine solche Demütigung, ich kann es noch immer nicht fassen.“ Salvatore und Winston saßen am Strand und schauten den anderen beim Herumtollen im Wasser zu. „Wie können die nur im Wasser toben und vor allen Dingen, wieso können die lachen? Ich jedenfalls werde nie wieder …“ Salvatore machte eine kunstvolle Pause und fuhr dann mit leiser Stimme fort: „Wahrscheinlich werde ich in meinem ganzen verbleibenden Leben nicht einmal mehr lächeln.“ Salvatore war verzweifelt. „Wir sind dem Gedemütigtentod gerade so von der Schippe gesprungen. Aber eigentlich sind wir das ja gar nicht. Ich jedenfalls hätte nichts dagegen, wenn du mich jetzt hier im Sand verbuddelst und nie wieder ausgräbst.“ Salvatore schlug die Hände vors Gesicht, zerraufte sich seine schwarze Mähne und brabbelte unaufhörlich weiter. „Ich glaube, ich esse auch nie mehr Spaghetti …“

Winston schaute auf die anderen. „Die lassen sich nicht unterkriegen“, sagte er, „und das ist auch gut so. Die meisten von ihnen vertrauen auf Johann. Sie versuchen es zumindest. Unser Trainer denkt einfach ein bisschen weiter als der Gegner. War doch irre, wie Deutschland 1954 Ungarn geschlagen hat – absolut clever. Warum sollten wir so etwas nicht auch schaffen können?"

„Na, wenigstens Anna hat es ihnen gestern gezeigt. Das war der einzige Moment, an dem ich mich nicht ganz so abgemeldet gefühlt habe. Wirklich der einzige."

„Salvatore, jetzt ist es langsam mal gut. Reiß dich mal zusammen. Wir müssen uns einfach auf Johann verlassen."

„Tolles Thema: sich auf jemanden verlassen", motzte Salvatore. „Wenn ich das schon höre. Na klasse, was soll das bringen? Das hat bei Tom ja auch super funktioniert."

„Komm mir jetzt bitte nicht auch noch mit Tom", sagte Winston ärgerlich. „Das bringt selbst mich mies drauf. Hak es ab. Tom können wir komplett vergessen. Er hat sich anderweitig entschieden."

Salvatore hob seine Schultern und ließ sie mit einem tiefen Seufzer wieder fallen. „Ja, das ist wahrscheinlich mein größtes Problem. Wenn Tom uns nicht verraten hätte …"

„Moment mal", unterbrach ihn Winston, „von Verrat zu sprechen geht nun wirklich zu weit. Er hat uns nicht verraten. Er hat …" Winston konnte seinen Satz nicht beenden. Etwas lenkte ihn ab. Die Kinder im Wasser waren still geworden. Sie starrten in Richtung Dorfplatz. Mucawe hatte den Mund offen. Kim, Shin und Shou wackelten mit ihren Köpfen hin und her. Anna ließ einen Schrei los, der einem das Blut in den Adern gefrieren ließ, und Bebeto ballte die Faust und lachte wie ein Wahnsinniger.

„Siehst du", sagte Salvatore, „wir trauern hier still und leise vor uns hin. Und die anderen verlieren gerade im Wasser ihren Verstand. Und Tom ist schuld an allem."

„Bin ich das wirklich?", hörten Salvatore und Winston eine vertraute Stimme hinter ihrem Rücken fragen.

„Wie? Was?", stammelte Salvatore und drehte sich langsam um. Und dann passierte etwas nahezu Unglaubliches. Salvatore ließ sich auf den Rücken fallen, schloss die Augen, faltete die Hände und eine winzig kleine Träne lief ihm die Wange herunter. „Danke, lieber Gott", hörten sie ihn murmeln. „Du hast uns Tom zurückgebracht."

Jetzt brach die Hölle los. Die Wiedersehensfreude hätte nicht größer sein können. Die Kinder spurteten aus dem Wasser und warfen sich auf Tom. Jeder wollte der Erste sein, der ihn umarmte, tätschelte, kniff und freundschaftlich boxte. Sie riefen alle durcheinander, bombardierten ihn geradezu mit Fragen. Lachten, schrien und umarmten sich.

Johann und James entzündeten ein Feuer, die Dorfbewohner brachten frischen Fisch und Getränke. Jemand hatte einen Kassettenrecorder angeschleppt, ein anderer ein paar Batterien, in denen noch ein wenig Saft war, und nun tanzten sie ausgelassen auf afrikanische Musik um das Feuer herum.

„Das nenn ich mal 'ne angemessene Willkommensparty", schmunzelte Tom. „Da lohnt es sich doch richtig, ein bisschen später zu kommen. Und da ich von meinen Eltern gut erzogen wurde, komme ich natürlich nicht mit leeren Händen."

Tom schaute zu Johann und zwinkerte ihm zu. Johann klatschte zweimal in die Hände, daraufhin öffnete James den Kofferraum des Jeeps. In Überschallgeschwindigkeit schoss etwas aus dem Auto und landete mitten im Wasser, vollführte dort Pirouetten, tanzte im Takt der Musik und ließ sich dann auf der glatten Oberfläche treiben.

„Das ist zu viel für mein armes Herz. Jetzt ist auch noch unser Zauberball gekommen. Wie soll ich das bloß alles verkraften?" Salvatore ließ sich wieder auf den Rücken fallen, streckte diesmal aber alle viere von sich. Die anderen Kinder rannten ins Wasser und tobten ausgelassen mit ihrem Freund, dem Zauberball. Ihnen gelangen die atemberaubendsten Kunststücke. Mit keinem Ball dieser Erde konnte man besser spielen. Und wenn ein Kind einmal müde wurde, neckte und stupste es der Zauberfußball so lange, bis es wieder mitmachte.

Nun würde alles gut werden. Da waren sie sich einig. „Massambo hat es gewusst“, sagte Mucawe zu Winston. „Jetzt kann uns nichts mehr passieren. Ich bin ganz sicher. Unser Dorf wird nicht abgerissen“, freute sich der kleine Afrikaner.

Die Gedanken von Johann und den Kindern gingen alle in die gleiche Richtung. Mit Tom und dem Ball an ihrer Seite würden sie auch den brutalsten Gegner in die Flucht schlagen können. Es war zu schön, um wahr zu sein.

Sie hatten keine Ahnung, dass ihr Glück nur von kurzer Dauer sein sollte.

Über die Kinder bricht ein Unglück herein

Nachdem Johann und James die Kinder ins Bett geschickt hatten, saßen sie mit Massambo am Lagerfeuer und sprachen über die Ereignisse des Tages. Gestern Morgen hatte Toms Mutter Johann über sein Satellitentelefon erreicht und ihm mitgeteilt, dass ihr Sohn nun doch nach Malawi kommen wolle, wenn man ihn dort noch brauchen würde.

„Ich habe immer an ihn geglaubt", sagte Johann bedächtig. Massambo und James nickten.

Johann und Toms Mutter hatten an jenem Morgen lange miteinander gesprochen. Toms Mutter war zunächst nicht begeistert davon, ihren Sohn auf eine solch lange Reise zu schicken, noch dazu allein. Aber Johann hatte ihr die Angst nehmen können. „Tom wird von James und meiner Privatmaschine abgeholt. Außerdem hat er doch eine ganz besondere Begleitung", sprach er auf sie ein, „und zwar die beste der Welt." Dass der Zauberball mit Tom reisen würde, schien Toms Mutter nun vollends zu beruhigen.

Sie konnte sich noch gut an das plötzliche Auftauchen des Balles vor gut einem halben Jahr erinnern. Manchmal plagte sie auch noch ein schlechtes Gewissen, weil sie ihrem Sohn die verrückte Begegnung mit dem magischen Ball nicht abgenommen hatte, stellenweise hatte sie an seiner seelischen Gesundheit gezweifelt. „Tom hatte halt schon immer eine unglaubliche Fantasie", versuchte sie sich in solchen Momenten selbst zu trösten. „Und wer kann so eine unglaubliche Geschichte schon für wahr halten? Doch nur jemand, der sie selbst erlebt hat", dachte sie.

All diese Gedanken trugen dazu bei, dass Frau Becker dieses Mal ohne großes Zögern einwilligte. Sie überlegte sogar kurz, ob sie nicht mit nach Afrika kommen sollte. Sie hatte so viel Tolles über die wundervollen Strände Malawis gehört. Außerdem sollten dort die glücklichsten und freundlichsten Afrikaner auf dem gesamten Kontinent zu Hause sein. Das hatte Maria Becker jedenfalls der Regenbogenpresse entnommen, die viel über die Adoptionen einer US-amerikanischen Pop-Diva berichtet hatte. Doch als Johann ihr sagte, dass es in Malawi von Moskitos und auch Sandflöhen nur so wimmelte, verwarf sie den Gedanken schnell wieder. Johann setzte sogar noch einen drauf und erzählte von riesigen Faltern, die nachts ums Lagerfeuer herumflogen.

„Gute Frau", sagte er und blinzelte dabei James zu, „die sind größer als unsere einheimischen Fledermäuse."

„Bitte, lieber Johann, passen Sie gut auf meinen Jungen auf", kam sie daraufhin schnell zum Ende und legte den Hörer auf.

„Da hast du ihr aber ganz schön Angst eingejagt", grinste Massambo. James verzog wie immer keine Miene. Während die anderen auf dem Boden saßen, hockte er mit geradem Rücken auf einem kleinen Campingstuhl. Ab und zu entfernte er mit unwirscher Miene eine Ameise, die an seiner frisch gebügelten Jeans hochkrabbelte.

„Erzähl doch mal von deinem Gespräch mit Tom, direkt nach seiner Ankunft hier bei uns", forderte Massambo seinen Freund Johann auf.

„Er ist ein guter Junge", sagte er. „Tom war lange Zeit hin- und hergerissen zwischen seinem Traum, es endlich zum Auswahltraining geschafft zu haben, und seiner Loyalität seinen Freunden gegenüber."

„Das ist aber auch eine verdammt schwere Entscheidung", unterbrach ihn Massambo, „und das gerade in dem Alter. Ich weiß nicht, was ich gemacht hätte. Aber erzähl weiter, wie kam es dazu, dass er sich dann doch für Malawi entschieden hat?"

Johann erzählte den beiden von Toms erneuter Begegnung mit dem Zauberball auf dem Dachboden. „Er hat mir wortwörtlich gesagt, dass es ihm auf einmal wie Schuppen von den Augen gefallen wäre, wie wichtig er für seine Freunde und die Rettung des Dorfes sei. Er sagte, wenn der Zauberball nicht so sauer auf ihn gewesen wäre, hätte er das wohl nie kapiert. Und jetzt haltet euch fest. Er sagte ganz ernst und unglaublich erwachsen, dass er so gut als Fußballer sei, dass sich ihm auf jeden Fall wieder die Chance bieten würde, groß rauszukommen. Denn Qualität setze sich ja bekanntlich durch. Das hat er wirklich genau so gesagt."

Die Männer lachten.

„Ich kann es nur wiederholen", sagte Johann und schaute in die Runde. „Er ist ein guter Junge. Ganz schön selbstbewusst inzwischen."

„Und er ist ein ziemlich schlauer Junge", ergänzte Massambo.

„Und wir schlauen Herren betten uns jetzt am besten zur Ruhe", meinte James trocken. Der Butler, Pilot und Assistenztrainer in einer Person stand von seinem Stuhl auf, reckte sich und trat das Feuer aus.

Die ersten Sonnenstrahlen weckten die Kinder, und ein herrlicher Duft erfüllte das Zelt. Zu Salvatores großer Freude gab es heute Pancakes. Die Kinder ließen sich die Eierkuchen schmecken. Voller Tatendrang sprachen sie über das bevorstehende Training und sahen sich dabei nach ihrem Zauberball um. „Hey, wo bist du, alter Geselle?", rief Salvatore fröhlich und lief nach draußen. Die anderen Kinder folgten ihm.

Doch wo sie auch suchten und so laut sie auch riefen, der Ball schien spurlos verschwunden. Keiner der Dorfbewohner hatte den magischen Gesellen gesehen. Die Kinder beschlich ein grauenhaftes Gefühl. „Da ist etwas oberfaul", sorgte sich Tom.

„Julian? Glaubst du, dieses Miststück von Julian steckt dahinter?“, fragte sich Salvatore, während er sich nervös durch seinen schwarzen Haarschopf fuhr.

„Ach was, der Zauberfußball ist viel zu schlau, der lässt sich von so einem Nichtskönner nichts tun“, meinte Anna.

Ihr Stiefbruder Sven pflichtete ihr bei: „Unser Freund findet immer einen Ausweg. Vielleicht musste er einfach dringend etwas erledigen.“

Tom schaute weiter skeptisch: „Ich fürchte, da ist etwas ganz Übles passiert“, sagte er beinahe tonlos, „eine riesige Sauerei.“

Am Rand des Dorfes trafen sie einen alten Fischer. „Den Zauberfußball? Den habe ich nicht gesehen“, sagte er, „aber so einen blonden Jungen mit ein paar anderen Jungs. Der große Kerl hat die anderen herumkommandiert.“

„Wo war das?“, fragte Mucawe aufgeregt.

„Dort hinten.“ Der Fischer deutete auf ein Trümmerfeld umgestürzter oder gefällter Pappeln, einen halben Kilometer vom Ortsrand entfernt.

Wenig später stießen sie auf einen Bauern, der sich ebenfalls an ein paar Exemplare von Julians Gladiatorentruppe erinnern konnte. „Die haben irgendetwas wild Zappelndes mit sich geschleift, vielleicht ein Tier oder so etwas“, erklärte der Mann.

Die Kinder waren wie vor den Kopf geschlagen.

„Das klingt nicht gut, das klingt gar nicht gut“, presste Tom hervor, der bei seiner Suche zum ersten Mal gesehen hatte, wie zerstört das halbe Dorf bereits war. Und dann dieser Höllenlärm, den die Baumaschinen verursachten. „Ich hätte viel früher kommen müssen“, dachte er reumütig, „aber jetzt müssen wir unbedingt unseren Freund finden.“

Zur gleichen Zeit schlug Julian sich vor lauter Freude schon zum zwanzigsten Male auf die Oberschenkel. „Haben wir diesen hässlichen, alten Lederfetzen endlich in unserer Gewalt“, freute er sich und herrschte seine engsten Untergebenen an. „Mann, habt ihr Flachzangen euch angestellt. Wie die letzten Memmen. Was, bitte, war denn so schwer daran, einen verlotterten Klumpen Leder hier in unser Verlies zu bringen. Muss ich denn alles selbst machen, damit mal was glatt funktioniert?“ Julian sah sich um. Er war sehr zufrieden mit dem Kellerverlies, das er in Eigenregie für den gekidnappten Zauberball entworfen hatte.

„Der hat sich total gewehrt“, versuchte Thorben sich zu verteidigen, der ziemlich verschwollen aussah. „Wenn uns nicht der Aufseher mit den Dobermännern und den Ketten geholfen hätte, würde der Blödmann immer noch am Strand rumhüpfen. Der ist viel stärker als wir.“

„Schau dir mal mein blaues Auge an“, sprang ihm Fred zur Seite. „Denkst du, das hat nicht wehgetan?“

„Wehgetan, wehgetan", äffte ihn Julian nach. „Ich fang gleich an zu heulen. Willst du 'ne Runde Mitleid? Wir sind doch Männer. Also benehmt euch auch so. Punkt."

„Ja, aber ...", versuchte es Thorben aufs Neue.

„Nix aber", unterbrach ihn Julian, „kommt, wir schauen, wie stark sich der Lederfetzen jetzt vorkommt. Abmarsch, Jungs."

Die Jungen öffneten eine schwere Stahltür, und schon standen sie in einem weiteren Verlies. Es roch modrig und bitter. Die drei mussten ihre Augen erst an die Dunkelheit gewöhnen. In dem Kellerraum gab es nur ein winzig kleines Loch in der Decke, durch das kaum Licht fiel. Julian betätigte einen verdeckten Schalter, der sich in einem Spalt in der Mauer befand. Überall brannten Neonlichter auf, Scheinwerfer sprangen an, es zischte und brodelte. Der unangenehme Geruch, der den Jungen in die Nase stach, wurde stärker. Thorben hielt sich den Zinken zu. „Igitt, was ist das denn?", fragte er.

Julian verzog sein Gesicht zu einem bösartigen Lächeln. „Im äußeren Ring ist Schwefelsäure, im inneren Salzsäure", sagte Julian und deutete auf ein großes Becken, das nahezu den ganzen Raum ausfüllte und in zwei Kammern unterteilt war. „Ich war so nett, diesem Mistding ein wundervolles Badezimmer einzurichten. Er soll sich doch hier unten wie zu Hause fühlen. Hey,

hey. Leider ist die Wanne voll mit diesem ätzenden Zeug. So ein Pech aber auch. Sollte der Lederfetzen versuchen, die Flucht zu ergreifen, wird er sich wohl oder übel in seine Bestandteile auflösen. Wie gut, dass ich im Physikunterricht aufgepasst habe."

„Chemieunterricht", verbesserte ihn Fred.

„Klappe", zischte Julian und sah Fred böse an. „Ich zeig dir mal was." Julian holte aus seiner kurzen Hose eine kleine Flasche Wasser und spritzte nur wenige Tropfen davon in die Säure. Es wurde heiß in dem Verlies. Dämpfe stiegen nach oben, und es zischte und spritzte.

Thorben und Fred sprangen auf die Seite. „Willst du uns umbringen?", schrien sie.

„Nein", schrie Julian zurück, „ihn will ich am liebsten umbringen." Er ballte seine Fäuste und deutete dann auf den Ball. Der Zauberball wirkte alles andere als bedrohlich. Den Jungs bot sich ein Bild des Jammers. Der Ball hing – sprichwörtlich – schlaff in den Seilen. Die Aufseher hatten ihn mit Ketten, die man normalerweise im Bergbau verwendet, an die Wand geknebelt. Die einzelnen Glieder seiner wuchtigen Fesseln waren mindestens 40 Millimeter dick. Man musste wirklich zweimal hinsehen, um den Ball unter all dem Metall überhaupt erkennen zu können. Das Säurebad um ihn herum zischte und brodelte noch immer. Zu seiner Linken – auf einer Art Podest – saßen fünf Dobermänner und schauten grimmig drein. Die Hunde schienen sich weder an dem Geruch noch an der Dunkelheit des Verlieses zu stören. Neben dem winzigen Ball wirkten ihre kräftigen und muskulösen Körper gewaltig. Man hatte ihnen die Ruten und Ohren kupiert, was ja zum Glück in Deutschland nicht mehr erlaubt ist, und ihnen damit ein noch furchteinflößenderes Äußeres verpasst. Erwartungsvoll sahen die Hunde auf Julian. „Ich habe euch kein Fleisch mitgebracht“, sagte Julian. „Ihr sollt schön hungrig sein, sollten die Deppen auf den Gedanken kommen, ihren Zauberfetzen befreien zu wollen.“

Thorben und Fred schauderten bei dem Gedanken, dass es jemand wagen würde, freiwillig in dieses dunkle Verlies einzudringen. Schnell verließen sie den Ort des Grauens.

„Habt ihr übrigens die Zahlenkombination gesehen?“, fragte Julian bestens gelaunt auf dem Weg nach draußen. Thorben und Fred schauten ihn verständnislos an. „Natürlich nicht, ihr Intelligenzbestien. Um die Säure abzulassen und die Ketten zu lösen, muss man die 8-stellige Kombination kennen. Und ratet mal, wer der Einzige ist, der über dieses Wissen verfügt?“ Julian grinste noch breiter. „Richtig, ihr Dummbeutel“, blickte er seine mitgenommen wirkenden Begleiter an, „ihr habt richtig geraten, der Herr des Codes bin ich.“

Die Kinder um Tom versammelten sich in Massambos Zelt. Inzwischen hatten sich ein paar Menschen bei ihnen gemeldet, die ihnen von der spektakulären Entführung ihres Balles berichtet hatten. Der Zauberfußball hatte mehrere Aufseher und Jungs aus Julians Truppe niedergeschlagen, war dreimal kurz entkommen und hatte sich bis zum Schluss tapfer zur Wehr gesetzt. Doch als die Aufseher ihre fünfzig Meter lange Baukette über ihn geworfen hatten und sich die Dobermänner in seinem Leder festzubeißen drohten, musste er sich geschlagen geben und leistete keinen Widerstand mehr. Die Aufseher klatschten sich ab. Sie freuten sich schon auf die fette Belohnung, die ihnen der Sohn des Bosses in Aussicht gestellt hatte. Bier für alle. So viel sie wollten. Das würde ein tolles Fest geben.

„Und das ist unsere Chance", sagte Massambo. „Wenn alle Aufseher betrunken sind, werden wir uns auf dem Gelände kundig machen, den Zauberball finden und ihn befreien."

Die Kinder nickten. Doch so richtig an ihren Erfolg glauben konnten sie nicht. Es gab zu viele offene Fragen. „Dobermänner trinken meines Wissens nach keinen Alkohol", versuchte Winston in Worte zu fassen, was auch den anderen Kindern auf der Seele lag. „Und wenn sie von bösen Händen erzogen wurden, sind sie Bestien, die keinen Spaß verstehen."

„Aber nicht alle Dobermänner sind so", nahm die

tierliebe Anna die Vierbeiner in Schutz. „Mein Opa Gustav hatte auch einen, und der war total süß. Echt."

„Du hast natürlich recht", sagte Massambo, „aber wir müssen vom Schlimmsten ausgehen. Aus einem Hund, den Julian erzieht, kann nichts werden."

„Der macht sogar aus einem Pudel einen Kampfhund", pflichtete ihm Salvatore bei. „Aber wir könnten die Viecher mit Fressen ablenken, sollten sie unseren Freund bewachen, was wir ja noch nicht wissen können, oder?"

„Ich geh mal ganz stark davon aus", sagte Massambo.

„Okay, wir besorgen jetzt eine ganze Tüte voll mit Fleisch, lassen das Futter ein wenig in der Sonne liegen; damit es lecker duftet, warten, bis sich die Arbeiter die Birne zugeknallt haben, und machen uns auf die Suche", schlug Bebeto vor, in dem der Kampfgeist erwachte. Schließlich hatte er es in Brasilien schon mit ganz anderen Kalibern zu tun gehabt, da konnten ihn ein paar Schoßhündchen nun wirklich nicht schrecken.

„Guter Plan", sagte Johann, „aber trotzdem wird jetzt trainiert. Wir treffen uns in zehn Minuten am Strand. Heute werden wir nur Kraftübungen machen. Und dann habe ich noch eine kleine Überraschung für euch. Und vergesst die Springseile nicht."

Die Kinder zogen mürrisch davon. Sie hatten nur noch wenige Tage bis zum Endspiel. Bei dem Vorabvergleich waren sie sang- und klanglos untergegangen; und nun war auch noch ihr Ball in den Händen des größten Verbrechers auf diesem Planeten. Trotzdem versuchte Tom, ein wenig Optimismus zu versprühen. „Jungs und Mädels“, sagte er beim Verlassen des Zeltes. „Was wäre das Leben ohne Julian doch langweilig. Wir trainieren jetzt wie die Stiere, holen uns unseren Ball zurück und befreien das Dorf. Ich bin zum Siegen hierhergekommen, und das lass ich mir von einem Möchtegern ganz sicher nicht kaputt machen. Denen werden wir es zeigen. Und …“ Tom machte eine kunstvolle Pause und schaute auf Anna. „Wie heißt eigentlich die Frau vom Stier? Stierin?“, fragte er lachend und knuffte Anna in die Seite. „Jetzt zeigt euch unsere Stierin mal, wo der Hammer hängt. Nicht wahr?“ Nach dieser kleinen Ansprache fühlten sich die Kinder ein wenig besser, sie gingen zum Strand, und Gira warf Tom bewundernde Blicke zu.

Die Kinder mussten nur bis Einbruch der Dunkelheit warten, bis sich die ersten Nebenwirkungen des Alkohols bei den Aufsehern bemerkbar machten. Sie feierten eine wilde Fete am Strand. „Umso besser“, dachte Tom, „dann werden sie das Firmengelände kaum streng bewachen.“

Einige der Arbeiter und Sicherheitskräfte johlten und grölten. Andere fielen einfach um. Die Baumaschinen hatten vollends ihren Betrieb eingestellt, und es herrschte eine Stimmung wie auf einer Kirmes. Von irgendwo erschall laute Pogomusik. Ein paar der Aufseher reckten ihre Hände gen Himmel und schüttelten zum Takt der Musik ihre Glatzköpfe. Manche sprangen herum, schubsten sich oder warfen sich gegenseitig zu Boden. Zehn der Männer hatten einen Kreis gebildet, nun stießen sie sich abwechselnd in die Mitte des Kreises und rempelten dort so lange mit den Schultern zusammen, bis einer aufgab und sich erschöpft in den Sand fallen ließ. Zwei der Männer hatten offensichtlich Streit miteinander. Es flogen Fäuste hin und her, und als der Unterlegene aus der Nase blutete, mischten sich auch andere ein. Eine wilde Massenkeilerei entstand.

„Da geht's ja zu wie am Ballermann", flüsterte Salvatore. „Ich war zwar noch nicht da, aber so stell ich es mir vor", ergänzte er. Shin, Kim, Shou, Mucawe, Salvatore und Tom hatten sich in sicherer Entfernung hinter einem der Lastkräne verschanzt. „Je oller, desto doller. Aber uns kann das nur recht sein. Sollen die sich mal schön die Kante geben …", meinte Salvatore trocken.

„Habt ihr euer Werkzeug dabei?", fragte Tom und schaute zu den drei Koreanern.

„Natürlich, wir sind doch keine Amateure", antwortete Kim. „Wir können gleich loslegen. Vor diesen Männern müssen wir keine Angst haben. Sollte einer wider Erwarten auf uns aufmerksam werden, lenken ihn die anderen ab. Wir haben also freie Fahrt. Kommt mit."

Johann hatte für die Kinder tatsächlich nach dem Training eine Riesenüberraschung parat. Er hatte in der Maschine, die auch Tom und den Zauberball nach Malawi geflogen hatte, für jedes Kind ein eigenes Mountainbike mitbringen lassen. Als hätte Johann schon geahnt, dass die robusten Fahrräder für die Befreiung ihres Freundes von unschätzbarem Wert sein würden. Die Jungs stiegen in die Pedale. Mit ihren nagelneuen Fahrrädern konnten sie sich lautlos vom Camp entfernen. Da ihre Räder nicht mit Licht ausgestattet waren, hatten sie Baugrubenlampen an ihren Helmen befestigt. Mucawe kannte sich exzellent aus. Das hier war seine Heimat, hier war ihm jeder Stein vertraut. Abseits befestigter Straßen folgten die Jungen ihm über steiniges Gelände, vorbei an Maisfeldern und vereinzelnden Hütten, die den Wegrand säumten. Sie fuhren durch Gestrüpp und ließen kleine Anhöhen hinter sich. Mit diesen Bikes war das selbst für einen ungeübten Sportler kein Problem.

Nach etwa zwanzig Minuten hatten sie ihr Ziel erreicht. Das Hauptquartier der Kaltbachs. Der Gebäudekomplex erschien in hellem Licht. Der Innenhof wurde von Flutlichtmasten erhellt. Dicker Stacheldrahtzaun umgab das gesamte Areal. Doch von den Aufsehern war weit und breit keine Spur zu sehen. „Die sind, dem lieben Gott sei Dank, alle am Strand und vergnügen sich", sagte Salvatore und bekreuzigte sich. „Das wird für uns ein Kinderspiel. Kim, hast du die Schere?"

„Schere nennst du das?“ Kim grinste und holte aus seinem Rucksack eine etwa einen halben Meter große Hydraulikschere. „Damit kann man sogar ganze Autokarosserien in ihre Einzelteile zerlegen. Normalerweise werden so Scheren bei Rettungseinsätzen verwendet, um Leute aus ihren Autos zu schneiden und so …“

„Hilfe“, schrie Salvatore und trat einen Schritt zur Seite. „Wo habt ihr denn das Monster aufgetrieben?“

„Na ja“, erklärte Shou, „als deine Dorfbewohner erzählt haben, dass man unseren Freund in Ketten gelegt hat, dachten wir uns, dass es vielleicht nicht schlecht wäre, wenn wir die Arbeiter um dieses kleine Werkzeug, sagen wir mal, erleichtern würden.“

„Ihr seid die Besten“, lachte Tom. „Dann lasst uns mal dieses Zäunchen einreißen, das müsste ja eigentlich eine Kleinigkeit für unsere Freundin sein.“ Die Kinder machten sich ans Werk. Mit der hydraulischen Schere war es tatsächlich ein Leichtes, ein Loch in den Zaun zu schneiden.

Leise schlichen sie über den Hof. „Kommt hier entlang“, flüsterte ihnen Salvatore zu. „Hier müsste es zu der Tür gehen, die direkt in das Innere des Gebäudes führt. Als wir das letzte Mal hier waren, war der Eingang von mindestens vier Leuten bewacht worden. Ich kombiniere …“, flüsterte er nun noch leiser, „dahinter muss sich etwas ziemlich Wichtiges oder Grusliges verbergen.“

Die Jungen standen vor einer massiven Stahltür. Die Tür hatte keine Klinke, nur ein sehr kleines Schlüsselloch.

„Und nun?“, fragte Tom. „Da hilft die Schere auch nicht weiter.“ Hilfe suchend schaute er zu Kim. Der Koreaner wühlte in seinem supercoolen Rucksack aus Texamid, mit dem man locker die Alpen überqueren könnte. Freudestrahlend hielt er den Jungen ein kleines Päckchen entgegen. Shin und Shou lachten.

„Was gibt’s denn da zu kichern?“, fuhr Salvatore die beiden an.

„Hey, großer Mafiosi. Weißt du, was wir hier haben? Sprengstoff … Schwarzpulver … Zündschnur … Kapito, Amigo?“, lachte nun auch Kim.

„Du lieber Himmel, ihr seid ja wahnsinnig“, drückte Salvatore aus, was auch Tom und Mucawe in diesem Moment dachten.

„Keine Angst“, beruhigte Kim sie, „wir sind geübte Sprengstoffmeister.“

„Na klar, ihr Genies“, entgegnete Salvatore, „mit eurem Kinderbaukasten vielleicht. Aber das hier ist ’ne ganz andere Hausnummer.“

„Nicht wirklich“, mischte sich Shou ein. „Wie gesagt, wir haben mit so etwas gerechnet, und deshalb war James so nett, uns behilflich zu sein. Es kann also nichts schiefgehen. Er hat uns sogar …“ Shou durchwühlte erneut seinen Rucksack. „Er hat uns sogar

Schutzbrillen mitgegeben, falls Metallteile unkontrolliert durch die Gegend fliegen. Außerdem haben wir eine extrem lange Zündschnur dabei."

„Wir gehen dann schon mal", sagte Tom, packte Salvatore, Winston und Mucawe an den Armen und zog sie mit sich in Richtung Loch im Zaun.

„Hinter einem Wall am Zaun können wir uns verstecken", schlug der Afrikaner vor. „Wir kommen erst wieder heraus, wenn sich der Rauch der Explosion verzogen hat."

Kim kam ihnen nachgelaufen. „Nehmt die Schutzbrillen mit und diese Ohrstöpsel, es wäre doch zu schade, wenn wir nach unserer kleinen Aktion nur noch in Gebärdensprache miteinander reden könnten." Dann war Kim wieder verschwunden.

Die drei Koreaner hatten sich James Instruktionen genau eingeschärft. Sie gingen streng methodisch vor. Erst befestigten sie die Zündschnur mithilfe von Knetmasse an dem Schlüsselloch. In der Knetmasse befand sich ein hochexplosives Gemisch aus Schwarzpulver und einigen weiteren Stoffen, deren Zusammensetzung ihnen James aber nicht verraten wollte. Eilig zogen die Jungen die Zündschnur über den Hof. Unterwegs beträufelten sie die Schnur ein wenig mit Benzin.

„Das brennt schneller", hatte Johann gesagt.

Als sie sich bei den anderen hinter dem Wall befanden, drückten sie ihre Ohrenstöpsel noch einmal fest und schauten, ob die Luft wirklich rein war. Kein Wachmann weit und breit zu sehen. „Wenn die wüssten“, grinste Shin und nickte den anderen zu.

Kim zündete die Zündschnur mit seinem Sturmfeuerzeug an. „Hasta la vista, Baby“, brummte er, und dann duckten sich die Kinder. Nur wenige Augenblicke später durchbrach ein ohrenbetäubender Knall die Stille, den die sechs Jungs aber nur gedämpft wahrnahmen. Dafür spürten sie, wie die Erde erzitterte. Die Jungs nahmen die Ohrenstöpsel raus und setzten die Brillen ab.

„Hoffentlich lockt das keine Sicherheitskräfte an“, sorgte sich Mucawe.

„Ach was“, beschwichtigte ihn Kim. „Ein paar Hundert Meter weiter klingt das wie ein Donnergrollen, um diese Zeit gibt es doch ständig irgendwo ein Gewitter.“

„Wie hat James denn das fertiggebracht? Ich werd' nicht mehr.“ Salvatore schaute über den Wall hinweg. Kim, Shin und Shou zwängten sich als Erste durch den Zaun und winkten die restlichen Jungs herbei.

„Die Luft ist rein. Im wahrsten Sinne des Wortes“, kicherte Kim. Der Rauch war verzogen, und wo einst die mächtige Stahltür den Weg versperrte, klaffte nun ein etwa zwei auf drei Meter großes Loch in der Wand. Von der Tür war weit und breit keine Spur zu sehen. „Die haben wir quasi in Luft aufgelöst“, sagte Kim und nickte seinen Freunden anerkennend zu.

Die Jungen schalteten ihre Bauarbeiterlampen an. Vorsichtig näherten sie sich dem Eingang. Direkt hinter dem Loch befand sich eine schmale Steintreppe ohne Geländer. Sie schien endlos zu sein. Tom zählte 112 Stufen, bis sie endlich unten angelangt waren. In den Kellerräumen roch es modrig. Aber noch ein anderer Geruch lag in der Luft, den die Jungs allerdings nichts Bekanntem zuordnen konnten. Von den Decken hingen Spinnenweben herab. Mucawe ging mutig voran und zerstörte die Netze mit einem Stock.

„Bah", schüttelte sich Salvatore, „habt ihr die Ratte da hinten gesehen? Habt ihr dagegen auch was dabei?", fragte er Kim. Kim öffnete demonstrativ eine der Taschen seines Rucksacks, doch Tom drängte seine Freunde zur Eile.

„Halt!", rief er plötzlich. „Schaut mal, hier ist ein Loch in der Decke und genau dort, wo ich stehe, ist ebenfalls ein Loch, nur eben im Boden. Es ist zwar nicht groß genug, dass wir hineinfallen können, aber ein Kopf passt durch. Schauen wir mal, was sich da unten befindet. Wer will freiwillig als Erster?" Die sieben Jungs traten gleichzeitig nach vorne.

„Werfen wir eine Münze", sagte Kim. Er fischte eine aus den Innentaschen seiner Shorts und warf sie in die Luft.

„Kopf oder Zahl?", rief er dabei. Salvatore, Mucawe, Shin, Shou, Winston und auch Kim riefen wie aus einem Munde „Kopf". Nur Tom hatte „Zahl" gewählt. Die Münze entschied auf „Zahl". Langsam steckte Tom seinen Kopf durch die Öffnung. Im gleichen Moment hatte er das Gefühl, dass ihm das Herz brechen würde. Er erkannte seinen geliebten Freund in Ketten an eine Mauer gefesselt, bewacht von Hunden, und was aber noch viel schlimmer war, umgeben von einer brodelnden Flüssigkeit, die im Schein seiner Grubenlampe grünlich schimmerte. Seiner Kehle entwich ein unkontrollierter Schrei. Die anderen Jungs erschraken fast zu Tode. Sie zerrten Tom von dem Loch weg. Und weil Tom noch immer schrie, schlug ihm Salvatore kurz entschlossen mit der flachen Hand mitten ins Gesicht. Sofort war Tom still und ließ sich auf den Boden sinken. Langsam fand er seine Sprache wieder.

„Wir hatten recht", stammelte er, „dort unten ist unser Freund. Und die Hunde sind auch da. Er liegt in Ketten."

Tom musste eine kleine Pause machen. Ein Schluchzer schüttelte ihn, bevor er weitersprechen konnte. „Und nun weiß ich auch, was hier so fürchterlich stinkt. Ihr kennt den Geruch alle. Es ist Säure."

Einer nach dem anderen steckte nun den Kopf durch die Öffnung. Sie fanden keine Worte für das, was sie da mit ansehen mussten. Der Zauberfußball schien auf ewig verloren. Salvatore rief nach ihm, doch der Ball regte sich nicht. Kein Lebenszeichen drang zu den Jungen nach oben. Ein paar Minuten geschah gar nichts.

Dann hörten sie ein Rasseln, erst leiser, dann lauter. Es klang, als würde ein Schlüsselbund zu Boden fallen. Und da plötzlich schien wieder Leben in den Ball zu kommen. Die Hunde wurden unruhig. Der Ball füllte sich mit Luft. Die Oberfläche des alten Leders wirkte glatter als noch vor wenigen Minuten. „Eine Botschaft", schrie Salvatore und steckte erneut den Kopf durch die Öffnung. „Verschwindet! Schnell!", las er laut und zog seinen Kopf zurück.

„Lass mich mal", bat Tom leise.

Gerade in dem Moment, als er seinen Kopf durch das Luftloch quetschte, stürmte Julian durch das aufgesprengte Loch in der Wand. Er war außer sich vor Wut. „Habe ich mir's doch gedacht. Das war kein Donnergrollen, ihr Idioten", schrie er Fred und Thorben an, die alles andere als fit wirkten. Julian brüllte wie ein Verrückter und fuchtelte dabei mit seinen Armen wie ein wild gewordener Pavian in der Luft herum. „Die sind unten bei dem Lederfetzen, ihr hirnlosen Saufnasen", blaffte er seine Untergebenen an. Dann kommandierte er komplett hysterisch: „Ergreift siiiiiiieee! Bringt sie her, macht sie fertig! Los, macht sie dingfest! Und wehe, euch entkommt auch nur einer, dann werde ich euch höchstpersönlich hier unten in Ketten legen!"

Die Männer hatten große Angst vor dem Sohn des Bosses und rannten, so schnell sie konnten, die Treppenstufen hinab, um die Kinder in Haft zu nehmen. Je eher sie sie gefangen nehmen würden, desto eher konnten sie wieder zu ihren Kumpels und dem Freibier zurück. „Los, schneller!“, trieb Julian sie an, der ihnen dicht auf den Fersen war.

„Halte durch“, hörten sie einen der Jungs rufen, „wir kommen wieder und retten dich …“ Die Kinder öffneten eine Tür im hinteren Bereich des Raums. Sie rannten um ihr Leben, stürmten von Raum zu Raum, von Aufgang zu Aufgang. Irgendwann stießen sie wieder auf die Treppe, über die sie in das Verlies gekommen waren. Der Abstand zu Thorben, Fred und Julian schmolz dahin. Mittlerweile hatten weitere Aufseher die Verfolgung aufgenommen.

„Hier hoch, dann können wir es schaffen“, rief Mucawe.

„Nur noch 30 Stufen, dann sind wir in Freiheit“, machte Tom den Jungs Mut. Er hörte Salvatore hinter sich ächzen. „Komm, du schaffst es“, feuerte er seinen Freund an.

Doch Salvatore stolperte und fiel hin. Noch im Fallen schrie er: „Lauft weiter, holt Hilfe. Ich schaff das schon.“

Die anderen blieben stehen. Niemals würden sie einen der ihren auch nur für eine Sekunde allein in diesem teuflischen Verlies zurücklassen. „Einer für alle“, sagte Tom leise. „Und alle für einen“, stimmten die anderen ein. Dann war auf einmal ein unglaublicher Lärm um sie herum. Die Aufseher stürzten sich mit lautem Gebrüll auf die Jungen. Sie waren in der Überzahl. Die Kinder wehrten sich, traten um sich. Tom stürzte sich auf Thorben, den er aus dem Gleichgewicht brachte. Mucawe rammte Fred den Kopf in die Magengrube. Doch am Ende hatten sie nicht den Hauch einer Chance. Binnen weniger Minuten waren sie mit Seilen an Händen und Füßen gefesselt. In ihren Mündern steckten Knebel. Die Aufseher schubsten einen nach dem anderen die Treppenstufen hinauf. Oben angekommen, knoteten sie die Seile aneinander. Julian inspizierte die Kinderpakete wie ein Feldherr seine Gefangenen. Breitbeinig stand er im Hof, während die Aufseher zur Seite wichen. Herablassend nahm der kleine Boss seine Trophäen in Augenschein.

„Ihr dachtet wohl, ihr könntet mich so einfach hinters Licht führen? Was?“, schrie er die Jungs an. „Was fällt euch ein, einfach so in mein Haus einzubrechen? Die Tür ersetzt ihr mir, dass das klar ist.“ Tom schaute Julian direkt in die blassblauen Augen. Julian starrte zurück. „Was willst du Trottel? Hab ich dir etwa nicht die Möglichkeit gegeben, bei uns mitzumachen? Aus dir hätte ein richtig guter Kicker werden können. Aber stattdessen wirst du kriminell und ziehst eine Laufbahn als Einbrecher vor. Abführen“, herrschte er die Aufseher an. „Die bringen wir jetzt in den Knast, und da können die von mir aus vermodern.“

Auf einmal wurde Julian am Kragen gepackt und in die Luft gehoben. Er strampelte wie ein Baby mit den Füßen. Anna war aus dem Nichts aufgetaucht und hielt Julian über der Erde. Die Aufseher wollten sich auf die Schwedin stürzen, da trat Massambo zwischen sie und die Kinder.

„Hört auf", gebot er ihnen Einhalt und hielt zur Unterstützung seiner Aufforderung seinen Gehstock in die Höhe, von dem die Arbeiter glaubten, dass es sich bei diesem bunten Holzstab um eine Art magischen Stock handeln musste. Sie hatten höllischen Respekt vor Massambo, und nicht wenige fürchteten sich sogar vor ihm.

„Hört nicht auf ihn, das sind alles nur billige Tricks", schrie Julian. „Macht sie kalt, los, auf sie mit Gebrüll."

Anna hob Julian noch höher in die Luft und sagte: „Noch ein Wort von dir und ich werfe dich aufs Dach." Julian schwieg verschreckt.

Die Aufseher, die meisten von ihnen kamen aus der näheren Umgebung, wirkten verunsichert. Was sollten sie tun? Wenn sie sich gegen den Juniorchef stellten, würden sie sicher auch im Verlies enden. Wenn sie sich allerdings gegen den Mann, dem man Zauberkräfte nachsagte, stellten, würde sie bestimmt noch viel Schlimmeres erwarten. Sie sahen sich ängstlich um. „Sorry, Boss", rief dann einer von ihnen und rannte, so schnell er konnte, vom Hof. Es dauerte nur wenige Sekunden, da folgten ihm auch die anderen. Als Letzte schlichen sich Thorben und Fred von dannen. Sie glaubten zwar nicht an Medizinmänner, aber ihnen war total schlecht von dem Saufgelage. Nun war Julian ganz alleine.

„So, mein Früchtchen“, sagte Massambo, nachdem er und Anna alle Kinder losgebunden hatten. „Und nun möchten wir unseren Freund gern wieder mit nach Hause nehmen.“

„Nur über meine Leiche“, raunzte Julian.

„Das kannst du haben.“ Salvatore stürzte sich auf ihn. Massambo trennte die beiden am Boden liegenden Jungs voneinander.

„Na, na“, sagte er, „so weit wollen wir es doch nicht kommen lassen. Oder?“

Julian verzog sein Gesicht und spuckte ihnen die nächsten Sätze förmlich vor die Füße. „Selbst wenn ich wollte, könnte ich euren Freund nicht befreien. Er wird für immer dort unten bleiben müssen. Es dauert Tage, die Säure abzulassen, und die Hunde werden niemanden außer meinem Vater an ihn heranlassen. Selbst mich nicht. Ihr kommt zu spät.“

Massambo ging, ohne sich noch einmal umzudrehen, vom Hof, die Kinder folgten ihm. Wortlos.

Tom macht seiner Mannschaft Mut

„Katastrophe. Mama mia, was für eine Katastrophe." Salvatore raufte sich zum gefühlten 200. Mal seine schwarzen Haare. Sie sahen mittlerweile wie wild wuchserndes Unkraut aus. „Bin ich im Kino oder was? Wie konnte uns das bloß passieren? Der Zauberfußball in den Händen dieser schwachbirnigen Ungeheuer? Glaubt mir, das ist noch schlimmer, als wenn man in ganz Italien die Spaghetti verboten hätte."

„Mann, Salvatore, komm zurück auf den Teppich. Wir müssen nach vorne schauen", versuchte Tom, seinen Freund zu beruhigen. „Die letzte Karte entscheidet das Spiel. Glaub mir, Kumpel, wir hauen den Zauberfußball da raus. Ich bin genauso entsetzt wie du. Aber davon kriegen wir den Zauberfußball auch nicht wieder. Hat jemand eine Idee, wie wir unseren Freund befreien können?"

„Welche überragende Idee soll uns denn helfen können?", fragte Salvatore verzweifelt. „Wie sollen wir meterhohe Zäune überwinden, Stacheldraht, eine halbe Armee von muskelbepackten Schlägern, ein Rudel ausgehungerter Dobermänner und ein Säurebad, das einem in zehn Sekunden den halben Arm bis auf die bloßen Knochen wegfrisst?" Salvatore raufte sich schon wieder die Haare.

„Mit Hirn, mein kleiner Italiener. Mit Hirn“, schaltete sich Winston ein und rückte sein Nasenfahrrad zurecht.

„Sag nicht, ihr habt schon wieder etwas Geniales ausgeheckt. Ehrlich gesagt, mir reicht es noch vom letzten Mal“, murrte Salvatore. „Mir tun jetzt noch alle Knochen weh.“

„Ich verstehe ja dein Gejammere. Aber es bringt einfach nichts. Wir dürfen uns nicht so einfach geschlagen geben.“ Tom stand auf und ging in der Hütte auf und ab.

„Dann, bitte schön, großer Meister, sag uns, was wir tun sollen.“

„Wir könnten einen Tunnel graben“, meinte Tom.

„Oder uns von einem Heißluftballon abseilen“, ergänzte Winston.

„Super Einfälle, warum lassen wir uns nicht mit einer riesigen Steinschleuder ins Lager schießen? Wir könnten uns aber auch als Hundefutter verkleiden, so kommen wir wenigstens bis zu den Dobermännern“, konterte Salvatore.

„Das würdest nur du überleben“, sagte Tom und rümpfte die Nase. „Glaub mir, an dich geht nicht mal ein Dobermann ran.“

„Dass ihr immer Scherze machen könnt“, gesellte sich Mucawe zu der kleinen Gruppe. „Lasst uns lieber ernsthaft überlegen. Morgen ist schon das große Spiel. Und mit dem Zauberfußball haben wir eine viel größere Chance.“

„Du hast ja recht“, lenkte Salvatore ein. „Die machen nur blöde Scherze, weil sie nicht weiterwissen. Wir müssen unseren Freund retten. Das ist Fakt.“

„Kommt mit zu Massambo. Er weiß sicher Rat“, schlug Mucawe vor. Winston, Tom und Salvatore nickten.

„Aber erst wird trainiert“, sagte Tom. „Wir sind noch lange nicht am Ende, Leute. Für die Nummer mit dem Zauberfußball werden Julian und seine Hooligans bezahlen.“

„Ja, das werden sie. Kommt, die anderen warten sicher schon auf uns.“ Salvatore ballte die Faust und verließ die Hütte. Im Gehen sagte er zu Tom: „Es wäre nicht schlecht, wenn du die anderen auch ein wenig aufmuntern könntest. Denen geht gehörig die Klammer. Alle sind mächtig traurig, und vor allen Dingen glaubt keiner mehr so richtig daran, dass wir die Wette noch gewinnen und Julian und seine Bande schlagen können.“

„Okay, das mache ich“, sagte Tom nur.

Wenig später startete Johann das Training. Die Kinder waren mit ihren Gedanken bei ihrem entführten Freund. Johann musste einmal ziemlich laut werden, um die Konzentration seiner Kicker auf das Training zu lenken. Heute übten sie Heber. Dafür musste Jenny ziemlich weit aus dem Tor kommen. Und jeder Feldspieler hatte die Aufgabe, den Ball so hoch zu schießen, dass Jenny ihn nicht erreichen konnte, und zugleich mit so viel dosiertem Schwung, dass sich die Kugel anschließend ins Tor senkte. Salvatore war während der Übung völlig von der Rolle. Gleich dreimal schoss er den Ball Jenny direkt in die Arme.

„Mann, Salvatore, deine super Heber wehrt Jenny noch ab, wenn wir ihren halben Oberkörper im Boden eingraben“, motzte Bebeto.

„Lasst ihn“, sagte David, „du siehst doch, dass Salvatore mies drauf ist.“

„Launen haben auf dem Fußballplatz nichts zu suchen. Wir denken alle an den Zauberfußball, auch ich. Aber wir wollen morgen ein Spiel gewinnen“, gab Bebeto zurück.

„Streit bringt gar nichts“, ging Anna dazwischen, vor der Bebeto ziemlichen Respekt hatte. Anna setzte ihren Heber genau in den rechten Winkel. Jenny machte sich lang, hatte aber nicht die geringste Chance, diese Bogenlampe abzufangen.

Johann pfiff die nächste Trainingseinheit an. Jetzt wurde Konterspiel trainiert, das heißt schnelles Umschalten von Defensive auf Offensive, während sich die gegnerische Abwehr noch nicht formiert hat. In der vorgegebenen Spielsituation stand ein Abwehrspieler gegen zwei Angreifer.

„Ihr dürft nur auf das Tor schießen, wenn ihr nicht angegriffen werdet und der Schusswinkel günstig ist“, erklärte Johann. „Ansonsten ist das Abspielen Pflicht.

Bei Überzahl vor dem gegnerischen Tor muss ein Angreifer möglichst freigespielt werden, sodass er ungehindert einnetzen kann. Verstanden?"

Die Kinder nickten. Tom und Winston verstanden sich prächtig. Shin als Abwehrspieler war in wenigen Sekunden ausgespielt. Tom passte zu Winston, Winston wieder zu Tom und der knallte den Ball aufs Tor – entgegen der Laufrichtung von Jenny. Die amerikanische Torfrau segelte in die falsche Ecke. Treffer.

„Klasse gemacht, Jungs", lobte Johann.

Jetzt waren Bebeto und Kim die Angreifer. David verteidigte. Bebeto lief auf David zu, der den Brasilianer nicht zum Schuss kommen lassen wollte. Bebeto dribbelte, verhakte sich in einem Zweikampf mit David, während Kim völlig frei vor dem Tor stand. Schließlich schaffte es Bebeto, sich kurz zu lösen, und zog den Ball aufs Tor. Doch der Winkel war zu ungünstig. Jenny parierte.

„Bebeto, so ein Käse, warum hast du nicht abgespielt?", ging Kim hoch. „Ich hätte das Tor machen können."

„Ich dachte, ich schaffe es alleine", verteidigte sich Bebeto. „Keiner dribbelt so gut wie ich."

„Das ist genau dein Problem", regte sich Salvatore auf, „du willst immer alles alleine machen, aber wir sind eine Mannschaft. Hast du das Wort schon mal gehört, Alter? Oder soll ich es dir buchstabieren."

„Jetzt mal halblang, Salvatore“, ging Jenny auf den Italiener los. „Nur weil du mies drauf bist, musst du nicht gleich ausflippen. Bebeto wird den Fehler nicht noch einmal machen. Capito?“

„Ach, ihr könnt mich mal“, reagierte Salvatore.

„Und ihr mich auch“, sagte Bebeto, „das hat doch alles keinen Sinn mehr. Ich hau ab.“

„Leute, Leute, jetzt reicht es“, mischte sich nun Tom ein. „Wir haben morgen das Spiel unseres Lebens. Zugegeben, es ist viel schwieriger als das gegen die Brasilianer vor einem halben Jahr. Aber wir sind auch viel besser als damals.“

Plötzlich war es still auf dem Platz am Strand, von dem ewigen Dröhnen der Baumaschinen einmal abgesehen, das keiner mehr so recht wahrnahm.

Tom sprach mit lauter Stimme. „Ich hätte euch beinahe im Stich gelassen, weil ich unbedingt dieses Auswahltraining machen wollte. Aber ich weiß heute, dass das ein Fehler war. Und ich werde jetzt nicht einen zweiten Fehler machen und Mucawe und sein Dorf verraten“, fuhr Tom fort. „Ich will, dass wir morgen antreten. Und zwar alle. Bei diesem Kampf können wir auf niemanden verzichten. Auf absolut keinen von euch. Wir sind eine Wahnsinnsmannschaft. Wir müssen nur endlich aufhören zu streiten, sonst haben wir morgen keine Chance. Also reißt euch bitte zusammen. Mucawe, sein Dorf und der Zauberfußball brauchen uns. Wir sind Freunde und kämpfen für die beste Sache der Welt. Vergesst das bitte nicht." Tom machte eine Pause. Dann sah er alle an. „Also, wer ist dabei? Wer zeigt es diesen Hundesöhnen?"

„Ich bin dabei", schrie Anna.

„Ich auch", brüllte Winston.

„Und ich", rief Kim.

„Ich auch. Ich auch. Ich auch", kam von der anderen.

„Ach, was stört mich mein Gequatsche von eben. Ich natürlich auch", rief Salvatore, der plötzlich wieder lachte.

„Und ohne mich habt ihr sowieso keine Chance", ging Bebeto auf die anderen zu.

„Dann lasst uns morgen kämpfen, dass Julian und seinen Schlägern das Hören und Sehen vergeht", rief Tom.

„Jaaaaaaaaa", brüllten alle, „für Mucawes Dorf, für den Zauberfußball. Wir gewinnen."

Mucawe und Gira nahmen Tom in den Arm. „Das werden wir dir nie vergessen", sagte Mucawe.

Gira gab Tom einen Kuss auf die Wange, was Tom für einen Augenblick verlegen machte. „Danke", sagte sie und drückte seine Hand. „Wir sehen uns nachher bei Massambo."

Johann und James gingen noch einen Moment am Ufer entlang, nachdem sie Bälle und Hütchen eingesammelt hatten.

„Erstaunlicher Junge, dieser Tom“, sagte Johann nur. James nickte. Dann krempelte er seine Hosenbeine hoch, damit sie keinen Wasserspritzer abbekamen.

Für die Kinder war der lange Tag noch nicht vorbei, zumindest für einige von ihnen. Spät in der Nacht saßen Tom, Mucawe, Gira, Winston, Salvatore und Anna in dem geheimnisvollen Bauwagen von Massambo. Wieder hatten sie sich alle um die Trommel platziert, die als Tisch diente. Wieder flackerten Kerzen, die komplett weiße Flammen hatten, in dem mit allerlei magischen Dingen vollgestopften Raum.

„Wir müssen rausfinden, wie wir dem Zauberfußball helfen können“, sagte Tom.

„Es muss doch einen Weg geben, Massambo“, ergänzte Anna. Massambo saß im Schneidersitz und sagte gar nichts. Er schien angestrengt nachzudenken. Mehrere Minuten verharrten alle im Schweigen.

Dann schien Massambo in eine Art Trance zu verfallen. Er griff zu einer Wasserschale aus Ton und stellte sie auf die straffe Bespannung der Trommel. Das Wasser schimmerte bläulich. Die Kinder verfolgten gebannt, was jetzt geschah.

Massambo begann zu murmeln, tiefe Laute, die niemand verstehen konnte – nicht einmal Mucawe und Gira. Dann begannen sich die Wellen des Wassers zu kräuseln, erst leicht, dann stärker. Massambo redete weiter. Anna blickte verstohlen zu den Kerzen, deren Flammen jetzt höher brannten.

„Wow“, entfuhr es Winston. Das Wasser in der Schale begann nach oben zu steigen, nahm Konturen an.

„Es formt einen Ball“, rief Tom, der als Erster erkannte, welchen Sinn die Beschwörung Massambos hatte. Langsam begann das Wasser sich zu verfärben – von blau zu bräunlich. Die Herzen der Kinder schlugen schneller.

„Das ist der Zauberball“, flüsterte Mucawe fasziniert.

Das runde Gebilde blieb immer noch ein wenig durchscheinend, dafür tauchten jetzt rote Zeichen auf. Sie wurden immer deutlicher. „Zahlen“, sagte Anna, „das sind alles Zahlen.“

Tom las laut vor: „09030309.“

„Ich pack's nicht. Was hat das zu bedeuten?“, fragte Salvatore verblüfft.

„Das können die Koordinaten sein, wo der Geheimschlüssel liegt“, schlug Mucawe vor.

„Vielleicht ist es auch Teil einer chemischen Formel, um die Säure zu neutralisieren“, überlegte Winston.

„Ach nein, das ist bestimmt ein Code“, überlegte Anna.

„Ja, der Code, um die Säure abzulassen und den Zauberfußball zu befreien“, rief Tom aus. „Der Zauberfußball hat uns den Code geschickt, das ist ja total irre.“

Plötzlich begann die Erscheinung schwächer zu werden. Der Ball aus Wasser schien zu zerlaufen.

„Halt durch, Massambo", bat Gira, „wir müssen erst den Code notieren."

„Kein Problem", sagte Tom, „den habe ich schon im Kopf. Julian, dieses miese Stück, hat meinen Geburtstag genommen, den 9. März. Einfach vorwärts und rückwärts – und schon habt ihr die Zahlenkombination."

Massambo atmete erleichtert auf. Im nächsten Moment fiel der schwebende Wasserball in sich zusammen. Es platschte, und Wasser schwappte aus der Schale.

„Puuh, war das anstrengend", murmelte Massambo nur, dann schloss er für einen Moment die Augen.

„Mit der Kombination holen wir den Zauberfußball aus seinem Verlies", sagte Tom.

„Kühn gesprochen, Chef, aber hat Julian nicht gesagt, dass es Tage dauert, bis die Säure komplett abgelassen wäre?", wandte Winston ein.

„Ach, der blufft doch nur", entgegnete Tom.

„Und was ist mit den Dobermännern? Ich habe keine Lust, meinen rechten Arm und mein linkes Bein als Bestechungsgeld zu opfern", grummelte Salvatore. „Julians Schoßhündchen stehen nicht auf mich, das könnt ihr mir glauben."

„Das übernehme ich", sagte Anna. „Ja, ihr habt richtig gehört. Ich habe mit so vielen wilden Hunden gespielt. Glaubt mir, ich bekomme auch die Dobermänner in den Griff." Anna schien unerschütterlich in ihrem Selbstvertrauen.

„Du bist echt mutig", klopfte ihr Mucawe anerkennend auf die Schulter.

„Und ich bin echt müde", meinte Salvatore nur. „Ich hau mich jetzt mal aufs Ohr."

„Bevor du gehst, Salvatore", Massambo war aufgewacht und aufgestanden, „hier hast du einen ganzen Korb voller Plätzchen. Ich kenne ja deinen Hunger."

„Und wir kennen deinen Bauch, wenn du die alle auffutterst", sagte Tom beim Verlassen von Massambos Hütte.

„Am besten teilst du die mit uns. Das ist nur zu deinem Besten", frotzelte Winston.

Während der Vollmond langsam hinter den Wolken verschwand, legten sich die Kinder hin. Bald schliefen sie so fest wie Steine.

Katastrophaler Start

„Ich komme mir vor, als müssten wir gleich gegen ausgehungerte Löwen kämpfen. Habt ihr gesehen, wie blutrünstig die gucken? Ganz so, als gäbe es gleich feines Fresschen.“ Salvatore blickte zu Tom und Winston, die sich alle Mühe gaben, möglichst siegesgewiss zu wirken.

„Mensch, musst du eigentlich immer nur ans Essen denken?“, versuchte Winston die angespannte Situation mit einem kleinen Späßchen ein wenig zu entkrampfen. „Mir kommen da ganz andere Bilder in den Sinn“, sagte er kopfschüttelnd. „Ich fühle mich, als müsste ich gleich gegen eine von Julians Kampfmaschinen zum Boxkampf antreten. Und zwar mit verbundenen Augen“, ergänzte er.

„Bleibt locker, Jungs, in mir sieht’s zwar auch nicht gerade besser aus. Aber wir müssen einfach fest daran glauben, dass wir es schaffen. Wisst ihr was …“, sagte Tom und schaute dabei aufmunternd in die Runde, „wir reden uns einfach ein, dass wir in der Champions League spielen und die Loser sind mal höchstens Viertligisten“, versuchte er seine Freunde zu beruhigen.

Salvatore nickte. „So, so, Champions League also. Wollt ihr wissen, was das Einzige ist, was mich mit der Champions League verbindet? Ich kann gerade mal die

Melodie mitsummen, die sie immer beim Einlaufen der Mannschaften spielen."

„Das ist doch schon mal was", sagte Winston lachend, „komm, leg mal los ..."

Die drei Jungs liefen zusammen mit dem Rest der Mannschaft in die Kaltbach-Arena ein, das in wenigen Wochen erbaute Stadion des Multimilliardärs.

Winston blickte auf die Stadionuhr. Sie zeigte 9.30 Uhr an. Noch 30 Minuten bis zum Anpfiff. In der Nacht hatte es zwar heftig geregnet. Aber der Rasen war schon wieder knochentrocken. Die Sonne brannte erbarmungslos vom Himmel.

„Ob Anna den Zauberfußball befreien kann?", fragte Winston.

„Also, wenn's eine schafft, dann unser Kraftprotz aus Schweden", sagte Salvatore. „Aber ehrlich gesagt, wenn ich an die Säure und die Dobermänner denke, wird selbst mir ganz mulmig zumute."

„Dann denk einfach nicht dran", sagte Tom. „Anna schafft das. Wahrscheinlich haben sie ihn schon. Und wenn wir Glück haben, biegen die beiden gleich um die Ecke."

„Dann möchte ich das Gesicht von Julian und seiner Verbrecherbande sehen", grinste Salvatore.

Julians Mannschaft war bereits auf dem Platz. Keiner wusste, wie lange sie sich schon warm machten. Sie sprinteten, flankten, dribbelten – alles mit äußerster

Präzision. Die Hitze schien ihnen dabei nichts auszumachen.

„Vielleicht kann man auf ihren schwarzen Trikots einfach nur keine Schweißflecken sehen“, dachte Tom. Als eine Art Abzeichen trug jeder Spieler das stahlblaue Auge auf der Brust. Auf dem schwarzen Hintergrund wirkte es besonders kalt. Tom, Winston und die anderen verspürten inzwischen einen Brechreiz, wenn sie das allgegenwärtige Markenzeichen von Kaltbachs Konzern auch nur aus der Ferne sahen. Und nun trugen es ihre Gegner auch noch – für alle unübersehbar – auf der Vorderseite ihrer Trikots.

Julians Kicker schienen, wenn man es nach rein optischen Gesichtspunkten betrachtete, vor lauter Muskelbergen kaum laufen zu können. Trotzdem waren sie erstaunlich flink. Ihre Schädel waren – mit Ausnahme der blonden Irokesenfrisur ihres Kapitäns – kahl geschoren. Ihre frisch polierten Glatzen hatten sie mit schwarzen Stirnbändern, auf denen „I hate Losers“ in roter Schrift zu lesen war, geschmückt. Den gleichen verächtlichen Schriftzug, den Fred schon ewig auf seinem rechten Arm als Tätowierung trug.

Der Auftritt dieser Fußballsoldaten war eigentlich schon furchteinflößend genug. Verschlimmert wurde dieses Schreckensszenario noch durch die grauenvolle Stadionkulisse. Klaus Kaltbach, Julians Vater, hatte in der Nähe seines Hauptquartiers ein klotziges Stadion aufgebaut – grauer Beton, wo das Auge hinsah. Das Ganze glich einer halbfertigen Arena, die wie ein gigantisches Hufeisen aussah. In der ausgebauten Hälfte saßen Kaltbachs Leute auf hohen Betonstufen, die sie mit Planen abgedeckt hatten. Die Tribünen und die steil ansteigende Nordkurve füllten rund 2000 Arbeiter, Angestellte und gekaufte Fans. Der Baulöwe hatte sie aus allen Ecken seines Imperiums nach Malawi beordert. Sie jubelten Julians Schlägertruppe auf Befehl zu. Irgendein Unterchef gab ihnen die entsprechenden Kommandos per Megaphon.

Kaltbach hatte auf einer Art Thron, direkt hinter der Trainerbank, Platz genommen. Und als wäre der Thron an sich noch nicht genug Beweis für seine Vormachtstellung, hatte er ihn mit einem Raubtierfell auslegen lassen. Von dort aus richtete er seinen herrischen Blick auf die Rasenfläche. Direkt neben ihm, auf einem kleineren, aber immerhin gepolsterten Sessel mit hoher Lehne und Armstützen, hatte sich Lager- und Sicherheitschef Gerhard Rasch platziert. Der bullige Mann war wie immer ganz in Schwarz gekleidet. Er sprach ständig in eines seiner zwei Handfunkgeräte und blickte hektisch von einem Überwachungsmonitor zum nächsten.

Tom und seine Mannschaft mussten mit einem halben Dutzend klappriger Holzbänke Vorlieb nehmen. James und Johann hatte man eine wackelige Pritsche zur Verfügung gestellt. Ganz anders sah es auf der gegenüberliegenden Seite aus. Die Trainerbank für Kaltbachs Team war mit Sonnenschutz und weichen Sesseln ausgestattet.

In der Südkurve und den angrenzenden Plätzen, dort, wo Toms und Mucawes Anhänger dem Spiel entgegenfieberten, fehlten jegliche Aufbauten. Die Leute aus Mucawes Dorf drängten sich in ihrem Teil des Stadions hinter einem Absperrseil. Wenn die Dorfbewohner in den hinteren Reihen etwas sehen wollten, mussten sie auf die Schultern ihrer Vordermänner oder auf Holzklötze, Eimer oder ihre Trommeln steigen. Zudem hatten Raschs Sicherheitsleute nur 200 Fans von Toms Mannschaft auf das Stadiongelände gelassen. Die andern protestierten vergeblich.

Doch die Leute aus Mucawes Dorf ließen sich nicht einschüchtern. Sie reckten selbst gemalte Banner in die Höhe. „Ihr schafft das; wir lieben Euch“, „für unser Dorf“, „macht sie platt“ oder „Toms Team schlägt keiner“ stand da auf Englisch oder auf Chichewa zu lesen. Zudem begannen die männlichen Dorfbewohner, wovon die meisten mit Trikots aus Mucawes Bestand gekleidet waren, die er ihnen leihweise zur Verfügung gestellt hatte, begeistert zu trommeln, zu tanzen und zu singen. Mütter mit Babys auf dem Rücken und junge Frauen, gekleidet in wunderschöne Tücher und Stoffe, fielen in den Gesang mit ein. In der Südkurve kam schnell Stimmung auf.

Plötzlich huschte ein Leuchten über Johanns Gesicht. Blitzlichter flammten auf, Kameras surrten, Kabelträger bahnten sich ihren Weg durch Fans und Wachpersonal.

„Haben sie es doch geschafft", sagte Johann erleichtert zu James. Der Butler, im Anzug, aber ohne Krawatte, rang sich die Andeutung eines Lächelns ab.

„Schön, dass Sie berichten wollen", begrüßte Johann die Vertreter einiger Zeitungen, Radio- und TV-Stationen. Johann hatte ihnen von der Wette des Milliardärs erzählt und sie einfliegen lassen. Selbst Kaltbach hatte sich offenbar nicht getraut, die internationale Presse vor den Kopf zu stoßen, und ihnen Einlass ins Stadion gewährt. Obwohl es ihm natürlich viel lieber gewesen wäre, das Spiel unter Ausschluss der Öffentlichkeit stattfinden zu lassen. Aber jetzt war es zu spät, seine Entscheidung rückgängig zu machen. Kaltbach machte gute Miene zum bösen Spiel und begrüßte die Reporter mit einem falschen Lächeln.

„Jetzt muss sich der selbst ernannte Boss der Bosse an seine Wette halten. Wenn er verliert, bleibt ihm nichts anderes übrig, als das Dorf in Frieden zu lassen. Er wird abziehen müssen. In seinen Kreisen sind Wettschulden noch immer Ehrenschulden. Sonst ist er auf der ganzen Welt blamiert", sagte Johann zu James.

„Und das wäre schlecht fürs Geschäft", meinte der Butler und Assistenztrainer trocken, während er noch einmal akkurat seinen Seitenscheitel nachzog.

„Stimmt“, ergänzte Johann, „wer will schon mit einem Wortbrecher zusammenarbeiten oder gar Geschäfte machen?“ Johann nickte den Reportern zufrieden zu. Er war sichtlich stolz auf seinen Schachzug.

Inzwischen war es 9.45 Uhr. Noch 15 Minuten bis zum großen Spiel. Johanns Team wärmte sich auf.

„Meine Körpertemperatur beträgt ungefähr 47 Grad“, murrte Salvatore. „Wieso muss man sich eigentlich auch dann aufwärmen, wenn es draußen so heiß ist?“, fragte er.

„Du bist echt manchmal ein wenig blöd“, sagte Winston und schaute ihn ungläubig von der Seite an. „Das Aufwärmen hat doch nichts mit der Außentemperatur zu tun. Wir wärmen unsere Muskeln. Machen sie fit und geschmeidig“, erklärte er.

„Ach so.“ Salvatore hatte die Beine durchgestreckt und versuchte, mit den Fingerspitzen seine Fußballschuhe zu berühren. „Da bin ich ja froh, dass ich Herrn Superschlau aus London an meiner Seite habe. Sonst wäre ich vielleicht noch blöd gestorben.“

„Ach komm schon“, sagte Winston versöhnlich, „mir macht das auch keinen Spaß, aber was muss, das muss.“

Die Kinder trugen weiße Trikots, weiße Hosen und passend dazu weiße Stutzen. Die Vorderseite der T-Shirts zierte der Aufdruck „Toms Team“. Auf der Rückseite war der Zauberfußball abgebildet, auf dem in gelber Schrift die jeweilige Rückennummer zu sehen war. Das war Annas und Jennys Idee gewesen. „So ist der Zauberfußball auf jeden Fall bei uns", hatten die beiden Mädchen ihren Vorschlag begründet.

Johann trat an den Spielfeldrand. „Genug aufgewärmt. Kommt mal zu mir", rief er seinen Kickern zu. „Ich habe eine Überraschung für euch." Die Mannschaft versammelte sich um ihren Trainer.

Nur Anna fehlte. Sie war noch immer mit Massambo und seinen besten Kriegern unterwegs, um den Zauberfußball aus seinem Verließ zu holen. Bislang gab es noch kein Lebenszeichen von ihnen. Doch alle Kinder hofften, dass sie ein kleines Wunder vollbringen und Anna und die anderen noch vor Anpfiff mit ihrem Freund, dem Ball, zurück sein würden.

Alle Augen richteten sich auf Johann und seine geheimnisvolle Überraschung.

James trat zu dem Trainer. Er griff, mit einer steifen Verbeugung und ohne die Miene zu verziehen, in eine Tüte und holte ein Stirnband heraus. Es war weiß und trug eine rote Aufschrift.

„T.T. SIEGT IMMER" stand dort in großen Lettern geschrieben.

„T.T.? Was soll denn das heißen?", fragte Salvatore. „Sind wir jetzt beim Autorennen?"

„Salvatore", stöhnte Winston, „T.T. bedeutet natürlich Toms Team. Kapito?"

„Richtig", pflichtete ihm Johann bei, „dies ist eine kleine Gedankenstütze für euch. Wir haben jetzt ein sehr schweres Spiel vor der Brust, aber am Ende werden wir gewinnen. Ganz sicher. Denn anders als beim letzten Leistungsvergleich gegen Julians Gladiatorentruppe geben wir jetzt richtig Vollgas. Und damit ihr nicht vergesst, dass wir heute als Matchwinner vom Platz gehen, steht es euch nun – im wahrsten Sinne des Wortes – auf die Stirn geschrieben. Toms Team gewinnt immer. In schwierigen Momenten schaut drauf und erinnert euch. Das gibt euch Kraft."

„Und ein überaus positiver Nebeneffekt", wandte sich nun James an die Kinder, „besteht darin, dass der Gegner, der hoffentlich des Lesens mächtig ist, diese Botschaft ebenfalls während der neunzig Minuten des Spiels ständig vor Augen hat und die Worte somit verinnerlicht. Ich hoffe, ich habe mich für jeden verständlich ausgedrückt und danke für Ihre … äh, eure Aufmerksamkeit." James verbeugte sich leicht.

„Ein Hypnoseband sozusagen", lachte Winston.

„Ja, und es hält den Schweiß ab … und es hält Salvatores wirre Gedanken zusammen … und es …", riefen die Kinder durcheinander.

„Und es sieht auch noch cool aus", grinste Gira und sah dabei Tom mit verzücktem Blick an. Es war nicht das erste Mal, dass jedem auffiel, dass Gira Tom, sagen wir mal, durchaus sympathisch fand.

„Ihr Witzbolde", regte sich Salvatore künstlich auf. „Passt ihr mal lieber auf, dass euch das Band nicht über die Augen rutscht. Und ich bin dann der Einzige, der hier noch den Durchblick hat."

„Genug gefrotzelt", mahnte Johann, „wir haben nicht mehr viel Zeit. Nehmt euch bitte jeder ein Band und zieht es über. Eines werde ich für Anna aufbewahren. Gira, du nimmst dir selbstverständlich auch ein Band. Die restlichen Bänder verteilt bitte in der Fankurve."

Lachend zogen sich Mucawe, Tom, Winston, Salvatore, Jenny, David, Bebeto, Kim, Shin, Shou, Sven und Gira die Stirnbänder über und rannten gemeinsam Richtung Fankurve. Unter frenetischem Applaus warfen die Kinder ein paar zusätzliche Bänder in die Menge.

Kaltbach und Rasch hatten die Szene vom anderen Ende des Stadions durch ihre Ferngläser beobachtet. Kaltbach verzog angewidert sein Gesicht.

„Die sind mir ein wenig zu gut drauf", zischte Kaltbach, „wir sollten sie auf den Boden der Tatsachen zurückholen. Operation Gegnerschwächung tritt nun in Kraft. Aber ein bisschen rasch, rasch, Herr Rasch." Kaltbach nickte seinem Lagerleiter zu.

„Alles klar, Chef." Gerhard Rasch grinste böse. Dann sprach er in eines seiner Funkgeräte.

9.50 Uhr – noch zehn Minuten bis zum Spiel.

Die Kinder befanden sich noch immer bei ihren Fans. Sie liefen das Absperrseil entlang und schüttelten Hände und umarmten Freunde aus dem Dorf. Die

Stimmung in Toms Truppe wurde ausgelassener und besser. Auch dank der Stirnbänder.

Mucawe fühlte sich so wohl wie schon lange nicht mehr. Er war als Erster mit dem Abklatschen der Fans fertig gewesen und stand nun etwas abseits des bunten Treibens. Fröhlich beobachtete er seine Freunde. In seine Gedanken versunken, bemerkte er nicht, dass sich ihm mehrere Sicherheitsleute von hinten und von der Seite näherten. Plötzlich spürte Mucawe einen stechenden Schmerz am rechten Fuß und kippte, hilflos mit den Händen rudernd, um. Das alles war im Bruchteil einer Sekunde geschehen. Ein Aufschrei ging durch die Menge. Die schwarz gekleideten Sicherheitsleute schlenderten weiter, als sei nichts gewesen – dabei ließen sie lässig ihre Schlagstöcke am Arm baumeln. Mucawe fasste sich an den pochenden linken Knöchel, der sofort anzuschwellen begann.

„Ihr Mistkerle, das ist unfair“, brüllte er.

Winston und Salvatore kamen zu ihm gelaufen.

„Was ist passiert?“, schrie Salvatore. „Was hast du?“

„Mein Fuß, mein Fuß. Ein Schlag vom Wachmann. Brennt wie Feuer.“ Winston und Salvatore halfen Mucawe hoch und stützten ihn, während er auf einem Bein zurückhumpelte.

„Das ist ja pervers“, schäumte Winston vor Wut. „Jetzt prügeln die uns schon vor Spielbeginn vom Platz. Man meint gerade, sie hätten Angst, dass sie nicht auch einfach so gewinnen können.“

Mucawe biss sich auf die Zähne, während James seinen Knöchel befühlte. Bei jeder Berührung zuckte der Junge zusammen, als hätte er eine heiße Herdplatte angefasst. James sah Johann besorgt an. Johann nickte und blickte zu Mucawe. „Tut mir leid, mein Freund. Mit diesem Knöchel hältst du keine zwei Minuten durch."

Mucawe schüttelte verzweifelt den Kopf: „Ich will aber spielen. Ich muss spielen … Mein Dorf … Bitte, Coach, ich muss."

Johann gab nicht nach. „Es geht nicht. Der Knöchel könnte schwerer verletzt sein."

Tom, der sich als Erster von dem Schock erholt zu haben schien, richtete sich zu seiner vollen Länge auf, klatschte ein paar Mal in die Hände und rief: „Jetzt erst recht, Leute. Wir gewinnen. Für Mucawe. Und für sein Dorf."

Die Kinder stimmten ein und schrien, so laut sie konnten: „Für Mucawe."

Der Schlachtruf verbreitete sich in Wellen über die gesamte Südtribüne. Jeder aus dem Dorf schrie diese zwei Worte, bis sie lauter als alles andere ertönten. Die Erde schien zu beben.

Im gleichen Moment fuhren die Baumaschinen – Raupen, Laster, Kräne und Dampfwalzen – vor und bildeten einen bedrohlichen Halbkreis um die Kinder und die Leute aus Mucawes Dorf. Das Stadionrund hatte sich geschlossen. Überall fauchte, dröhnte und qualmte es. Aber die Kinder beachteten die lärmenden Maschinen nicht. Sie waren wild entschlossen, das Spiel zu gewinnen. Und nichts und niemand würde sie davon abhalten können. Sie wollten gerade zurück auf den Platz stürmen, als Mucawe ihnen zurief: „Hey ihr alle, wer spielt für mich? Oder spielt ihr nur zu zehnt?"

Bevor die Kinder groß überlegen konnten, streifte sich Gira das Trikot ihres Bruders über. Es schlackerte ein wenig, weil Mucawe etwas kräftiger war. „Für Mucawe", rief sie und stürmte mit den anderen auf den Platz.

„Für Mucawe", brüllten die anderen und das halbe Dorf.

„Für Mucaaaaawe."

Noch zwei Minuten. Dann würde das große Spiel beginnen. Die Kinder waren bereit.

„Julian, nur um noch mal ganz sicherzugehen", fragte Thorben, „ich kann von unseren Trikots aber keinen Stromschlag kriegen, oder?"

„Sag mal, bist du nun völligst Banane?", zischte Julian zurück. „Ich fass es nicht, wie man so doof sein kann." Dann drehte sich Julian zum Schiedsrichter um und sagte: „Schiri, Sie können jetzt anpfeifen, ich bin so weit."

Der Schiedsrichter nickte Julian unterwürfig zu und pfiff das Spiel an.

Von Anfang an entwickelte sich eine einseitige Partie. Julians Truppe schien direkt für klare Verhältnisse sorgen zu wollen. Nach nur drei Minuten stand es 0 : 1. Julian hatte sich den Ball geschnappt und lief geradewegs Richtung Jennys Tor, dabei ließ er sich von Fred und Thorben eskortieren. Kim, Chin und Shou hatten versucht, sich ihnen nacheinander in den Weg zu stellen. Doch gegen Julians Rammböcke hatten sie keine Chance. Die unter Strom gesetzten Trikots hätten die drei Rambos dabei gar nicht benötigt, aber es bereitete ihnen sichtlich Freude, dabei zuzusehen, wie die drei Koreaner bei der geringsten Berührung vor Schmerz zusammenzuckten.

Nun versuchte Bebeto, das Angreifertrio zu stoppen. Wild entschlossen warf er sich den dreien entgegen. Kurz bevor er den Ball mit seinem ausgestreckten Bein erwischen konnte, trat Fred ihm genüsslich auf den Oberschenkel. In jedem anderen Spiel wäre dies als grobes Foul geahndet worden, aber die Pfeife des Schiedsrichters blieb stumm.

„Okay“, dachte sich Tom, „auf die Hilfe des Schiris sollten wir heute auch nicht zählen. Den hat Vater Kaltbach gekauft. Unfassbar.“

Jetzt konnte sie nur noch Jenny retten. Die junge Amerikanerin wusste genau, was zu tun war. In klassischer Torwartmanier, mit leicht gebeugten Knien und mit schräg nach unten ausgestreckten Armen, stellte sie sich den drei Fieslingen entgegen. So hatte sie es bei ihrer Lieblingstorfrau, Nadine Angerer, schon hunderte Male gesehen.

Doch gerade als sie Julian den Ball vom Fuß fischen wollte, verpasste ihr Fred einen Bodycheck. Jenny knallte auf den Rücken. Julian indes ging aufreizend langsam weiter in Richtung Torlinie. Dort ließ er sich im Fünfmeterraum theatralisch auf alle viere nieder und schob den Ball in Zeitlupe mit dem Kopf über die Torlinie. Es reichte ihm offensichtlich nicht, einfach nur die Führung zu erzielen. Die gekauften Fans Kaltbachs jubelten, als hätte es eben 1000-Dollar-Scheine vom Himmel geregnet. Dann verstummten sie wie auf Kommando.

„Dieser Mistkerl von Julian“, dachte Winston, „er will uns komplett der Lächerlichkeit preisgeben.“

„Hol den Ball aus dem Netz“, zischte Julian Fred an. „Wir haben heute noch viel vor. Die vernichten wir.“

Ohne jeglichen Anflug der Freude über ihr erzieltes Tor rannten die drei Spaßbremsen zum Anstoßpunkt und legten dort den Ball ab.

„Das dürfen die doch nicht machen, oder?“, fragte Gira Tom. „Der Schiedsrichter pfeift nicht. Die Trikots sind unter Strom gesetzt. Und nun? Die können uns foulen, wie sie wollen. Was sollen wir bloß tun?“

„Ich würde vorschlagen, wir bestellen etwas zu futtern, da diese Veranstaltung hier kein Fußballspiel ist, sondern eher eine Hinrichtung“, antwortete Salvatore anstelle von Tom. „Deshalb hätte ich gerne als Henkersmahlzeit Spaghetti pomodore à la Mama.“

„Salvatore, halt jetzt endlich mal die Klappe.“ Tom war leicht genervt. „Du machst noch alle komplett meschugge. Egal was die machen, egal was der Schiedsrichter macht oder auch nicht macht, egal mit was für unfairen Mitteln die kämpfen, es geht um Mucawes Dorf, also kämpft gefälligst, bis wir umfallen.“

Doch das Spiel entwickelte sich zum absoluten Alptraum. Der Gegner war schneller, der Gegner war größer, der Gegner konnte höher springen, der Gegner konnte härter schießen. Es war alles noch viel schlimmer, als sie es befürchtet hatten. Toms Team hatte ihnen absolut nichts entgegenzusetzen.

Ohne auch nur die geringsten Anzeichen von Müdigkeit fielen Julians Dopingbomber im Minutentakt in Jennys Strafraum ein.

Und wäre nicht die grandiose Jenny ein ums andere Mal über sich hinausgewachsen, wären sie mit einem zweistelligen Rückstand in die Kabine gegangen. Das Einzige, was sich Toms Mannschaft bei dem Versuch, dem Gegner Einhalt zu gebieten, holte, waren blaue Flecken, Schürfwunden und Brummschädel.

Schon in der zwölften Minute stand es 0 : 2.

Kurz vorher hatte Fred auf Julian gepasst. Doch der Pass kam ungenau und dem arroganten Spielführer sprang der Ball zu weit vom Fuß. David witterte seine Chance und sprintete dem frei gewordenen Ball entgegen, um ihn aus der Gefahrenzone zu befördern. Doch im letzten Moment kam ein kahlköpfiger Verteidiger aus Julians Mannschaft angehechtet und fuhr ihm brutal in die Parade.

Er hatte keine Chance, den Ball zu spielen. Nur Davids Geistesgegenwart war es zu verdanken, dass ihn der Verteidiger nicht schwer verletzte.

Zur Verwunderung aller ertönte ein Pfiff.

„Das muss man einfach pfeifen. Auch in diesem Spiel muss es doch wenigstens ein Mindestmaß an Gerechtigkeit geben", dachte Winston.

Doch was dann geschah, hätte selbst der kühnste Autor der Welt in keinem seiner Bücher zu schreiben gewagt. Der Schiedsrichter zeigte auf den Elfmeterpunkt. Elfmeter für den glatzköpfigen Verteidiger. Julian verwandelte sicher.

„Das hat die Fußballwelt noch nicht gesehen. Elfmeter für die andere Mannschaft nach einem groben Foul an David und das Ganze auch noch fünf Meter außerhalb des Strafraums." Winston verstand gar nichts mehr.

„Wenn es nicht so traurig wäre, wäre es fast schon lustig", sagte Sven mit einem bitteren Lächeln.

„Schiri", rief Salvatore, „was uns noch fehlt, ist ein klares Abseitstor."

Der Schiedsrichter drehte sich zu Salvatore um, sah

ihn mit puterrotem Kopf an und schnauzte: „Hey, Kleiner, willst du vom Platz fliegen? Noch ein Wort und ich tu dir den Gefallen. Und außerdem guck mal auf die Uhr. Das mit dem Abseitstor kriegen wir sicher auch noch hin."

In der 20. Minute ließ der Schiedsrichter seinen Worten Taten folgen. Thorben passte auf Fred, der mindestens drei Meter im Abseits stand. Dieser war natürlich völlig unbedrängt, so zog er seelenruhig Richtung Tor los und verwandelte zum 0 : 3.

Das 0 : 4 in der 44. Minute fiel im Anschluss an einen Eckball. Alle Spieler hatten sich im Strafraum versammelt. Der Kleinste der Kaltbachgang schritt zur Eckfahne. Im gleichen Moment, als er den Ball trat, ging im Strafraum Toms Team zu Boden. Tom, Winston, Salvatore, Bebeto, Kim, Shin, Shou, Gira, David und Sven wurden von Stromstößen niedergestreckt.

Die Flanke verwertete ein kahlköpfiger Koloss.

0 : 4. Halbzeit. Endlich. Toms Team konnte heute nur noch ein Wunder helfen.

Die Befreiungsaktion

„Shit, die bewachen den Zauberfußball, als hätten sie 20 Schwerverbrecher in ihrem Keller.“ Anna kauerte in einem Wandschrank, in den Massambo von innen ein kleines Guckloch gebohrt hatte. Der Häuptlingssohn hatte sich ebenfalls in den kleinen Hohlraum gepresst.

Zwei andere Männer aus dem Dorf, enge Vertraute von Massambo, waren in einem Besenschrank verschwunden, der sich nur ein paar Meter weiter auf dem langen, dunklen Flur im Erdgeschoss befand.

Überall roch es muffig. „Warum haben die überhaupt einen Besenschrank?“, dachte Anna kurz. „Hier hat mit Sicherheit seit Ewigkeiten keiner mehr sauber gemacht.“ Alle vier verharrten mucksmäuschenstill in ihren kleinen Kammern und warteten auf ihre Chance, ihren Freund, den Zauberfußball, zu befreien. Sie waren mitten im Hauptquartier von Klaus Kaltbachs Lagerfestung.

Anna spähte durch das kleine Loch, das Massambo auf Höhe ihrer Augen mitten in der dunklen Maserung des Holzes sauber ausgebohrt hatte. Kim, Shin und Shou hatten Massambo einen winzigen, lautlos arbeiteten Akku-Staubsauger mitgegeben, ihn ein wenig umgebaut und an der Bohrmaschine befestigt. So konnte

Massambo nicht nur Löcher bohren, sondern sofort auch noch alle Spuren verwischen. Nicht einmal das kleinste Fitzelchen an Sägespänen auf dem Boden konnte sie nun verraten.

Anna konnte vom Flur aus in das Überwachungszentrum blicken und sagte mit leiser Stimme: „Die schwarzen Sheriffs sitzen immer noch vor ihren Monitoren. Zudem bewachen zwei bewaffnete Männer den Gang, der zu der Kellertreppe führt, die in das Verlies runtergeht."

Anna, Massambo und die zwei anderen hatten sich durch einen Lüftungsschacht in die Kaltbach-Festung geschlichen, besser Zentimeter um Zentimeter gerobbt. Seitdem Tom und die anderen versucht hatten, den Zauberfußball zu befreien, war das Gelände noch besser gesichert. Sicherheitschef Rasch hatte die gesprengte Außentür durch eine massivere ersetzen lassen. In den Gängen patrouillierten Wachen. An den Deckenwänden hingen Kameras, die langsam von rechts nach links schwenkten. Trotzdem hatten die vier es geschafft, das äußere Sicherheitssystem zu überwinden. Denn glücklicherweise besaßen sie die Baupläne des Anwesens. Der Chef der örtlichen Baubehörde hatte sie ihnen, nach gutem Zureden von Massambo, heimlich beschafft. Jetzt war der korrupte Staatsdiener um ein paar hundert Dollar reicher. Johann hatte ihn fürstlich entlohnt oder, besser gesagt, bestochen. Mit den Plänen war es für Anna und die anderen ein Leichtes, sich in dem Kaltbach-Labyrinth zu orientieren und sich unbemerkt in die kleinen Abstellkammern zu schleichen.

„Hoho. Hoho." Ein Johlen ging durch die Räume. „Schon 1:0. Und das Spiel hat gerade erst begonnen. Diese Großmäuler kriegen ordentlich eins auf die Nase", grölte ein grobschlächtiger Sicherheitsmann.

„Was legen die sich auch mit dem großen Boss an?", sagte ein anderer, dessen Hemd sich um seinen dicken Bauch spannte und jeden Moment aufzuplatzen drohte. Er spuckte mit einem schmatzenden Geräusch auf den Boden.

Anna stupste Massambo an. „Igittigitt, ist der eklig", sagte sie angewidert und schaute weiter durch das Guckloch. „Massambo", flüsterte sie, „die schauen unser Match auf ihren Monitoren. So ein Mist, das Spiel hat schon angefangen."

„Das ist gut, dass es schon angefangen hat", flüsterte Massambo ebenso leise zurück, „das lenkt sie ab. Das ist die Chance, auf die wir die ganze Zeit gewartet haben." Massambo schob die Schranktür auf. Nahezu lautlos robbten sie über den kalten und schmutzigen Boden. Die beiden Krieger aus dem Dorf folgten ihnen.

„Wir müssen die zentrale Stromversorgung lahmlegen. Dann öffnen sich sicher auch die gepanzerten Kellertüren", raunte Massambo Anna zu. „Dort hinten in dem kleinen Raum sind die Schaltpulte."

„Heyhey. Elfmeter für Julian. Was stellt sich ihm dieser Drecksbengel auch in den Weg“, höhnte einer der Sicherheitsmänner.

„Yes, schon wieder ein Tor“, jubelte ein anderer Sekunden später. Johlen und Klatschen ertönte. Die ersten Bierdosen wurden aufgerissen. Anna und die anderen sprangen auf und liefen geduckt auf den Kontrollraum zu, in dem die ganze Technik gebündelt war.

„Da ist bestimmt ein Wachmann drin“, sagte Anna mit besorgter Stimme.

„Keine Sorge“, entgegnete Massambo, „wenn da einer sitzt, dann schalte ich ihn eben aus.“ Er zog an ihr vorbei. Geräuschlos öffnete er die schwere Tür. Bevor der bullige Mann reagieren konnte, griff ihm Massambo in den Nacken. Er berührte ein paar Nervendruckpunkte, und der Mann sackte zusammen. Der Krieger legte den Wachmann behutsam auf dem Boden ab.

„Wow, coole Technik“, staunte Anna. „Wo hast du denn das gelernt?“

Massambo grinste nur. „Das, liebe Anna, bleibt mein Geheimnis. Nun die Stromkreise für den Kellertrakt ausschalten.“

Die vier sahen sich in dem Kontrollraum um. „Verdammt“, rief einer der Krieger und deutete auf einen etwa zwei auf zwei Meter großen Sicherungskasten, der sich versteckt in einer Wandausschabung befand. „So viele Knöpfe wie Sterne am Himmel.“

„Fast. Aber für uns kein Problem“, lachte Anna und kramte einen Schaltplan aus einer ihrer Hosentaschen. Nachdem sie den Plan im Schein ihrer Taschenlampe genau studiert hatte, deutete sie nacheinander auf die drei Schalter, die den Stromkreis unterbrechen würden. „Diese müssen es sein“, sagte sie.

Massambo drehte die Knöpfe auf null. „So“, sagte Massambo, „der Trakt, der zum Verlies führt, und das Verlies selbst sind nun lahmgelegt. Die anderen lassen wir für einen Moment genau so weiterlaufen, dann merken sie nicht gleich, dass wir die Stromversorgung manipuliert haben“, erklärte er. „Aber für später habe ich natürlich noch eine kleine Überraschung auf Lager.“ Einer seiner Mitstreiter reichte ihm zwei Klumpen Knetmasse, die jeweils mit einer Uhr verkabelt waren. „Kim, Shin und Shou waren so nett, uns diese zwei Plastiksprengsätze zu überlassen. Sie werden die gesamte Schaltzentrale so beschädigen, dass der Strom danach total ausfällt“, meinte Massambo. „In genau 20 Minuten explodieren die Ladungen.“

„Mach eine der Bomben hier fest“, rief Anna, die ihr Erstaunen darüber, dass Massambo zu solch drastischen Maßnahmen greifen wollte, schnell überwunden hatte. Sie deutete auf einen kleinen roten Kasten, auf dem „Stromversorgung für die Trikots“ stand.

„Was ist das?“, fragte Massambo.

Anna schaute noch einmal kurz auf einen weiteren zerknitterten Schaltplan. „Hiermit kann man die

Stromversorgung in den Trikots kontrollieren, die Julians Spieler tragen. Im Moment ist es so eingestellt, dass nur unsere Mannschaft bei Berührung einen Stromschlag bekommt. Diese Apparatur verhindert, dass es ihre eigenen Spieler erwischt. Sie tragen zwar isolierende Schutzunterwäsche, aber wenn die Spannung einen bestimmten Wert übersteigt, würden die Gladiatoren üble Schmerzen erleiden."

„Gar keine so schlechte Idee", antwortete Massambo und konnte sich erneut ein böses Grinsen nicht verkneifen.

„Ja, verdient hätten sie es schon, aber so sind wir nicht drauf", gab Anna trocken zurück.

„Du hast ja recht, meine Liebe. Aber sag, woher weißt du, dass diese Trikots existieren und wie sie funktionieren?", fragte Massambo.

„Steht alles haarklein in diesen Plänen", triumphierte Anna. „Kaltbach wollte offenbar bei dem Behördenboss ein bisschen angeben. Wenn wir den roten Kasten sprengen, ist jedenfalls überhaupt kein Strom mehr auf den Trikots", fuhr die Schwedin fort. Massambo platzierte einen der Sprengsätze an dem Kästchen.

„Und was ist mit ihm?", fragte Anna und blickte auf den noch immer bewusstlosen Wachmann am Boden.

„Keine Sorge, die Sprengsätze sind so dosiert, dass ihm nichts passieren kann. Er wird nur ein wenig unruhig träumen", beruhigte Massambo sie.

„Na, dann ab die Post. Lasst uns endlich den Zauberball befreien“, rief Anna.

„Hohoho“, klang es entfernt von den Wachmännern. „Tooooor. Toooooor.“ Sie hörten Jubelrufe und lautes Klatschen, Bierdosen schlugen gegeneinander.

„Wir müssen uns beeilen“, trieb Anna die anderen an, „sonst ist alles verloren.“

Wenig später standen sie vor der schweren Stahltür, hinter der es tief hinab in die Kellergewölbe ging, in dem auch das Gefängnis des Zauberballs lag.

„Mist“, sagte Massambo, „das Schloss ist zwar offen, aber natürlich ist die Elektronik ausgefallen, die dieses Monstrum bewegt. Wir können sie nicht mal einen Millimeter aufdrücken. Die muss Tonnen wiegen.“ Massambo und die beiden anderen Krieger warfen sich zum wiederholten Mal mit voller Wucht gegen die Stahltür. Diese bewegte sich nicht mal um Haaresbreite. Dann traten sie wütend gegen die Tür, schlugen dagegen. Nichts half. „Wir schaffen es einfach nicht“, stöhnte Massambo, „und das so kurz vor dem Ziel.“

„Wir geben auf keinen Fall auf. Wir werden den Zauberfußball befreien“, sagte Anna mehr zu sich selbst als zu den anderen. Dann konzentrierte sie sich einen Moment. Sie dachte an Tom, an Mucawe, an das Dorf, an all ihre Freunde und schließlich an ihren Freund, den Zauberfußball. Anna ballte die Fäuste und spürte, wie sich unermessliche Kräfte in ihr sammelten. Entschlossen ging sie zu dem Stahlkoloss, um es, wenn es sein musste, ganz allein aufzuschieben. Von Annas Willenskraft angespornt, rafften sich die anderen noch einmal auf und halfen tatkräftig mit. Annas Muskeln und Sehnen traten hervor. Schweiß strömte über ihr Gesicht. Immer noch keine Bewegung. Aber die kleine Schwedin gab nicht auf. Sie richtete ihre Bärenkräfte auf das schier unüberwindliche Hindernis vor ihnen.

„All meine Kraft in die Arme. Jetzt! Bitte, bitte, bitte … Einmal tief einatmen und koooooommmm schoooonnn!" Plötzlich begann der stählerne Koloss zu erzittern und sich dann ganz langsam zu bewegen. Massambo und die anderen waren so von den Socken, dass sie aufhörten zu schieben und nur noch Anna ansahen. Die Schwedin drückte die Tür Zentimeter für Zentimeter ganz alleine auf.

„Jetzt holen wir unseren Freund", lachte sie glücklich keuchend und schlüpfte durch den Spalt. Massambo und die anderen folgten ihr, immer noch fassungslos von dem, was sie eben miterlebt hatten. „Sie hat das Zeug zu einer großen Kriegerin", flüsterte Massambo. Seine beiden Gefährten nickten nur. Dann stiegen sie eilig eine steile Treppe hinab.

Kurz vor der zweiten, leichteren Stahltür, die direkt zu dem Gefängnis des Zauberballs führte, musste Massambo einen zweiten Aufseher ausschalten. Das war höchst unproblematisch. Denn der Wachmann hatte schon geschlafen. So tief im Keller hatte er niemals mit einem Angreifer gerechnet. Der Häuptlingssohn schickte ihn mit einem seiner Kampfgriffe nur noch tiefer ins Reich der Träume.

Die vier hatten es geschafft, endlich waren sie zu dem Verlies vorgedrungen. Sie schalteten alle Neonlampen an und dann sahen sie den Zauberfußball.

Anna zerriss es fast das Herz, ihren Freund umgeben von einem zischenden Säurebad an die Wand geknebelt zu sehen. Seine Bewacher, die fünf Dobermänner, die wie wild auf ihrem Podest herumsprangen, bellten bedrohlich.

„Bist du sicher, dass du die in den Griff bekommst", fragte Massambo die sichtlich erschütterte Schwedin.

„Ruhig Blut, Kumpel", antworte Anna und straffte dabei ihren Körper. Mutig sagte sie: „Die Hunde sind meine kleinste Sorge. Aber hoffentlich ist unser Freund okay", fügte sie mit leiser Stimme hinzu. Der Zauberball schien die Antwort gehört zu haben, auf seiner Oberfläche leuchteten für einen kurzen Moment ein paar fröhliche Farben auf, dann färbte sich das Leder wieder braun.

„Er lebt!", riefen Massambo und Anna wie aus einem Munde und umarmten sich dabei.

Glücklich und erleichtert holte Anna einen weiteren Zettel aus ihrer Hosentasche. Darauf befand sich der Code, den sie bei der magischen Beschwörung erfahren hatten. Damit ging sie zu dem Schaltkasten an der Wand. „Dieses Hightechding passt so ganz und gar nicht in dieses dunkle modrige Verlies“, dachte Anna. Sie öffnete eine kleine Fieberglastüre. Sofort fuhr eine Tastatur aus. „Den Code bitte“, stand auf einem grünlich leuchtenden Display zu lesen. Anna gab 09030309 ein. Zunächst geschah nichts. „Halt durch mein Freund, das dauert einen Moment“, rief sie, „gleich bist du die Säure los.“

Plötzlich gluckerte es. Strudel bildeten sich in den beiden Becken, die jeweils mit Salz- oder Schwefelsäure gefüllt waren.

„Der Inhalt sinkt tatsächlich“, rief Massambo begeistert aus. Die giftige Brühe sank tiefer und tiefer. Bald war sie ganz verschwunden. Umso lauter bellten die Dobermänner. Sie knurrten böse, fletschten die Zähne und machten sich zum Angriff bereit.

„Tu was, Anna“, rief Massambo, der sich schon als Hundefutter enden sah. Anna ging langsam und hoch erhobenen Hauptes auf die Dobermänner zu, die mit gesträubtem Fell und nach vorne gerichteten Ohren so aussahen, als wollten sie sie gleich anspringen und zerfleischen. Doch das Mädchen zeigte keinerlei Furcht. Ihr Atem ging ganz ruhig. Sie sah den Tieren nacheinander mitten in die Augen. Mit tiefer, lauter Stimme, die sich fast schon selbst wie aggressives Hundegebell anhörte, gab sie ein paar Kommandos. Massambo und die anderen zuckten zusammen, so scharf war der Ton. Die Hunde reagierten augenblicklich, drei von ihnen zogen ihre verstümmelten Schwänze ein und hörten sofort auf zu bellen.

Einer wich mit geducktem Kopf rückwärtsgehend zur Wand zurück, knurrte aber leise weiter. Der fünfte Hund, ein besonders kräftiges Tier mit einer Narbe am rechten Bein, setzte zum Sprung an. Er wollte offenbar den Kampf mit Anna aufnehmen. Die Schwedin zögerte keine Sekunde. Sie warf das kräftige Tier mit einer schnellen, ungemein kraftvollen Bewegung auf den Rücken und drückte ihm die Kehle zu. Der Hund strampelte und röchelte, schließlich blickte er Anna unterwürfig an und streckte ergeben alle viere von sich. Der Kampf war gewonnen. Das Rudel hatte ein kleines rothaariges Mädchen als neue Herrin angenommen.

„Verrückt. Und kaum zu glauben. Du bist einfach die Beste", jubelten Massambo und seine Freunde. Der Zauberfußball leuchtete bunt auf, heller als beim ersten Mal. Dann begann er wie wild an den Ketten zu zerren. „Warte, das haben wir gleich", sagte Massambo. Auch die Ketten waren mit einem elektronischen Mechanismus gesichert. Dieses Mal klappte Massambo ein kleines Kontrollkästchen auf, gab den Code in die Tastatur ein, den er längst auswendig wusste. Klirrend fielen die Ketten vom Zauberfußball ab. Der Ball sprang Anna in die Arme, dann tanzte er um Massambo und die anderen herum. Selbst die Hunde umkurvte er fröhlich.

„Unser Freund ist nicht nachtragend“, schmunzelte Massambo.

„Danke“, erschien auf der Oberfläche des Balles. Er tippte Anna und die anderen noch kurz an, dann sauste der Zauberfußball in einer unglaublichen Geschwindigkeit die Kellertreppe hoch und war verschwunden.

„Kommt! Hinterher!“, rief Anna und sah dabei auf ihre Armbanduhr. „Die erste Halbzeit ist gleich vorbei. Jetzt braucht euer Dorf unsere Hilfe. Lass uns schleunigst abhauen.“ Wenig später hatten die vier das Gebäude verlassen. Als die Alarmsirenen schrillten, waren sie längst in Sicherheit. Aus der Ferne hörten sie die Wachmänner schreien. Auf dem Lagergelände waren mit einem Schlag alle Lampen ausgefallen.

„Unser Plan scheint aufzugehen“, sagte Massambo stolz. Dann sprangen die vier mit einem großen Satz über einen Zaun und liefen in Richtung Stadion.

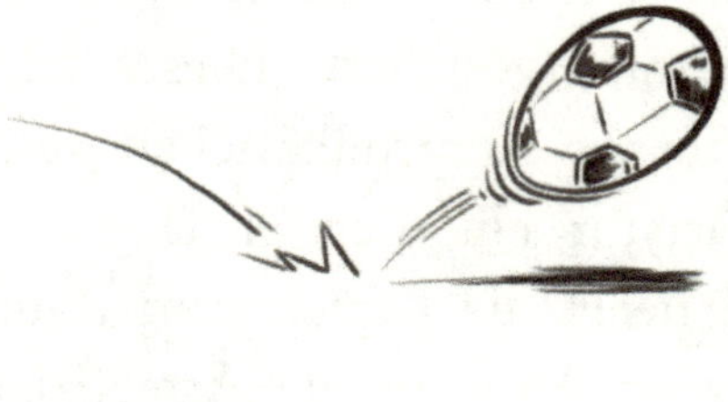

Unverhofft kommt oft

Die Kinder sanken erschöpft und niedergeschlagen auf die Holzpritschen. David rieb sich in Gedanken versunken die geröteten Stellen von den Stromschlägen, die ihm die gegnerischen Trikots verpasst hatten. Keiner sagte etwas. Da stürmte Salvatore in die Kabine, begleitet von einem Wortschwall. Es sprudelte nur so aus ihm heraus.

„Aus die Maus. Malawisee ade, das war's dann wohl. Ich komm mir vor, als sei ich von einem Panzer überfahren worden. Ach, was sag ich ein Panzer, zehn Panzer oder noch mehr. Die sind doch gedopt. Was haben die sich bloß reingepfiffen. Und dann diese beknackten Elektro-Trikots. Dagegen ist Pamplona ja ein Kindergeburtstag. Da geh ich nicht mehr raus. Und überhaupt, was ist denn eigentlich mit dem Schiri los? Der hat doch nicht alle Latten am Zaun. Könnte auch im Trikot der anderen auflaufen. Der Depp, der. Das hat doch nichts mehr mit Fußball zu tun." Salvatore war völlig außer sich.

„Salvatore", zischte Tom, „halt jetzt mal den Rand. Dein Rumgejaule bringt uns auch nicht weiter." Johann schaute in die Runde. Alle Kinder sahen vollkommen fertig aus. Gira hatte aufgeschürfte Knie, Winston eine Schramme im Gesicht. Kims rechte Wade färbte sich gerade dunkelblau. Und Bebetos Trikot war am Rücken aufgerissen. James begann, die verletzten Kicker zu versorgen.

Johann ließ sich dennoch nicht entmutigen. „Seid jetzt alle mal still“, sagte er. „Setzt euch, trinkt etwas und erholt euch.“

„Ja super“, fing Salvatore schon wieder zu meckern an, „und es steht 0 : 4. Ausruhen ist da gar keine schlechte Idee. Ich ruh mich ab sofort die nächsten vier Wochen aus, und zwar hier auf dieser ultragemütlichen Holzpritsche. Mir tut jeder einzelne Knochen weh. Ich brauche einen Arzt, und zwar einen, der mir das gleiche Zeugs spritzt, was die da drüben gekriegt haben.“

„Pillen, nicht Spritzen“, meldete sich Mucawe zu Wort und holte ein kleines Päckchen aus seiner Hosentasche.

„Während ihr auf dem Platz gekämpft habt, bin ich in die gegnerische Kabine gehumpelt, hab mich umgesehen und das hier gefunden.“

Er hielt das Päckchen unters Licht, sodass alle Kinder die Aufschrift lesen konnten.

„Schnellmacher“, las Salvatore. „Ich hab's doch gewusst.“

„Nicht mehr“, lachte Mucawe. „James war so nett und gab mir einen Beutel mit Smarties.“

„Das ist ja ein Brüller“, sagte Winston. „Die Smarties wirken zwar auch manchmal, nicht wahr, Salvatore?“

„Und zwar ausschließlich auf seinen Hüften“, riefen Kim, Shin und Shou wie aus einem Munde.

„Sehr witzig“, konterte Salvatore. „Und trotzdem haben wir keine Chance. Die sind stärker und härter als wir. Und außerdem haben sie diese asozialen Trikots, keine Ahnung, was das für eine Technik ist. Wir werden sang- und klanglos den Bach herunterlaufen, oder wie das heißt.“

„Beruhig dich“, sagte Gira. „Tom wird schon etwas einfallen. Oder?“ Gira schaute auf Tom. Ihrer Stimme konnte man anhören, dass sie zwischen Sorge und Hoffnung schwankte. „Ist doch so, Tom, oder?“

Gerade als Tom antworten wollte, wurde die Tür aufgerissen. Anna und Massambo stürzten in die Kabine. „Wir haben den Zauberball befreit. Und die Trikots funktionieren nicht mehr. Wie steht's?“, rief Anna völlig abgehetzt.

Die Kinder sprangen von ihren Pritschen auf und umarmten die beiden stürmisch. Es folgte ein wildes Durcheinander und Geschrei. Anna und Massambo wurden mit Fragen bestürmt:

„Wie habt ihr das geschafft?“

„Wie geht es unserem Zauberball?“

„Ist er verletzt?“

„Was ist mit den Hunden?“

„Wie seid ihr an den Wärtern vorbeigekommen?“

„War es sehr gefährlich?“

„Gab es viele Tote?“

„Was ist mit der Säure und wo ist der Ball?“

„Dem Ball geht es gut“, antwortete Massambo noch immer außer Atem, „aber ist er noch nicht hier gewesen?“

„Julian und die anderen ihn doch wohl nicht schon wieder gefangen haben“, meinte Mucawe bekümmert.

„Ach was, der lässt sich nicht mehr einfangen. Vielleicht bringt er unsere Gegner gerade gehörig auf Trab“, sagte Anna, die sich schon wieder halbwegs erholt hatte.

„Oder er knöpft sich gerade Julian vor“, sagte Jenny und wischte sich Blut von ihrem geschundenen Knie.

„Oder Kaltbach bekommt gehörig eins auf die Mütze.“ Salvatore rieb sich die Hände.

„Seid mal still“, sagte Tom. „Hört ihr das? Das muss aus der Schiedsrichterkabine kommen.“

Die Kinder drängten zum Fenster ihrer Baracke und sahen nach draußen. Tom ortete als Erster, woher der Lärm kam.

„Hey“, rief er den anderen zu, „in der Schirizone ist die Hölle los. Schaut mal da drüben.“ Er deutete auf ein kleines Fenster.

„Das sieht ja aus wie in einem Schwarz-Weiß-Horrorfilm“, sagte Salvatore. Hinter dem Vorhang schien ein Kampf ausgetragen zu werden. Riesenschatten bewegten sich aufeinander zu, stießen zusammen und entfernten sich wieder. Der Krach, den sie dabei veranstalteten, war unüberhörbar. Es schepperte und klirrte, als würden Gegenstände durch den Raum geworfen.

„Kinder“, sagte Johann bestimmt. „Ende der Vorstellung. Kommt jetzt bitte alle her und setzt euch. Ich glaube, wir haben genug gehört und gesehen. Jetzt brauche ich eure volle Aufmerksamkeit. Hier ist mein Plan“, erhob er seine Stimme. „Die Karten werden neu gemischt. Anna und der Zauberball sind zurück. Damit hat sich alles geändert. Wir haben alle leidvoll erfahren müssen, dass uns der Gegner körperlich haushoch überlegen ist. Aber allein die Tatsache, dass die Trikots keine Stromstöße mehr austeilen, ändert natürlich nichts am Ergebnis, da hast du ganz recht, Salvatore. Und dass Mucawe den Jungs das Dopingmittel entwendet und gegen Smarties ausgetauscht hat, macht den Gegner zwar schwächer, aber wir können nicht davon ausgehen, dass sie auf einmal als Strichmännchen auf dem Platz auftauchen. Und auch die Vermutung, dass unser Freund im Moment, sagen wir, eine Art klärendes Gespräch mit dem Schiri führt …“, Johann grinste verschwörerisch, „… verhilft uns nicht unmittelbar zum Sieg. Da wir aber wissen, dass unser kleiner Freund bislang noch jeden auf den richtigen Weg zurückgeführt hat, können wir davon ausgehen, dass in der zweiten Halbzeit nach den wirklichen Regeln des Fußballs gepfiffen wird. Also lasst uns jetzt über Fußball sprechen."

Johann machte eine kurze Pause, ging durch die Kabine und stellte sich an das Taktikboard. Er nahm einen Stift zur Hand und legte los. „Also erstens: Wir lassen uns nicht mehr auf unnötige Zweikämpfe ein. Unser Spiel läuft ab jetzt folgendermaßen ab: Aus der Abwehr heraus, über das Mittelfeld bis ungefähr 25 Meter vor das gegnerische Tor spielen wir One-touch-football."

„Scusami? Was für'n Ding?", fragte Salvatore.

„Na, klar, Ein-Kontakt-Fußball, Direktspiel. Wir lassen den Ball laufen. Dann gibt es keine Zweikämpfe und die können uns nicht aus dem Spiel treten", half Tom seinem Freund auf die Sprünge.

„Aber warum nur bis 25 Meter vor das Tor?", mischte sich Bebeto ein. „Und was machen wir dann?"

Tom wurde ganz aufgeregt. „Ihr habt wohl vergessen, dass wir die ganze vorige Woche Freistoßvarianten bis zum Erbrechen geübt haben."

„Ha", fing Salvatore schon wieder das Meckern an, „und du hast wohl vergessen, dass wir bislang keinen einzigen Freistoß hatten. Der Schiri ist so ein hirnverbrannter ..."

Johann ließ ihn nicht zu Ende sprechen.

„Zweitens: In der Angriffszone müssen wir den Ball sichern. Bebeto, Tom. Das kann ein bisschen wehtun. Stellt euren Körper zwischen Ball und Gegner. Sichert die Kugel für uns, damit wir nachrücken können. Da wir in der ersten Halbzeit nur mit Verteidigung beschäftigt waren, wissen die gar nicht, wie schnell wir aus dem Mittelfeld nachrücken können. Anna, Winston, David: Ihr sollt abwechselnd in die Spitze stoßen. Ich will immer mindestens zwei von euch ständig auf dem Weg nach vorne sehen. Bebeto, Tom, wenn ihr den Ball sichern und euch von eurem Gegenspieler lösen könnt, spielt den Ball immer wieder in die Gasse. Ich habe in der ersten Halbzeit festgestellt, dass die Viererkette unserer Gegner sehr breit stand. Sie können vielleicht schnell laufen, aber ganz sicher nicht schnell denken. Ich garantiere euch, wir werden mindestens zwei Mal allein vor dem Tormann stehen."

Während Johann sprach, wirbelte er mit dem Stift über das Taktikboard, sodass ein Wirrwarr aus Kringeln, Kreuzen und Pfeilen entstand.

„Hallo?", fragte Salvatore. „Jemand zu Hause? Das sieht ja aus wie 'ne Strickanleitung."

„Mann", sagte Tom ungeduldig, „die Kreuze sind wir, die Kringel unsere Gegner und die Pfeile sind unsere Laufwege. Weiter Johann. Aber bitte beeil dich, der Schiri pfeift gleich zur zweiten Halbzeit."

„Bebeto, Tom", gab Johann letzte Anweisungen, „noch mal: keinen Ball leichtfertig abgeben. Wer den Ball von euch haben will, muss euch foulen. Und dann bekommen wir Freistöße. Und das ist unsere große Chance. Denkt daran, wir haben fünf Freistoßvarianten, nutzt sie alle. Spielt mit Köpfchen. Ich garantiere euch, wir drehen das Ding. So Kinder, und jetzt geht raus und spielt Fußball."

Beim Hinausgehen wandte sich James an Johann und sagte skeptisch: „Hoffentlich haben wir keine Fata Morgana gesehen und es war tatsächlich unser kleiner Helfer in der Not, der sich den Schiri vorgeknöpft hat." Nachdenklich ging er hinter Johann her.

Halbzeithilfe für den Schiri

Tom und die anderen hatten richtig vermutet. Der Zauberfußball hatte sich tatsächlich ins feindliche Lager aufgemacht. Direkt nach seiner Befreiung sauste er auf sein Ziel im Stadion zu. Niemand konnte den kleinen Kugelblitz aufhalten, die meisten sahen ihn nicht einmal. Julian und seine Fieslinge hatten Glück im Unglück. Denn nicht ihnen galt die Eile des Zauberfußballs. Er hatte in der Halbzeitpause nur einen einzelnen Mann im Visier: den Schiedsrichter.

Dieser saß in einem kleinen gemütlichen Häuschen und ließ sich gerade einen köstlichen afrikanischen Kaffee schmecken. Er lehnte sich in seinem weich gepolsterten Sessel zurück und döste vor sich hin. Seine Pfeife lag auf einem dicken Bündel Geldscheine, alles frisch gedruckte amerikanische Dollar. „So gut habe ich noch nie verdient", sagte der Schiedsrichter laut zu sich selbst. Dann plagte ihn plötzlich ein Anflug schlechten Gewissens. „Gira, Winston, Tom und die anderen haben sich verdammt tapfer geschlagen", grübelte er. „Aber was soll ich machen? Von meinem Gehalt als Busfahrer kann ich gerade mal meine Familie ernähren, aber ein neues Auto oder einen besseren Fernseher als die alte Flimmerkiste sind nun mal nicht drin. Das könnte ich nie im Leben bezahlen. Und was legen sich die Kinder auch mit so einem gerissenen Typen wie Kaltbach an?“

Der Schiedsrichter schob seine schwarze Pfeife zur Seite, steckte sich eine Schokoladenpraline in den Mund und lehnte sich in seinem Sessel zurück. Dann ließ er die Dollarnoten durch die Finger gleiten. „200, 300, 400, 500 Dollar“, zählte er leise. Und der Stapel war noch immer nicht kleiner geworden.

Plötzlich schoss etwas kleines Rundes über den Tisch. Die Geldnoten wirbelten durcheinander. Heißer Kaffee ergoss sich über Bauch und Beine des Schiedsrichters. „Auuua. Hey, was soll das?“, schrie der Attackierte und bekam es mit der Angst zu tun. Ein Überfall? Wollte man ihn ausrauben? Er bückte sich und versuchte, sein Bestechungsgeld vom Boden aufzuheben. Da fegte dieses rasende Ding schon wieder dazwischen. Die Geldscheine verteilten sich noch weiter in dem luxuriösen Raum. Auf den Schiedsrichter prasselten Pralinen ein. Dann wurde er von einem kräftigen Schlag in den Rücken getroffen. „Verdammt, was ist das?“, schrie er und schlug wild um sich. Seinen Gegner bekam er nicht zu fassen. Dafür erhielt er einen Stoß gegen die Schulter. Dann knallte etwas gegen seine Stirn. Der Schiedsrichter sah kurz Sternchen. Als er wieder zu sich kam, versuchte er, zum Ausgang des Häuschens zu gelangen. Doch er stolperte über ein Hindernis. Im Fallen riss er den Sessel um. Jetzt suchte der Schiedsrichter sein Heil nur noch in panischer Flucht. Die Kaffeekanne landete auf dem Boden, der Tisch kippte um. Im ganzen Raum breitete sich Chaos aus. Einige der kostbaren Dollarnoten schwammen bereits in Kaffeelachen. Und der seltsame Angreifer attackierte den Schiedsrichter noch immer blitzschnell und unerwartet.

„Ist ja gut. Ist ja gut“, rief der Unparteiische verzweifelt. „Hör auf, hör bitte auf, ich rück das Geld ja schon raus.“ Da traf ihn die Lederkugel am Knie. Der Schiedsrichter robbte hinter den umgekippten Tisch. „Hilfe“, rief er. „Hilfeeeeee.“ Doch keiner der Kaltbach-Leute hörte seine Schreie. Sie hatten ihn mit viel Geld bestochen und danach jegliches Interesse an ihm verloren.

„Mmmmmpf“, würgte der Schiri im nächsten Moment. Der Eindringling hatte ihm ein paar Geldscheine in den Mund geschleudert. Der Schiedsrichter bot ein Bild des Jammers. Ein paar Dollarnoten hingen ihm aus den Mundwinkeln. Sein schwarz-gelber Dress war voller Kaffee- und Schokoladeflecken. An Armen und Beinen hatte er rote Druckstellen, die Haare standen in alle Richtungen und er war kreideweiß im Gesicht.

Der Zauberfußball gönnte ihm eine Verschnaufpause. Er hatte sich jetzt genau vor dem Schiedsrichter niedergelassen und hopste bedrohlich auf und ab.

„Wer bist du? Oder was bist du?“, fragte der Schiedsrichter verunsichert. „Etwa der Zauberfußball, um den der große Boss immer so eine Geschrei macht?"

Der Zauberfußball stellte das Hopsen ein. Er rührte sich nicht.

„Was, was willst du?", stammelte der Schiedsrichter.

Der Zauberfußball rührte sich noch immer nicht.

„Lass mich in Frieden, verstehst du, du blöder Ball? Ich weiß nicht, was du hier willst. Aber ich muss jetzt raus ins Stadion, weil ich nämlich ein Spiel pfeife, verstehst du das?"

Der Zauberfußball gab keine Regung von sich.

Nur als der Schiedsrichter Anstalten machte, sich aufzurichten, hopste er kurz auf und ab. Dabei strahlte er etwas derart Bedrohliches aus, das den Schiedsrichter innehalten ließ.

„Ich, ich, ich, ka…, ka…, ka…, kann mir schon vorstellen, warum du hier bist", stotterte er eingeschüchtert. Und ziemlich weinerlich ergänzte der Schiri: „Aber versteh doch, ich brauche das Geld."

Die Oberfläche des Zauberfußballs begann zu pulsieren. Dann erschien ein einziges Wort:

„Wofür?"

„Sonst kann ich mir das neue Auto nie kaufen. Und meine Kinder schimpfen noch die nächsten Jahre über den alten Fernseher", antwortete der Schiri verlegen. „Glaub mir, die Ehrlichen sind die Dummen. Und ich will einfach nicht zu den Dummen gehören."

Der Zauberfußball begann zu flimmern. Auf den Waben liefen verschwommene Bilder ab, die langsam schärfer wurden.

„Das bin ja ich", entfuhr es dem Schiedsrichter.

Auf dem Ball erschien ein Bild, wie der Schiri als Junge seinen Vater beobachtete. Sein Blick war voller Bewunderung. Damals lebten sie noch an der Elfenbeinküste. Und der Vater hatte die Ehre, in Bouaké ein Spiel der Afrika-Meisterschaften zu pfeifen: Malawi gegen Nigeria. Das Spiel endete 2:2 und gehörte zu den größten Erfolgen der Nationalmannschaft von Malawi. Den 8. März 1984 hatte er niemals vergessen. Denn damals beschloss er, selbst ein Schiedsrichter zu werden.

Der korrupte Unparteiische war so fasziniert von den Bildern, dass er vergaß, Angst zu haben.

Auf dem Zauberfußball erschien nun der nächste kleine Film. Jetzt sah sich der Unparteiische als junger Schiedsrichter in seinem ersten wichtigen Spiel. Damals hatte er Mut bewiesen und dem unfairen Lieblingsneffen eines Großhändlers eine rote Karte verpasst. Nicht viele hätten sich das getraut, denn dem Händler gehörte die halbe Stadt. Nach dem Schlusspfiff kam der Vater des frisch berufenen Schiris, mittlerweile ergraut, auf den Platz und klopfte seinem Sohn zufrieden auf die Schulter. Dieses Mal war es der Vater, dem der Stolz auf seinen Sohn ins Gesicht geschrieben stand.

Dann verschwanden die bewegten Bilder auf dem Zauberfußball. Dafür tauchten zwei Wörter auf:

„Alles vergessen?“

Der Schiedsrichter, der noch immer hinter dem Tisch kauerte, war völlig sprachlos. „Woher, woher, wie …, wie … weißt du das alles?“, stotterte er. Dann spuckte er den Rest einer Geldnote aus, die noch immer an seiner Unterlippe geklebt hatte.

Der Zauberfußball ließ die Frage unbeantwortet. Dafür erschien eine neue Botschaft auf dem braunen Leder. „Mucawe und die andern haben eine faire Chance verdient.“

Jetzt schämte sich der Schiedsrichter.

„Oh, mein Gott, wie konnte ich nur so mies sein? Wegen eines neuen Autos und eines Fernsehers wäre ich beinahe zum Verräter geworden“, murmelte er. Dann blickte er den Zauberfußball an.

„Ich hätte alles mit Füßen getreten, was mir mein Vater beigebracht hat“, räumte er schuldbewusst ein.

Der Zauberball rollte ein Stück auf ihn zu. Es wirkte nicht bedrohlich, sondern fast schon freundschaftlich.

Der Schiri rappelte sich auf und sah auf die Uhr. „Oh, gleich beginnt die zweite Halbzeit. Ich muss raus.“ Er strich Haare und Kleidung glatt und ging eilig zur Tür. Das viele Geld ließ er achtlos in der Schiri-Kabine liegen. Dieses Mal versuchte der Zauberfußball nicht, ihn aufzuhalten.

Spannend bis zum Schluss

Nur noch drei Minuten bis zum Beginn der zweiten Halbzeit. Tom und die anderen wollten gerade auf den Rasen stürmen, als Johanns kräftige Stimme ertönte. „Halt, stopp, wen haben wir denn da?“

Alle Kinder blickten erstaunt in die Richtung, in die Johann gedeutet hatte, und dann brach ein Jubel los, als hätten sie tatsächlich die Champions League gewonnen. Ihr Freund der Ball war wieder da. Völlig unversehrt hopste er vergnügt von einem Kind zum anderen. Er wurde umarmt, in die Luft geworfen, hochgehalten, und James dachte für einen kurzen Moment, er traue seinen Augen nicht. Hatte er den Ball tatsächlich lachen sehen? Das musste seiner Fantasie entsprungen sein. Ein Ball, der lachte? „Die Aufregung ist einfach zu viel für einen alten Mann wie mich, ich sehe ja schon Gespenster. Solche Abenteuer strapazieren meine Nerven.“ James nahm ein kleines Fläschchen aus seiner Jackentasche und tröpfelte sich ein paar Tropfen Baldrian in den Mund. Um ihn herum tobten die Kinder ausgelassen mit dem Ball.

„Jetzt raus mit euch. Das Spiel beginnt. Und denkt daran ...“, gab ihnen Johann noch mit auf den Weg, „vor über fünfzig Jahren fand das Wunder von Bern statt. Heute schaffen wir das Wunder vom Malawisee."

„Jaaaaaaaaaaaaaaaaaaa …", riefen die Kinder.

„Wir schaffen das Wunder vom Malawisee. Für Mucawe. Für Mucawe."

„Und du, mein kleiner Freund", sprach Johann jetzt direkt den Zauberfußball an, „du bist schon wieder mit von der Partie."

Sekunden später pfiff der Schiedsrichter, der ein paar Flecken auf seinem Trikot und seiner Hose hatte, die Partie an.

„Was ist denn mit dem passiert?", fragte Salvatore, „hat der unter der Kaffeekanne geduscht?" Er zwinkerte dem Zauberball am Spielfeldrand zu.

Julian ließ es sich nicht anmerken, dass ihm die Befreiung des Zauberfußballs einen harten Schlag versetzt hatte. Arrogant wie eh und je meinte er zu Tom: „Hey, Sportsfreund, hilf mir mal auf die Sprünge. Hab ich dieses Bild nicht schon mal gesehen? Du und dein brasilianischer Stümperstar beim Anstoß? Warum kommt mir das so bekannt vor? Ach, stimmt ja, jetzt habe ich eine Eingebung: Ihr habt das heute ja schon vier Mal gemacht." Julian schlug sich vor die Stirn und lachte gehässig. „Und macht's Spaß? Ich geb jetzt mal einen Tipp ab. Ihr trefft euch heute genau an dieser Stelle noch sechs Mal. Dann müsstet ihr das ja eigentlich können.“ Julian schaute zu seinen Mannschaftskollegen, die sich vor Lachen schüttelten.

Tom entgegnete betont lässig: „Hier ist mein Tipp für dich, mein talentfreier Sportkamerad. Schau dir ganz genau an, wie so ein Anstoß funktioniert. Ihr werdet nämlich heute noch mindestens fünf Mal die Ehre haben.“

Tom schaute kurz zur Trainerbank. Es beruhigte ihn, seinen Freund den Zauberball wohlbehalten neben Johann zu sehen. Nun konnte die zweite Halbzeit beginnen.

Anpfiff.

Tom passte den Ball kurz auf Bebeto. Der wiederum legte ihn auf Winston. Winston spielte ihn seelenruhig zu Jenny. Jenny hatte sich noch nicht zwischen den Pfosten positioniert, sondern erwartete den Ball vor dem Sechzehnmeterraum. So hatten sie es in der Kabine besprochen. Der erste Spielzug verlief zunächst genau nach Plan. Jenny drosch die Kugel weit in die gegnerische Hälfte. Bebeto, der sich mittlerweile ungefähr zwanzig Meter vor dem gegnerischen Tor aufgestellt hatte, wollte den langen Pass aufnehmen und zu Tom weiterleiten. Doch dazu kam es nicht. Thorben, die fleischgewordene Abwehrmaschine aus Julians Prügeltruppe, verpasste Bebeto einen brutalen Bodycheck, der ihn fast aus den Schuhen riss. Zur Überraschung aller ertönte ein Pfiff. Im Stadion war es mucksmäuschenstill. Man hätte eine Stecknadel fallen hören können. Julians Vater, der große Kaltbach, rutschte unruhig auf seinem Ehrensitz hin und her. Was war denn mit dem Schiedsrichter los? Hatte es dieser Hund wirklich gewagt, gegen seine Mannschaft einen Freistoß zu pfeifen. „Der kann sich nachher auf was gefasst machen", schäumte Kaltbach vor Wut.

Der Erste, der reagierte, war Tom. Er nahm den Ball und legte ihn an den Ort des Fouls. Dann gab er Anna, die für Gira eingewechselt worden war, ein kurzes Zeichen und bedeutete ihr, dass sie zu ihm kommen solle. Auch Bebeto und Winston winkte er zu sich. Die vier bildeten einen kleinen Kreis und besprachen leise, wie sie nun vorgehen wollten. „Wir haben fünf Varianten. Aber Anna, den haust du doch direkt rein, oder?", fragte Tom.

Anna blickte auf, um die Entfernung zum Tor richtig einschätzen zu können. „Das sind zirka 19 Meter", sagte sie, „das sollte eine meiner leichtesten Übungen sein. Den mach ich rein. Ohne Pardon. Noch Fragen?" Anna sah in die zuversichtlichen Gesichter ihrer Freunde und legte sich den Ball zurecht. Dann schaute sie kurz zu Johann und dem Zauberball hinüber, ballte ihre Faust und hob den Daumen nach oben, dabei zwinkerte sie den beiden zu.

„Das ist es, was ich hören wollte", sagte Tom. „Zeig's ihnen. Bummbumm-Anna. Aber, um dem Tormann noch ein paar Denksportaufgaben zu geben, verraten wir nicht sofort, wer schießt. Also, so gehen wir vor. Jeder von uns legt sich den Ball noch mal aufs Neue zurecht. Jeder von uns läuft an, als würde er schießen. Und als Nummer vier wird Anna den Ball in die Maschen jagen. Alles klar?“

Sie steckten die Fäuste zusammen und riefen: „Für Mucawe. Für Mucawe.“

Zwischenzeitlich machte sich Julian über zwei Dinge Gedanken. Erstens hatte der Schiri es tatsächlich gewagt, gegen sie zu pfeifen, und zweitens schien die Stromversorgung der Trikots nicht mehr zu funktionieren. Aber er verwarf seine Gedanken schnell wieder und redete sich ein, dass es vielleicht gar nicht so schlecht war, wenn der Schiri einmal für den Gegner pfeifen würde. Dann wäre der Bestechungsfall nicht ganz so auffällig. „Und dass die Trikots mal eben nicht funktionierten, hat sicher nur mit einem kurzen Powercut zu tun. Hier in Malawi fällt ja eh ständig der Strom aus. Alles halb so wild“, dachte er. „Wir gewinnen sowieso. Weil diese Ansammlung von Schwächlingen niemals ein Tor schießt. Da müsste ich den Ball schon selbst ins Netz werfen.“

Julians Spießgesellen hatten mittlerweile eine Mauer gebildet. Und schon startete das Verwirrspiel. Als Erstes trat Tom an, er sprintete Richtung Ball und täuschte einen Schussversuch an, ließ den Ball links liegen und lief weiter Richtung gegnerisches Tor. Fast gleichzeitig waren Bebeto und Winston gestartet. Auch sie täuschten den Schuss nur an und trabten dann weiter, um einen möglichen Nachschuss zu verwerten. Auch wollten sie dem gegnerischen Tormann, so gut es ging, die Sicht verdecken. Dann startete Anna. Vier kurze Schritte, das linke Standbein rammte sie direkt links neben den Ball in den Rasen. Jeder Muskel war angespannt. Wie bereits tausend Mal geübt, schwang sie ihr rechtes Schussbein nach hinten und führte es locker und doch voller Anspannung wieder nach vorne. Im perfekten Moment traf sie den Ball. Er zischte genau drei Zentimeter über den Köpfen der gegnerischen Mauer hinweg, senkte sich direkt wieder und landete unhaltbar im rechten unteren Eck des Tores.

In der Ecke des Stadions, in der sich die Dorfbewohner versammelt hatten, brach frenetischer Jubel aus. Alle sprangen wie wild durcheinander, küssten und umarmten sich. Sie schienen völlig vergessen zu haben, dass der Rückstand immer noch drei Tore betrug.

Tom nahm den Ball aus dem Netz und sprintete zum Mittelkreis. Sie hatten sich abgesprochen, gejubelt würde erst nach dem gewonnenen Spiel. Es fiel ihnen nicht leicht, denn eigentlich ist jedes Tor ein Grund zur ausgiebigen Freude. Aber heute ging es um mehr. Die völlig geschockten Spieler der vermeintlich unbesiegbaren Mannschaft gingen langsam zum Anstoßkreis. Es war nur ein Tor. Doch dessen Wirkung war nicht zu übersehen. Genau wie Johann es vorhergesagt hatte. Tom schaute sich zu seinen Mitspielern um und ballte die Faust.

„Jetzt zeigen wir es ihnen. Das war erst der Anfang. Jetzt schnappen wir sie uns. Für Mucawe. Und für dich." Dabei deutete er auf den Zauberball.

James sah ebenfalls auf den Ball und wäre beinahe rückwärts von der Trainerbank geplumpst, hätte ihn Johann nicht noch in letzter Sekunde am Hemdkragen erwischt. Der Ball hatte doch tatsächlich Tom zugezwinkert. Und das war ganz sicher keine optische Täuschung.

Immer noch leicht neben der Spur trabte Julian höchstpersönlich zum Mittelkreis. Er passte den Ball zu Thorben, der legte ihn in den Lauf von Fred, der einen äußerst verbissenen Gesichtsausdruck hatte. Fred verarbeitete den Ball und wollte in höchstem Tempo durchs Mittelfeld dribbeln. Doch das überraschende Gegentor schien Julians Gladiatoren mehr zu verunsichern, als zunächst gedacht. Ohne gegnerische Einwirkung stolperte Fred, das Muskelpaket, über den Ball. Selbst die Zuschauer auf der Tribüne konnten sich ein Grinsen nicht verkneifen. Den frei gewordenen Ball legte sich Kim zurecht und schlug einen langen Diagonalball über das halbe Spielfeld – genau in den Lauf von Bebeto. Der brasilianische Supertechniker nahm den Ball in vollem Lauf mit und sprintete an der Außenlinie entlang. Ein kurzer Blick in die Mitte genügte, um den völlig frei stehenden Tom im gegnerischen Strafraum auszumachen. Flanke auf Tom, und genau in dem Moment, in dem Tom den Ball volley nehmen und aufs Tor knallen wollte, wurde er von einem heranstürmenden Verteidiger von hinten umgesäbelt. Pfiff. Elfmeter. Der Schiri nahm offensichtlich keine Rücksicht mehr auf Kaltbach, der wie eine Furie auf der Tribüne tobte.

Ohne Zeit zu verlieren, schnappte sich Tom den Ball und legte ihn sich auf den Elfmeterpunkt. Von seinem Auswahltrainer hatte er gelernt, dass die Regel, „der gefoulte Spieler soll niemals selber schießen", völliger Blödsinn war. Es soll immer der schießen, der sich am sichersten fühlt. Und Tom fühlte sich sicher.

Kurzer Blick auf den Zauberball.

Ebenso kurzer Anlauf. Und mit Vollspann ins linke Eck. Keine Chance für den Tormann.

Nur noch 2 : 4. Tom griff sich das Leder und rannte zum Anstoßkreis. Als er den Ball auf den Punkt legen wollte, stand Julian vor ihm. Die Gelegenheit war zu günstig. Mit einem breiten Grinsen auf den Lippen sagte Tom: „Und? Soll ich dir das mit dem Anstoßen noch mal erklären, oder kannst du es mittlerweile? Denk an meine Worte. Noch drei Mal."

Julian ignorierte Tom. Aber sein Gesicht sprach

Bände. Von der anfänglichen Selbstsicherheit war nicht mehr viel übrig geblieben.

In den nächsten Minuten entwickelte sich ein offenes Spiel. Toms Mannschaft versuchte, wie besprochen durch Direktspiel unnötigen Zweikämpfen aus dem Weg zu gehen und das Spiel zu kontrollieren. Doch das Problem war, dass der holprige Untergrund diese Art des Spiels nicht gerade erleichterte. Und so kam Julians Mannschaft immer wieder in Ballbesitz. Angriffswelle auf Angriffswelle rollte in Richtung Jennys Tor. Aber Jenny war in der Form ihres Lebens. Sie kratzte Gewaltschüsse aus dem Winkel, warf sich durchgebrochenen Stürmern vor die Füße, fing Flanken ab und leitete mit ihren unglaublich weiten Abschlägen immer wieder Angriffe ein. Einen dieser weiten Abschläge verlängerte Thorben unfreiwillig Richtung eigenes Tor. Tom und Bebeto sprinteten dem Ball, verfolgt von vier Abwehrspielern, hinterher. Der Torhüter der Gegner kam ihnen in vollem Tempo entgegen.

„Das wird knapp", dachte Bebeto im Sprint. Ein kurzer Blick zu Tom und es war klar, was sie tun würden. Aus den Augenwinkeln konnten sie sehen, wie alle vier Gegenspieler gleichzeitig zur Grätsche ansetzten. Und von vorne kam der Torhüter wie ein Karatekämpfer angesprungen. Die fünf hatten den Ball völlig aus den Augen verloren. Ihr Ziel waren die Beine von Bebeto und Tom.

„Jetzt", schrie Tom. Und die beiden Jungs hoben gleichzeitig zu einem Hechtsprung mit anschließender Flugrolle ab. Unter ihnen krachten die fünf Brutalos ineinander. Tom und Bebeto waren flugs wieder auf den Beinen und erkannten sofort, dass die Gegenspieler alles getroffen hatten, nur nicht den Ball. Der lag völlig unbehelligt hinter dem Knäuel von Fußballspielern. Bebeto schnappte sich die Kugel und schob sie ins leere Tor.

Nur noch 3 : 4.

Johann sprang begeistert in die Luft. Und selbst James klatschte ein paar Mal in die Hände. Die Leute aus dem Dorf riefen in Sprechchören: „Für Mucawe. Für Mucawe." Dazu trommelten sie, was das Zeug hielt. Von den fauchenden und röhrenden Baumaschinen war längst nichts mehr zu hören.

Mit hochrotem Kopf tauchte plötzlich Kaltbach auf dem Spielfeld auf und attackierte den Schiedsrichter.

„Sie sind wohl nicht ganz bei Trost", schrie er wie von Sinnen. „Man sollte meinen, Sie seien mit dem Klammerbeutel gepudert. Das war Foul. Noch eindeutiger geht's ja kaum. Und jetzt pfeifen Sie gefälligst. Und zwar sofort. Ich dulde keine Widerrede."

„Herr Kaltbach", sagte der Schiedsrichter ganz ruhig und sachlich, „und ich dulde keine Fremdkörper auf meinem Spielfeld. Bitte verlassen Sie sofort den Rasen. Oder ich verweise Sie des Stadions."

„Ich habe Sie bezahlt“, schrie Kaltbach, „das scheinen Sie wohl vergessen zu haben.“

„Ihr schmutziges Geld will ich nicht. Sie können es sich aus der Schiedsrichterkabine holen“, entgegnete der Schiedsrichter barsch. „Und nun verschwinden Sie hier. Aber ein bisschen dallidalli. Und zwar ohne Umwege direkt auf die Tribüne.“

Der Zauberfußball war ebenfalls von der Trainerbank gesprungen und rollte, während Kaltbach auf dem Spielfeld tobte, am Spielfeldrand auf und ab. Der Schiedsrichter, der den Ball erblickt hatte, verneigte sich kaum sichtbar für die anderen Zuschauer in seine Richtung und wendete sich dann wieder Herrn Kaltbach zu.

Unter Blitzlichtgewitter verließ dieser den Rasen. Die Sportjournalisten setzten die ersten Geschichten bereits mit ihren Laptops ab. Kaltbachs Kopf hatte die Farbe von Tomaten angenommen und drohte zu platzen. So hatte er sich das nicht vorgestellt. Und dass die Kamerateams auf ihn draufhielten, brachte ihn fast um den Verstand. Voller Wut verließ er das Spielfeld. Im Gehen schrie er seine Spieler an: „Männer, macht sie platt. Ich will Erfolg. Und wenn ihr sie …“

Der Rest seines Protestes ging in dem frenetischen Applaus unter, der als Reaktion auf seinen Feldverweis folgte. Die Afrikaner waren von ihren Sitzen aufgesprungen, schwenkten Fahnen, lachten und stimmten ein Lied an, das dem englischen Song der Anfield Road, dem berühmten „You'll never walk alone", nicht unähnlich war.

Währenddessen gerieten sich die Spieler um Julian in die Haare. Julian brüllte sein Team an. „Ihr habt meinen Vater gehört. Reißt euch zusammen. Rennt, kämpft, fresst Gras. Tretet sie um. Wir müssen dieses Spiel gewinnen."

„Aber Julian", schniefte Fred, der plötzlich alles andere als gefährlich wirkte, „ich fühle mich so kraftlos. Und mein Hemd funktioniert nicht mehr. Hast du nicht noch ein paar stärkere Pillen für uns?"

„Ihr Schwächlinge. Alles Weicheier. Heul doch. Und nein, ich habe keine Pillen mehr. Kuck dich doch mal an, du bist ein Kerl wie ein Ochse und da drüben spielen Weiber mit. Und du fragst mich nach Pillen, du brauchst keine Pillen, du brauchst einen Tritt in deinen Allerwertesten und den geb ich dir gleich. Thorben, das ist dein Job. Das wirst du doch wenigstens noch hinkriegen."

Thorben versetzte Fred einen kräftigen Tritt in besagtes Körperteil. Da ertönte erneut ein Pfiff. Der Schiedsrichter kam angerannt und ging direkt auf Julian zu, dabei zückte er die gelbe Karte. „Gelb für unsportliches Verhalten."

Dann drehte er sich um und griff in seine Gesäßtasche und wandte sich an Thorben. „Rot für Tätlichkeit."

Aus der Ecke der Malawier ertönte es „Jewoh, Jewoh" und „Maweno, Maweno", was soviel bedeuten sollte wie „auf Wiedersehen, auf Wiedersehen und gute Reise".

Das Spiel ging weiter. Zehn gegen Elf. Aber in Julians Mannschaft brach jetzt die totale Hektik aus. Nach jeder misslungenen Aktion beschimpften sie sich gegenseitig. Das Team, das nie eines war, brach nun völlig auseinander. Und so kam es, wie es kommen musste: Nach einem weiteren Foul an Tom und dem daraus resultierenden Freistoßpfiff gerieten Julian und seine Mitspieler erst richtig aneinander. Sie beschimpften sich auf das Übelste und machten sich lautstark gegenseitig Vorwürfe. Das eigentliche Spiel schienen sie vergessen zu haben. In diesem Durcheinander reagierte Bebeto am schnellsten. Er passte den Ball auf Tom und dieser stürmte völlig allein gelassen auf das gegnerische Tor zu. Mit einem sehenswerten Übersteiger umkurvte er den Torhüter und schob den Ball lässig ein.

4 : 4.

Der Jubel auf den Rängen kannte keine Grenzen mehr. Selbst die Mitarbeiter der Baufirma waren kaum noch zu halten. Sie waren längst umgeschwenkt und drückten den aufopferungsvoll kämpfenden Underdogs hinter vorgehaltener Hand die Daumen.

Die Kamerateams positionierten sich. Einige Fernsehteams richteten ihre Objektive genau auf das Gesicht von Kaltbach. Das wollte sich niemand entgehen lassen.

Jeder wollte der Erste sein, der, wenn es zu einer Sensation kommen sollte und die Kinder das Unmögliche möglich machen würden, seine Bilder rund um die Welt schicken würde. Sie erhofften sich einen ausgeflippten Magnaten. Und wenn sie ganz viel Glück hatten, platzte er vielleicht wirklich noch. Das wären Bilder, die sich auf dem gesamten Globus verkaufen ließen und den einen oder anderen über Nacht berühmt machen konnten.

Nur noch fünf Minuten bis zum Abpfiff.

Anna luchste tief in der eigenen Hälfte einem ihr entgegeneilenden Stürmer den Ball ab. Passte ihn direkt zu Kim, der weiter auf Shou. Shou spielte in den Lauf von Shin. One-touch-football. Genauso wie es Johann gesagt hatte. Jetzt gelang alles. Weiter auf Bebeto, mit der Hacke zu Tom. Tom hatte bereits Winston starten sehen und spielte ihm den Ball mit dem Außenrist direkt in den freien Raum. Winston stürmte los. Da passierte es. Ungefähr 25 Meter vor dem gegnerischen Tor fuhr ihm Fred brutal in die Parade. Winston schrie vor Schmerzen laut auf.

Das Nächste, was das still gewordene Publikum hörte, war Julians Stimme: „Genau so, jawoll Fred. So sieht's aus, der steht nicht mehr auf."

Aufgeschreckt von Winstons Schrei eilte Johann auf das Feld. Der Junge krümmte sich vor Schmerzen.

„Wo hat er dich getroffen?", fragte Johann.

„Am Knöchel, am Knöchel. Es tut total weh. Ich glaub, der ist gebrochen.“

Johann tastete die schmerzende Stelle fachmännisch ab. „Gebrochen ist nichts“, sagte er, „aber stark geprellt. Du musst raus.“

„Aber ich kann nicht raus“, rief Winston, „wir haben doch gar niemanden mehr zum Einwechseln. Ich lass meine Freunde nicht im Stich.“

„Nein“, sagte Johann, „das lässt du ganz sicher nicht. Du hast alles gegeben. Aber an dieser Stelle ist Schluss für dich.“

Er winkte nach James. Und zusammen trugen sie Winston vom Feld. Der Schiedsrichter beobachtete die ganze Situation und wandte sich dann an Julian.

„So, wo fangen wir an“, sagte er, „ich habe dich wegen unsportlichen Verhaltens bereits verwarnt. Aber daraus hast du nichts gelernt. Du scheinst dieses Spiel einfach nicht verstanden zu haben. Um dir ein bisschen mehr Zeit zu geben, daran zu arbeiten, kannst du jetzt schon mal duschen gehen. Mir ist nicht entgangen, was du eben über das Feld deinem Mitspieler nach dessen grobem Foul zugerufen hast. Gelb-Rot für erneutes unsportliches Verhalten.“

„Das dürfen Sie gar nicht. Mein Vater ist Ihr Boss“, kreischte Julian hysterisch. „Das hier ist mein Stadion. Mein Spiel. Wir könnten dieses ganze bescheuerte Land kaufen, wenn wir wollten. Sie können mich nicht vom Platz stellen.“

„Da täuschst du dich aber. Ich kann sogar noch viel mehr. Dein hoch geschätzter Mitspieler kann dir unter der Dusche Gesellschaft leisten. Der geht nämlich mit. Rot für grobes Foulspiel."

Als er Fred die rote Karte unter die Nase hielt, konnten die Zuschauer auf dem Gesicht des Schiris ein kleines Lächeln ausmachen. Außer sich vor Wut verließ Julian gemeinsam mit Fred das Feld. Auf dem Weg in die Kabine trat Julian gegen eine Kamera. Er trat so heftig, dass diese in tausend Teile zersprang.

Ein paar Meter weiter war Johann noch immer damit beschäftigt, sich um den verletzten Winston zu kümmern. James hatte einen Eisbeutel besorgt und ihn auf Winstons lädierten Knöchel drapiert. Sie hatten sein Bein hochgelagert und sprachen beruhigend auf ihn ein. Aber Winston spürte nun keinerlei Schmerz mehr, er war in Gedanken ausschließlich beim Spiel.

„Wir haben nicht mehr viel Zeit", sprudelte es aus ihm heraus, „was sollen wir machen? Die sind zwar nur noch zu acht. Aber wir brauchen noch ein Tor. Bitte, Johann, mach was."

„Ruhig, Winston, bleib ganz ruhig. Wir regeln das schon."

„Ich will aufs Feld", meldete sich plötzlich Mucawe zu Wort. „Es geht um mein Dorf. Ich muss aufs Feld. Ich kann helfen."

Johann sah zu Mucawe hinüber, auf dessen Schoß sich der Zauberfußball befand.

„Der Ball hat mir ein Zeichen gegeben. Ich kann es schaffen“, sagte er und streichelte über den Ball, der vor Energie pulsierte.

„Schiedsrichter, wir wechseln“, rief Johann. Die Spieler schauten erstaunt zur Auswechselbank. Wen sollten sie bringen? Sie hatten nur noch Mucawe, und der war auch verletzt. Tom lief zu Johann.

„Was hast du vor?“, fragte er.

„Der Zauberball hat Mucawe deutliche Zeichen gegeben. Er kann euch helfen. Dann soll er auch helfen. Wir haben Freistoß. Also nehmen wir Freistoßvariante Nummer vier. Der unsichtbare Schütze.“

„Okay“, erwiderte Tom und strahlte über das ganze Gesicht. „Dann lassen wir Mucawe mal zum Helden werden.“

Tom ging zurück auf den Rasen und Mucawe humpelte ihm hinterher.

Die Kinder versammelten sich um Tom und Mucawe.

Tom weihte sie in Johanns Plan ein.

„Alles klar. Cooler Plan. Endlich bin ich auch mal vorne mit dabei. Ich habe mir den ganzen Nachmittag die Füße wund getreten an den Stahlknochen dieser Mutanten“, ereiferte sich Salvatore.

Der Schiedsrichter legte den Ball zirka 26 Meter, halbrechte Position, vor dem gegnerischen Tor ab. Der traurige Rest von Julians Team bildete eine Mauer. Direkt daneben stellten sich Shin, Kim und Shou, Anna, Salvatore und Winston und formierten sich zu einer zweiten Mauer. Jenny und Annas Bruder Sven sorgten für die defensive Absicherung. David postierte sich ganz weit links am 16er-Eck. Auf der anderen Seite neben der Mauer stand Mucawe.

„Hey, ich seh überhaupt nichts“, rief der gegnerische Torhüter, „wo ist denn der verflixte Ball?“

Ein kurzer Pfiff. Der Schiri gab den Freistoß frei. Tom nahm zehn Meter Anlauf. In höchstem Tempo jagte er auf den Ball zu. Jeder in der Mauer war sich sicher, gleich kommt ein Wahnsinnsschuss auf sie zu. Doch Tom schoss nicht. Er spielte den Ball mit einem No-look-Pass zu David. Der erwartete den Ball bereits und sprintete mit ihm in den Strafraum. Jetzt hatten auch die Spieler von Julians Team kapiert, was Sache war. Leider etwas zu spät für sie. Wie eine Horde wild gewordener Büffel stürzten sie in Richtung David.

Kurz bevor sie über ihn herfallen konnten, passte David den Ball in die Mitte. Mucawe war schon zur Stelle gehumpelt, bereit, das alles entscheidende Tor zu erzielen. Mucawe sah den Ball auf sich zukommen. Es kam ihm vor wie eine Ewigkeit. Tausend Gedanken schossen ihm durch den Kopf. „Jetzt bloß nichts falsch machen. Bitte lieber Ball, nicht irgendwie komisch aufspringen. Lass dich einfach von mir über die Linie schieben."

Da passierte es, Mucawe stolperte. Ein stechender Schmerz durchfuhr sein verletztes Bein. „Träume ich? Habe ich den Ball wirklich am Tor vorbeigeschossen?" Doch im nächsten Moment sah Mucawe wieder klar. Der Ball lag direkt vor seinen Füßen. Nur ein kurzer Tritt, und sein Dorf würde gerettet sein.

Mucawe winkelte sein rechtes Bein an und zog dann voll durch. Das Nächste, was er hörte, war das lauteste Geräusch, das jemals rund um den Malawisee vernommen wurde. Tooooooooooooooooooooooooooor.

5 : 4.

Sie hatten das Unmögliche möglich gemacht. Den Schlusspfiff des Schiedsrichters hörte zwar niemand mehr bei dem Tumult, der jetzt folgte, aber sie hatten es geschafft. Sie hatten den haushohen Favoriten geschlagen. Das Dorf war gerettet.

Das große Fest

Die Kaltbachs hatten fluchtartig das Stadion verlassen. Kurz bevor sie in einen Helikopter stiegen, hatte der sichtlich mitgenommene Boss ein paar mürrische Sätze in die Mikrophone geknurrt: „Dann baue ich die Anlage eben woanders. Sollen Mucawe und die anderen Sturköpfe doch bis zum Lebensende in ihren armseligen Hütten vergammeln.“ Dann kletterte er in den Hubschrauber. Die Rotoren begannen sich zu drehen. Bald war der Heli mit dem fiesen stahlblauen Auge auf dem Rumpf in der Luft und wenige Minuten später vom Horizont verschwunden. Kaltbach hatte offenbar nicht die geringste Lust, seinen Aufenthalt am Malawisee auch nur um eine Minute auszudehnen. Mit ihm zog auch die geschlagene Mannschaft ab. Die Bauarbeiter begannen, ihre Maschinen wegzufahren. Techniker und Hilfskräfte räumten das festungsartige Hauptlager aus. Tom, Mucawe, Johann und die anderen hatten auf ganzer Linie gesiegt.

Was für ein Triumph.

Die Dorfbewohner tanzten und sangen, trommelten und spielten auf allen möglichen und unmöglichen Instrumenten. Immer wieder ließen sie Mucawe hochleben. Aber auch Tom und den Rest der Mannschaft. Die Kinder hatten sich mit ihrem grandiosen Sieg am Malawisee ein Denkmal gesetzt. Hier würden sie für den Rest ihres Lebens als Helden gelten. Doch noch wichtiger war: Sie hatten Freunde für ihr Leben gefunden.

„Fette Party. Endlich erkennt mal jemand meine wahre Größe", lachte Salvatore.

„Über deinen Bauch hat doch gar keiner gesprochen", zog ihn Winston prustend auf.

„Ihr beide zieht euch noch auf, wenn ihr als zahnlose Tattergreise im Altersheim sitzt", grinste Tom.

„Heute ist mein schönster Tag. Give me five", sagte Mucawe zu Tom, bevor er mit Gira humpelnd ein kleines Tänzchen aufführte. Der Zauberfußball umkreiste sie dabei ausgelassen.

„Wer kommt denn da hinten?", rief Tom gut gelaunt. Ein Mann näherte sich ihnen vorsichtig. Er hatte eine Baseballmütze, die ein paar blaue Flecken verdeckte, tief ins Gesicht gezogen.

„Das ist doch der Schiedsrichter. Am Anfang hat er ja nur Müll zusammengepfiffen. Aber am Ende hat er klasse die Kurve gekriegt", lachte Tom. Heute konnte ihm nichts die gute Laune verderben.

Der Schiedsrichter ging auf Tom zu, der im Spiel die Kapitänsbinde getragen hatte. „Ich heiße Aleeke", stellte er sich vor. „Und ich wollte mich dafür entschuldigen, dass ich euch in der ersten Halbzeit so reingerissen habe. Ihr habt echt klasse gespielt."

„Das haben Sie in der zweiten Halbzeit mehr als wettgemacht. Wir waren echt beeindruckt, wie sie Julian und Co. vom Platz gestellt haben. Kommen Sie, setzen Sie sich zu uns“, lud ihn Tom ein. Der Schiedsrichter zögerte etwas und schaute sich suchend um.

Anna erkannte als Erste, um was er sich sorgte. „Keine Angst, der Zauberball tut Ihnen nichts. Jetzt nicht mehr“, meinte sie fröhlich. Und als Bestätigung ihrer Worte rollte der Ball zum Schiri, stupste ihn an und schlug ein paar atemberaubende Loopings vor seinen Augen.

Tom zog den unerwarteten Gast übermütig am Arm. „Falls Sie mal arbeitslos werden, Herr Akeele, können Sie zwischen Winston und Salvatore schlichten. Die brauchen ab und zu einen Unparteiischen.“

„Och“, entgegnete der Schiri und schaute zu Winston und Salvatore hinüber. „Das sieht mir doch eigentlich sehr vertraut aus. Ich glaube nicht, dass die beiden mich brauchen.“ Salvatore stand tief gebeugt über seinem Freund und drückte ihm ein Kühlkissen auf seinen bandagierten Knöchel.

Wenig später hatten sich alle um ein Freudenfeuer am Malawisee versammelt. Massambo zauberte ein Feuerwerk aus dem Hut. Große silberne Feuersäulen stiegen in den Himmel.

„Das ist ja so schön wie ein Nordlicht“, flüsterte Anna ihrem Stiefbruder Sven zu.

Dann explodierten ein paar Kometenbomben mit einem Goldschweif. Glitzernde Kaskaden ergossen sich und unzählige Sterne funkelten am Himmel. Es war prachtvoll. Die Oooohs und Aaaahs der Dorfbewohner hallten weit über den See. Am Ende des Spektakels leuchtete nur noch ein Wort in der Dunkelheit auf. In den flimmernden Farben Malawis stand „Danke“ am Himmel geschrieben. Ein tosender Applaus hob an, so laut, dass er bestimmt bis zum andern Ufer des Malawisees zu hören war.

Am nächsten Morgen versammelten sich noch einmal alle vor ihrer Abreise am Ufer. Johann hatte sie ein letztes Mal zusammengetrommelt.

„Ich möchte euch etwas schenken“, sagte der Trainer und schaute stolz auf seine Kicker und den Zauberball, der gerade von Bebeto zum 1439 Mal hochgehalten wurde.

Die Augen aller Kinder richteten sich auf Johann. James trat zu dem Trainer. Er holte, mit einer steifen Verbeugung und ohne die Miene zu verziehen, einen Anhänger aus einem kostbar verzierten Kästchen und legte ihn behutsam auf ein rotes Samtkissen. Dieses reichte er Johann. Der nahm den ersten Anhänger in die Hand. An einer silbernen Kette baumelte ein kleiner Kristallwürfel, in dem eine grüne Faser eingeschlossen war.

„Die Geschichte von 1954, als die deutsche Mannschaft die schier übermächtigen Ungarn besiegte, kennt ihr ja inzwischen“, hob Johann an. „Aber ihr sollt wissen, dass das, was ihr gestern geleistet habt, kein bisschen weniger wert ist, vielleicht war es sogar eine noch größere Leistung. Deswegen möchte ich euch ein besonderes Geschenk machen.“

Johann hob einen der Anhänger hoch, damit ihn alle sehen konnten. „Das winzige Stückchen Gras, das jeder Kristallanhänger enthält, ist vom Rasen des Berner Wankdorf-Stadions. Es soll euch immer daran erinnern, dass das Unmögliche möglich ist. Und das dürft ihr niemals vergessen.“

Die Kinder applaudierten.

„Und nun, mein lieber Mucawe, sollst du als Erster zu mir kommen. Denn du hast am tapfersten für dein Dorf gekämpft.“

Der Malawier machte ein paar Schritte auf Johann zu, sein Humpeln war fast verschwunden. Dann beugte er den Kopf. Johann legte ihm die kleine Kette mit einem aufmunternden Lächeln um. Dann war Tom an der Reihe. Danach kamen Winston, Salvatore, Anna, Sven, Jenny, David, Bebeto, Kim, Shin, Shou und schließlich auch Gira. Die Leute aus Mucawes Dorf bejubelten jeden, den Johann mit dem kostbaren Anhänger ehrte. Und der Zauberfußball schlug ein paar übermütige Loopings dazu.

In dieser fröhlichen Stimmung meldete sich der Kapitän zu Wort. „Und jetzt bedanken wir uns bei dem besten Fußball der Welt“, forderte Tom seine Freunde auf.

Die Kinder bildeten einen Kreis um den Zauberfußball. Dann umfassten sie den Ball und warfen ihn drei Mal hoch in die Luft. Dabei leuchtete er in allen Farben.

„Wir wissen, dass du jetzt wieder weitermusst, auch wenn wir dich am liebsten nie mehr hergeben würden“, sagte Anna. Alle schauten auf den Ball.

Ein kleines „Ja“ erschien auf der Lederoberfläche.

Dann rollte der Zauberfußball noch einmal zu jedem Kind und auch zu Johann, James und Massambo. Jeder umarmte ihn. Dabei fühlte sich der Zauberfußball warm und vertraut an. Ganz wie ein Freund, den man schon ewig kennt.

Der Ball kullerte langsam zurück in die Mitte des Kreises. Nebel wallte aus seinen Waben. Worte formten sich.

„Zeichen, Arme“, war zu lesen.

Die Kinder sahen sich verwundert an.

„Klartext, Kumpel“, lachte Salvatore, „wir sind hier ja schließlich nicht bei Wer-wird-Millionär.“

„Schaut mal auf euren Arm“, rief Mucawe plötzlich. Er war völlig aus dem Häuschen. Auf dem rechten Oberarm eines jeden Kindes leuchtete ein kleiner Zauberfußball auf. Dieser war von rätselhaften Runen umgeben.

Während der Umarmungen hatte der Ball bei jedem unbemerkt ein Geheimzeichen auf der Haut hinterlassen. Das Mal hatte offensichtlich einen ganz besonderen Sinn. Denn auf dem Zauberball erschienen jetzt die Worte:

„Es beschützt euch."

Die Kinder berührten das Geheimzeichen, das sich ganz weich anfühlte. Glücklich sahen sie den Zauberfußball an.

Der Moment hätte schöner nicht sein können.

Schließlich machte der kleine Freund, der Abschiede nicht gerne in die Länge zog, einen riesigen Satz in den See und schoss davon. Noch lange konnten die Kinder die Gischt meterhoch spritzen sehen.

„Wir sehen uns wieder", murmelte Tom, während das Geheimzeichen auf seinem Arm langsam unsichtbar wurde.

Dann erst hatte der See den Zauberfußball verschluckt.

Danksagung

Ulla und Dietmar danken

Silke und Jill, unseren Testlesern, die das nächste Kapitel kaum erwarten konnten;

Gela für ihre Tagebuchaufzeichnungen aus Malawi. Das ein oder andere Wort wäre uns ohne Deine Mithilfe sicher nicht mehr eingefallen.

Jessica danken wir fürs fleißige und kluge Gegenlesen; Charlotte fürs konstruktive Ideendiskutieren.

Ganz lieben Dank geht an Jürgen, Dennis und Marc: Ohne Euren Fußballsachverstand wäre niemals ein so schönes Buch entstanden. Danke für Euren unermüdlichen Input.

Käthi und Willi Brück danken wir für ihre grandiose Hilfsbereitschaft; Claudia und Klaus Schäfgen für ihr wohlwollendes und lebendiges Interesse in allen Phasen dieses Projekts.

Natürlich danken wir auch dem Herder-Team, besonders Beate Riess und Christine Weiß, aber auch unserer Lektorin Iris Bierschenk.

Ein Dankeschön geht auch an unseren Agenten Michael Neher.

Und auch Dir, liebe Leserin und lieber Leser, möchten wir Dank sagen. Denn ohne Euch würde Schreiben nur halb so viel Spaß machen.

Ulla Klopp ist ausgebildete Pädagogin und hat ein deutsches Internat in Kenia geleitet. Seit vielen Jahren lebt sie mit dem Fußballtrainer Jürgen Klopp zusammen und schreibt Kinderbücher. Ihr erstes Buch „Tom und der Zauberfußball“ wurde auf Anhieb ein großer Erfolg.

Dietmar Brück studierte Religionspädagogik und ist seit vielen Jahren als politischer Redakteur bei einer großen deutschen Tageszeitung tätig. Sein Schwerpunkt ist internationale Politik, und so ist er auch viel im Ausland unterwegs. Mit Ulla Klopp ist er seit vielen Jahren gut befreundet, und so haben sie sich gemeinsam die Geschichte von Tom und seinem Zauberfußball ausgedacht.